Oscar scrittori moderni

Agatha Christie®

OPERE DI AGATHA CHRISTIE

Appuntamento con la paura
Un cavallo per la strega
La casa dei sogni
C'era una volta
La dama velata
Destinazione ignota
Dieci piccoli indiani
Le due verità
È troppo facile
È un problema
Giorno dei morti
In tre contro il delitto
Intrigo alle Baleari
Un messaggio dagli spiriti
Il misterioso signor Quin
Il mistero di Lord Listerdale
Il mondo è in pericolo
Nella mia fine è il mio principio
Parker Pyne indaga
Passeggero per Francoforte
Perché non l'hanno chiesto a Evans?
Il segreto di Chimneys
Il Segugio della Morte
I Sette Quadranti
Testimone d'accusa
Trappola per topi
Tre topolini ciechi
L'uomo vestito di marrone
Verso l'ora zero

POIROT

Aiuto, Poirot!
Alla deriva
L'assassinio di Roger Ackroyd
Assassinio sull'Orient Express
Carte in tavola
Il caso del dolce di Natale
Corpi al sole
Delitto in cielo
La domatrice
Dopo le esequie
Due mesi dopo
Gli elefanti hanno buona memoria
Le fatiche di Hercule
Fermate il boia
Hercule Poirot indaga
Macabro Quiz
Il mistero del Treno Azzurro
Il mondo di Hercule Poirot
Il Natale di Poirot
Non c'è più scampo
La parola alla difesa
Il pericolo senza nome
Poirot a Styles Court
Poirot e i quattro
Poirot e la salma
Poirot e la strage degli innocenti
Poirot non sbaglia
Poirot si annoia
Poirot sul Nilo
I primi casi di Poirot
Quattro casi per Hercule Poirot
Il ritratto di Elsa Greer
La sagra del delitto
Se morisse mio marito
La serie infernale
Sfida a Poirot
Sipario, l'ultima avventura di Poirot
Sono un'assassina?
Tragedia in tre atti

MISS MARPLE

Addio, Miss Marple
Assassinio allo specchio
Il caso della domestica perfetta
C'è un cadavere in biblioteca
Un delitto avrà luogo
Giochi di prestigio
Istantanea di un delitto
Miss Marple al Bertram Hotel
Miss Marple e i tredici problemi
Miss Marple nei Caraibi
La morte nel villaggio
Nemesi
Polvere negli occhi
Il terrore viene per posta

TOMMY & TUPPENCE

Avversario segreto
Le porte di Damasco
Quinta colonna
Sento i pollici che prudono
Tommy e Tuppence: in due s'indaga meglio

AUTOBIOGRAFIE

Il giro del mondo
La mia vita
Viaggiare è il mio peccato

PUBBLICATI COME MARY WESTMACOTT

Il deserto del cuore
Una figlia per sempre
Nell e Jane
Ritratto incompiuto
Ti proteggerò

Agatha Christie

SENTO I POLLICI CHE PRUDONO

Traduzione di Michele Piumini

Postfazione di Alex R. Falzon

OSCAR MONDADORI

I edizione Oscar gialli luglio 1982
I edizione Oscar scrittori del Novecento
(ora Oscar Scrittori moderni) gennaio 1995

ISBN 978-88-04-64140-7

Questo volume è stato stampato
presso ELCOGRAF S.p.A.
Stabilimento - Cles (TN)
Stampato in Italia. Printed in Italy

Anno 2014 - Ristampa 25 26 27 28

Sento i pollici che prudono

Mi prude il pollice:
arriva una cosa cattiva.

MACBETH

Libro primo

SUNNY RIDGE

1
Zia Ada

Il signore e la signora Beresford erano seduti al tavolo della colazione. Una coppia del tutto normale: in quel preciso istante, da un capo all'altro dell'Inghilterra centinaia di coppie anziane come loro stavano facendo colazione. Anche la giornata era normale, una di quelle che ci toccano in sorte cinque giorni su sette. Sembrava che, pur avendone ogni intenzione, non volesse mai decidersi a piovere.

Un tempo il signor Beresford aveva avuto i capelli rossi. Se ne notava ancora qualche traccia, ma perlopiù la chioma era diventata di un color sabbia grigiastro, come spesso accade ai rossi una volta raggiunta la mezza età. Un tempo la signora Beresford aveva avuto i capelli neri, una vigorosa zazzera riccia. Ora il nero era contaminato da striature grigie, simili a pennellate applicate a casaccio. L'effetto era piuttosto gradevole. La signora aveva accarezzato l'idea di tingersi i capelli, ma poi aveva deciso che si preferiva come Madre Natura l'aveva fatta, finendo per ripiegare su una nuova sfumatura di rossetto per darsi un tono.

Una coppia di anziani che fanno colazione. Una coppia amabile, ma nulla di speciale. Così avrebbe detto un osservatore. Se poi fosse stato giovane, l'osservatore avrebbe aggiunto: "Oh, certo, indubbiamente amabili, ma una noia mortale, come tutti i vecchi".

Per il signore e la signora Beresford, tuttavia, il momento di considerarsi vecchi non era ancora arrivato. Né avevano idea di meritare, insieme a tanti altri, l'etichetta di "noia mortale" per il solo fatto di essere vecchi. Soltanto agli occhi dei giovani, naturalmente, ma dopotutto, avrebbero pensato con indulgenza, cosa ne sanno i giovani della vita? Poveri cari, sempre in ansia per gli esami scolastici e per la loro vita sessuale, sempre impegnati a comprare i vestiti più assurdi e a conciarsi i capelli nei modi più assurdi pur di dare nell'occhio. Molto semplicemente, dal loro punto di vista, il signore e la signora Beresford non erano più nel fiore degli anni. Ciascuno dei due si piaceva e piaceva all'altro, e le giornate si susseguivano tranquille ma gradevoli.

Certo, non mancavano gli imprevisti, come non mancano a nessuno. Il signor Beresford aprì una lettera, la scorse e la posò sul tavolo, aggiungendola al piccolo cumulo che già si era formato accanto alla sua mano sinistra. Ne prese un'altra, ma si limitò a tenerla in mano, senza aprirla. Il suo sguardo non era rivolto alla busta, ma al portatoast. La moglie lo osservò per qualche istante.

«Qualche problema, Tommy?»

«Problema?» ripeté distrattamente Tommy. «Problema?»

«È quello che ho detto» rispose la signora Beresford.

«Nessun problema» disse il signor Beresford. «Che problema dovrebbe esserci?»

«Sei pensieroso» lo incalzò Tuppence con uno sguardo d'accusa.

«Niente affatto.»

«Invece sì. È successo qualcosa?»

«No, certo che no. Cosa dovrebbe essere successo?» domandò lui. «È arrivato il conto dell'idraulico.»

«Oh» fece Tuppence con il tono di chi ha ricevuto un'illuminazione. «Più salato del previsto, immagino.»

«Ovviamente,» disse Tommy «come sempre.»

«Non capisco perché non abbiamo fatto gli idraulici» disse Tuppence. «Se tu avessi fatto l'idraulico, io sarei stata la moglie dell'idraulico e a quest'ora navigheremmo nell'oro.»

«Siamo stati due sconsiderati a non cogliere queste opportunità.»

«Era il conto dell'idraulico quello che guardavi un attimo fa?»

«Oh, no, solo una raccolta di fondi.»

«Delinquenti minorenni? Integrazione razziale?»

«No. Stanno aprendo l'ennesima casa di riposo per anziani.»

«Be', una nobile causa,» disse Tuppence «ma non vedo perché tu debba avere quell'aria preoccupata.»

«Oh, non era a quello che pensavo.»

«Insomma, a *cosa* stavi pensando?»

«Associazione di idee» rispose il signor Beresford.

«Cioè?» disse Tuppence. «Sai bene che finirai per dirmelo.»

«Nulla di importante. Pensavo solo che forse... be', pensavo a zia Ada.»

«Oh, ma certo» capì al volo Tuppence. «Sì,» mormorò poi in tono riflessivo. «Zia Ada.»

Gli sguardi si incontrarono. È una deplorevole verità: oggigiorno, quasi ogni famiglia è alle prese con quello che potremmo chiamare il "problema della zia Ada". Cambiano i nomi – zia Amelia, zia Susan, zia Cathy, zia Joan – e i gradi di parentela (nonne, vecchie cugine, prozie), ma il problema rimane e va affrontato. Bisogna trovare una soluzione. Si vagliano con la massima attenzione le case di cura, ci si informa a fondo. Si chiede consiglio ai medici o agli amici le cui zie Ada hanno "vissuto felicemente fino al momento della morte" presso il Laurels di Bexhill o l'Happy Meadows di Scarborough.

Sono passati i giorni in cui zia Elisabeth, zia Ada e compagnia bella vivevano felici nelle stesse case in cui abitavano da parecchi anni, servite e riverite da vecchi domestici devoti benché un tantino dispotici, con piena soddisfazione dell'una e dell'altra parte. Oppure attorniate dalle innumerevoli parenti povere, dalle nipoti indigenti, dalle cugine zitelle e mezze svitate, tutte in cerca di una bella casa, di tre pasti abbondanti al giorno e di una camera accogliente. Domanda e offerta si bilanciavano e tutto andava nel migliore dei modi. Oggigiorno non è più così.

Le zie Ada di oggi hanno bisogno di una sistemazione adeguata, e non solo a un'anziana signora che, per via dell'artrite o di altri disturbi reumatici, rischia di cadere dalle scale se lasciata sola in casa o soffre di bronchite cronica oppure litiga coi vicini e insulta i negozianti.

Disgraziatamente, le zie Ada sono assai più problematiche dell'estremo opposto della scala anagrafica. I bambini possono essere affidati a una casa famiglia, rifilati ai parenti o spediti in una scuola dove possano trascorrere le vacanze. In alternativa esistono il trekking su pony e i campi estivi, soluzioni che di rado incontrano l'ostilità dei diretti interessati. Le zie Ada sono un altro paio di maniche. La zia di Tuppence Beresford – la prozia Primrose, per l'esattezza – era stata una formidabile piantagrane: accontentarla era impossibile. Non faceva in tempo a mettere piede in un'accogliente e confortevole casa di riposo che, un attimo dopo aver scritto qualche lettera complimentosa alla nipote tessendo le lodi di quel particolare istituto, ne usciva indignata senza il minimo preavviso: «Impossibile. Non potevo restare un minuto di più!».

Nel giro di un anno zia Primrose era entrata e uscita da undici istituti, finché un giorno aveva scritto alla nipote per informarla che aveva conosciuto un giovane estremamente affascinante. «Un ragazzo davvero affidabile. Ha perso la madre da piccolo e ha un disperato bisogno di qualcuno che badi a lui. Ho preso in affitto un appartamento, ci andremo a vivere insieme. È la soluzione ideale per entrambi. Siamo fatti l'uno per l'altra. Non dovrai più stare in pensiero, Prudence cara. Il futuro mi sorride. Domani vedrò il mio avvocato, devo provvedere a Mervyn nell'eventualità che dovesse sopravvivermi, il che naturalmente rientrerebbe nell'ordine naturale delle cose, ma ti assicuro che al momento sono in forma smagliante.»

Tuppence si era precipitata ad Aberdeen, dove il fatto aveva avuto luogo, ma la polizia l'aveva battuta sul tempo: il fascinoso Mervyn, ricercato da un pezzo, era stato arrestato con l'accusa di aver ottenuto denaro con l'inganno. Profondamente indignata, zia Primrose aveva gridato alla persecuzione nei confronti del giovane amico, ma dopo aver assistito al processo in tribunale (dove erano stati presi in esame altri venticinque casi) si era vista costretta a cambiare opinione sul suo *protégé*.

«Sai, Tuppence, forse dovrei andare a trovare zia Ada» disse Tommy. «È passato molto tempo.»

«Già» replicò Tuppence, senza entusiasmo. «Quando l'hai vista l'ultima volta?»

Tommy si concentrò. «Quasi un anno fa, credo» disse.

«No» replicò Tuppence. «Secondo me è passato più di un anno.»

«Oh, cielo,» disse Tommy «come vola il tempo. Stento a crederci, ma penso che tu abbia ragione.» Si sforzò di ricostruire. «È terribile quanto sia facile dimenticare. Mi sento davvero in colpa.»

«Non ne hai motivo» disse Tuppence. «Dopotutto, le spediamo tutto ciò di cui ha bisogno e le scriviamo spesso.»

«Oh, certo, lo so. Tu sei bravissima a occuparti di queste cose. E tuttavia, di tanto in tanto capita di leggere storie sconvolgenti.»

«Stai pensando a quel libro agghiacciante che abbiamo preso in biblioteca, vero?» domandò Tuppence. «Che atroce sofferenza per quelle povere vecchiette.»

«Credo che fosse ispirato a una storia vera, per giunta.»

«Oh, sì, posti del genere esisteranno davvero. Ed esistono persone terribilmente infelici che non possono evitare di esserlo. Ma noi cosa possiamo farci, Tommy?»

«Nulla, se non scegliere con la massima attenzione, ottenere tutte le informazioni possibili sul luogo e assicurarci che sia seguita da un bravo medico.»

«Non avremmo potuto trovare un medico più bravo del dottor Murray, questo lo devi riconoscere.»

«Già» disse Tommy, rilassando i muscoli del volto. «Murray è eccezionale. Così premuroso, così paziente. Se ci fosse qualcosa che non va, ce lo farebbe sapere.»

«Per questo dico che non hai motivo di preoccuparti» insistette Tuppence. «Quanti anni ha tua zia?»

«Ottantadue» rispose Tommy. «Anzi... no. Ottantatré, credo. Dev'essere terribile sopravvivere a tutti.»

«Questo lo pensiamo *noi*.»

«Come fai a dirlo?»

«Be', per zia Ada è tutt'altro che terribile. Non ricordi con quanta gioia ci elencava le vecchie amiche scomparse prima di lei? "Quanto a Amy Morgan," queste le sue ultime parole "ho sentito dire che le restano sei mesi al massimo. Non faceva che ripetermi quanto ero cagionevole, e adesso è praticamente certo che le sopravviverò. E di parecchi anni, per giunta." Era al settimo cielo.»

«Ciononostante...» disse Tommy.

«Lo so,» lo interruppe Tuppence «lo so. Ciononostante tu ti senti in dovere di andare a trovarla.»

«Pensi che abbia torto?»

«Sfortunatamente, non penso che tu abbia torto. Hai ogni ragione. Anzi, verrò con te» annunciò Tuppence, infondendo una punta di eroismo al tono della voce.

«No» ribatté Tommy. «Perché dovresti? Non è tua zia. No, andrò da solo.»

«Nemmeno per sogno» disse la signora Beresford. «Anche a me piace soffrire, sai? Soffriremo insieme. Tu non ti divertirai, io non mi divertirò ed escludo categoricamente che zia Ada si divertirà, ma bisogna farlo, è innegabile.»

«No, non voglio che tu venga. Non ricordi in che maniera spaventosa ti ha trattato l'ultima volta?»

«Oh, non me la sono presa. Probabilmente è stato l'unico momento della visita in cui quella vecchia ragazza si è divertita. Non le serbo alcun rancore.»

«Sei sempre stata così gentile con lei,» disse Tommy «per quanto non ti sia particolarmente simpatica.»

«E chi mai potrebbe trovare simpatica zia Ada?» disse Tuppence. «Se vuoi il mio parere, dubito che sia mai stata simpatica a qualcuno.»

«E tuttavia è impossibile non provare compassione per le persone che invecchiano.»

«Io non la provo. Non sono buona come te.»

«Sei spietata come tutte le donne» disse Tommy.

«Può darsi. Dopotutto, noi donne non possiamo evitare di valutare ciò che abbiamo intorno con una buona dose di realismo. Intendiamoci, provo molta compassione per i vecchi malati, a patto che siano persone gentili. Se invece non lo sono, devi riconoscere che è un altro paio di maniche. Se sono maleducati a vent'anni, altrettanto maleducati a quaranta, ancora più maleducati a sessanta e insopportabilmente scorbutici a ottanta, be', allora non vedo perché dovrebbero suscitare compassione soltanto perché sono vecchi. Cambiare carattere è impossibile. Conosco delle deliziose vecchiette tra i settanta e gli ottanta: la signora Beauchamp, Mary Carr e la nonna del fornaio, la cara vecchia signora Poplett, che veniva a fare le pulizie da noi. Tutte creature adorabili, per le quali farei qualsiasi cosa.»

«D'accordo, d'accordo,» disse Tommy «vada per il realismo. Ma se proprio sei così generosa da volermi accompagnare...»

«Sì che ti voglio accompagnare» gli assicurò Tuppence. «Dopotutto, sposandoti ho promesso di restarti accanto nella buona e nella cattiva sorte, e zia Ada rientra decisamente nella seconda categoria. E dunque verrò e ti terrò per mano. Le porteremo un mazzo di fiori, una scatola di cioccolatini ripieni e magari una rivista o due. Potresti scrivere alla signorina Comesichiama per avvisarla del nostro arrivo.»

«La settimana prossima? Potrei liberarmi martedì,» propose Tommy «se va bene anche a te.»

«E martedì sia» disse Tuppence. «Come si chiama quella donna? La direttrice, la sovrintendente o quello che è. Comincia per P.»

«Signorina Packard.»

«Esatto.»

«Forse stavolta sarà diverso» disse Tommy.

«Diverso? E in che modo?»

«Oh, non lo so. Potrebbe capitare qualcosa di interessante.»

«Per esempio un incidente ferroviario durante il viaggio» disse Tuppence, con un vago bagliore negli occhi.

«Come puoi augurarti di rimanere coinvolta in un incidente ferroviario?»

«Be', non che me lo auguri, naturalmente. Dico solo...»

«Solo cosa?»

«Che sarebbe un'avventura, no? Potremmo salvare qualche vita, o fare qualcosa di utile. Utile ed emozionante.»

«Che razza di idea!» disse il signor Beresford.

«Hai ragione» ammise Tuppence. «È che a volte vengono, idee come questa.»

2
Era sua quella povera creatura?

Difficile spiegare come mai Sunny Ridge[1] avesse proprio quel nome. A tutto faceva pensare fuorché a una cresta. I terreni erano pianeggianti, come si addiceva alle anziane residenti. Il giardino era ampio, benché piuttosto anonimo. Si trattava di una dimora vittoriana di notevoli dimensioni e, seppure in fase di restauro, ben tenuta. C'erano alberi ombrosi, una vite del Canada che si arrampicava sul fianco della casa, e due pini del Cile che aggiungevano un tocco esotico; la scena era completata da numerose panchine collocate in punti strategici per prendere il sole, una o due sedie da giardino e una veranda protetta, per le anziane signore che avessero desiderato sedersi al riparo dai venti provenienti da est.

Tommy suonò il campanello. Furono accolti da una giovane donna in grembiule di nylon dall'aria alquanto infastidita, che dopo averli fatti accomodare in un salottino disse, quasi ansimando: «Avverto subito la signorina Packard. Vi stava aspettando, scenderà fra un minuto. Spero non vi rincresca attendere qualche istante, ma la vecchia signora Carraway ha inghiottito il suo ditale un'altra volta».

[1] «Cresta soleggiata.» (*NdT*)

«E come diavolo ci è riuscita?» chiese Tuppence, stupita.

«Lo fa per divertirsi» spiegò la donna di servizio. «In continuazione.»

Poi si congedò, e Tuppence si sedette pensierosa. «Non credo che mi divertirei a inghiottire un ditale» rifletté. «Chissà che sensazione terribile.»

Non dovettero aspettare molto perché la porta si aprì e la signorina Packard entrò scusandosi. Era un donnone sulla cinquantina dai capelli color sabbia, con un'aria di serena efficienza che Tommy aveva sempre ammirato.

«Perdoni l'attesa, signor Beresford» disse. «Salve, signora Beresford, che piacere vederla.»

«Ho saputo che qualcuno ha ingoiato qualcosa» disse Tommy.

«Oh, Marlene ve l'ha detto? Sì, la vecchia signora Carraway ha questo vizio. Un vero problema perché non possiamo certo tenerle d'occhio tutto il tempo. Si sa che i bambini si divertono a farlo, ma come passatempo di un'anziana signora è piuttosto insolito, non trova? Per giunta peggiora di anno in anno. E il bello è che sembra non farle alcun male.»

«Forse suo padre era un mangiatore di spade» suggerì Tuppence.

«È un'ipotesi molto interessante, signora Beresford. Questo *potrebbe* spiegare tutto. Ho avvisato la signorina Fanshawe del suo arrivo, signor Beresford, ma non sono certa che abbia capito.»

«Come sta?»

«È sempre meno lucida, purtroppo» rispose con calma la signorina Packard. «Impossibile dire quanto riesca a capire. Ieri sera, quando l'ho informata, ha risposto che dovevo sbagliarmi perché oggi era giorno di scuola. Sembrava convinta che lei fosse ancora un ragazzino. Povere vecchie creature, col passare del tempo sono sempre più confuse. Stamattina, invece, quando le ho ricordato della sua visita ha ribattuto che era impossibile perché lei era morto. Be',» continuò allegramente «presumo che la riconoscerà appena la vede.»

«E fisicamente come sta? Sempre uguale?»

«Le sue condizioni sono quelle che ci si può aspettare. In tutta franchezza, dubito che resterà fra noi ancora a lungo. Non soffre, ma il cuore non migliora, anzi. Credo che farebbe meglio a prepararsi, per risparmiarsi il trauma di una scomparsa inattesa.»

«Le abbiamo portato dei fiori» disse Tuppence.

«E una scatola di cioccolatini» aggiunse Tommy.

«Che pensiero gentile, sono certa che apprezzerà. Volete seguirmi di sopra?»

Tommy e Tuppence uscirono dal salottino dopo la signorina Packard, che fece strada su per l'ampio scalone. Mentre percorrevano il corridoio al primo piano, una porta si spalancò all'improvviso e una donnina non più alta di un metro e cinquanta corse fuori strillando: «Voglio la mia cioccolata! Voglio la mia cioccolata! Dov'è l'infermiera Jane? Voglio la mia cioccolata!».

Dalla porta accanto saltò fuori una donna in divisa. «Su, su, cara, è tutto a posto. Ha già bevuto la sua cioccolata venti minuti fa.»

«Non è vero, infermiera. Non è vero. Non ho bevuto nessuna cioccolata. Ho sete.»

«Be', può prenderne un'altra, se vuole.»

«Come posso prenderne *un'altra* se non ho preso la prima?»

Tirarono dritto e, arrivati alla fine del corridoio, la signorina Packard bussò rapidamente a una porta e la aprì.

«Eccoci qui, signorina Fanshawe» disse con allegria. «È venuto a trovarla suo nipote. Non è contenta?»

In un letto accanto alla finestra, un'anziana signora si mise bruscamente seduta sui cuscini sollevati contro la testiera. Aveva i capelli grigio ferro, il volto sottile e rugoso, un naso importante e la sua espressione esprimeva una profonda disapprovazione. Tommy fece qualche passo avanti.

«Ciao, zia Ada» disse. «Come stai?»

Zia Ada non gli diede retta e si rivolse rabbiosamente alla signorina Packard.

«Come si permette di far entrare un uomo nella stanza di una signora?» le chiese. «Ai miei tempi sarebbe stato inammissibile! E spacciandolo per mio nipote, per giunta! Chi è? L'idraulico? L'elettricista?»

«Su, su, sia gentile» la rimproverò bonaria la signorina Packard.

«Sono tuo nipote, Thomas Beresford» disse Tommy. Le mostrò la scatola. «Ti ho portato dei cioccolatini.»

«Non pensare di cavartela così» disse zia Ada. «Li conosco quelli come te. Sempre pronti a infinocchiare il prossimo con le vostre fandonie. E questa chi è?» berciò adocchiando la signora Beresford con disgusto.

«Sono Prudence» rispose la signora Beresford. «Prudence, sua nipote.»

«Che nome ridicolo» disse zia Ada. «Da cameriera. Il prozio Mathew aveva una cameriera di nome Comfort, mentre la governante si chiamava Rejoice in the Lord.[2] Era una metodista. Ma la prozia Fanny non ne voleva sapere e le disse che finché abitava in casa *sua* si sarebbe chiamata Rebecca.»

«Le ho portato delle rose» disse Tuppence.

«Non le voglio, sono malata. Le rose consumano l'ossigeno.»

«Gliele metto in un vaso» disse la signorina Packard.

«Non si azzardi. Ormai dovrebbe aver imparato che so quel che voglio.»

2 «Rallegratevi nel Signore.» (*NdT*)

«Mi sembri in forma, zia Ada» disse il signor Beresford. «Più combattiva che mai.»

«Non me la dai a bere, giovanotto. E così saresti mio nipote? Come hai detto che ti chiami? Thomas?»

«Sì. Thomas o Tommy.»

«Mai sentito nominare» disse la zia Ada. «Avevo un solo nipote, si chiamava William. Morto nell'ultima guerra. Ed è meglio così. Avrebbe preso una brutta strada se fosse sopravvissuto. Sono stanca» aggiunse appoggiandosi ai cuscini e voltandosi verso la signorina Packard. «Li porti via. E non faccia più entrare gli estranei.»

«Pensavo che una piccola visita le avrebbe fatto piacere» replicò la signorina Packard imperturbabile.

Zia Ada emise un cavernoso borbottio sarcastico.

«D'accordo» disse Tuppence allegramente. «Ce ne andiamo. Lascio qui le rose. Magari cambierà idea. Vieni, Tommy» chiamò il marito girandosi verso la porta.

«Be', addio, zia Ada. Mi spiace che non ti ricordi di me.»

Zia Ada rimase in silenzio finché Tuppence fu uscita dalla porta con la signorina Packard, seguita da Tommy.

«Torna indietro, *tu*» disse, alzando la voce. «So perfettamente chi sei. Sei Thomas. Una volta avevi i capelli rossi. Pel di carota, ti chiamavamo. Torna indietro. Con te ci parlo, ma quella donna non la voglio. È inutile che provi a farla passare per tua moglie. Non sono così sciocca. Non ti azzardare mai più a portare una donna del genere nella mia stanza. Vieni a sederti qui e raccontami della tua cara madre. E tu vattene» aggiunse a mo' di poscritto agitando la mano verso Tuppence, che era rimasta sulla soglia.

Tuppence si ritirò all'istante.

«Oggi ha la luna storta» disse la signorina Packard con tranquillità mentre scendevano le scale. «Ci creda o no, a volte sa essere adorabile.»

Tommy si accomodò sulla sedia indicatagli dalla zia, facendole sommessamente osservare che non poteva raccontarle molto della propria madre, poiché era morta da quasi quarant'anni. Zia Ada non batté ciglio.

«Ma guarda,» disse «davvero è passato così tanto? Be', il tempo vola.» Lo scrutò attentamente. «Perché non ti sposi?» gli chiese. «Trovati una brava donna che sappia prendersi cura di te. Stai invecchiando, sai? Che idea, portarti in giro una donnaccia e tentare di spacciarla per tua moglie.»

«Chiederò a Tuppence di portare il certificato di matrimonio, la prossima volta che veniamo a trovarti.»

«Ne hai fatto una donna onesta, quindi?» gli domandò zia Ada.

«Siamo sposati da più di trent'anni» rispose Tommy «e abbiamo un figlio e una figlia, sposati anche loro.»

«Il problema» disse zia Ada cambiando argomento con disinvoltura «è che nessuno mi racconta mai nulla. Se solo mi avessi tenuta al corrente...»

Tommy non replicò. Una volta Tuppence glielo aveva detto chiaro e tondo: «Se una persona che ha superato i sessantacinque anni ti critica, non replicare e non cercare di difenderti. Chiedi scusa all'istante, riconosci che è stata tutta colpa tua, dichiarati mortificato e prometti di non farlo mai più».

Tommy si rese immediatamente conto che la linea da seguire con zia Ada era quella. E del resto lo era sempre stata.

«Sono mortificato, zia Ada» disse. «Sai, col tempo si tende a dimenticare le cose. Non tutti» continuò spudoratamente «hanno la tua memoria di ferro.»

Zia Ada fece un ghigno compiaciuto. Non c'era altro modo per descriverlo. «Non hai tutti i torti» ammise. «Perdona la mia accoglienza sgarbata, ma non mi piace che ci si approfitti di me. Non si sa mai, in questo posto. Lasciano entrare chiunque. Chiunque. Se credessi a tutti, sarebbe come invitarli a rapinarmi e assassinarmi nel mio letto.»

«Oh, mi sembra improbabile» disse Tommy.

«Non si sa mai» ribatté zia Ada. «Si leggono certe cose

sui giornali. E la gente ne racconta tante altre. Non che io creda a tutto, ma tengo comunque gli occhi aperti. Pensa che l'altro giorno hanno portato qui uno strano tipo che non avevo mai visto. Diceva di chiamarsi dottor Williams, che il dottor Murray era in ferie e che lui era il suo nuovo collega. Il suo nuovo collega! Come potevo esserne sicura? Avevo solo la sua parola.»

«Ed era davvero il suo nuovo collega?»

«In effetti sì,» rispose zia Ada, lievemente contrariata «ma nessuno poteva saperlo con certezza. È arrivato in auto con quello scatolino nero che i medici usano per misurare la pressione, e via dicendo. Come la scatola magica di cui un tempo si parlava tanto. Di chi era, di Joanna Southcott?»

«No» rispose Tommy. «È un'altra storia, quella era una specie di profetessa.»

«Oh, capisco. Be', il punto è che chiunque potrebbe entrare in un posto come questo e presentarsi come medico, e subito le infermiere si metterebbero a ronzargli attorno tutte sorridenti, e sì dottore di qui, e certo dottore di là. Manca poco che si mettano sull'attenti, quelle sciocche! E se la paziente giura di non conoscerlo, la accusano di aver perso la memoria. Io non dimentico mai un volto» affermò zia Ada con decisione. «Non mi è mai successo. Come sta tua zia Caroline? È da un pezzo che non ho sue notizie. L'hai vista di recente?»

Quasi scusandosi, Tommy rispose che zia Caroline era morta da quindici anni. Zia Ada non mostrò alcun cordoglio. Dopotutto zia Caroline era solo una cugina, non sua sorella.

«Stanno morendo tutti, a quanto pare» disse, senza nascondere un certo piacere. «Sono degli smidollati, ecco il problema. Cuore debole, trombosi coronarica, pressione alta, bronchite cronica, artrite reumatoide e compagnia bella. Gente debole, dal primo all'ultimo. È così che i medici si guadagnano da vivere. Prescrivendo una scatola dopo l'altra, un flacone dopo l'altro. Compresse gialle, compresse rosa, compresse verdi, non mi stupirei di trovare delle compresse nere. Bah! Zolfo e melassa, ecco cosa si usava ai tempi di mia nonna. Un rimedio infallibile: quando c'era da scegliere tra guarire e bere zolfo e melassa, sceglievamo sempre di guarire.» Annuì compiaciuta. «I medici sono inaffidabili, non trovi? Soprattutto nelle questioni professionali, seguono i capricci della moda. Gira voce che qui dentro ci siano parecchi casi di avvelenamento, per procurare cuori ai chirurghi. Non che io ci creda: una donna come la signorina Packard non lo permetterebbe.»

Al piano inferiore, con i suoi modi lievemente contriti, la signorina Packard indicò a Tuppence una stanza che si affacciava sull'atrio.

«Sono davvero spiacente, signora Beresford, ma sa com'è con le persone anziane. Una volta che prendono qualcuno in simpatia o in antipatia, non c'è verso che cambino idea.»

«Dirigere un posto come questo dev'essere molto difficile» disse Tuppence.

«Oh, non direi. Mi diverto, sa? E a dire il vero voglio bene alle nostre ospiti. È naturale, quando ci si prende cura degli altri. Certo, vogliono sempre averla vinta e hanno le loro manie, ma gestirle non è affatto difficile, a patto di sapere come si fa.»

La signorina Packard, pensò Tuppence, doveva sapere bene come si faceva.

«Sono come bambini, di fatto» continuò benevola la direttrice. «Con la differenza che i bambini sono molto più razionali, il che può rendere difficile rapportarsi a loro. Le nostre ospiti invece sono irrazionali, pretendono di essere rassicurate sentendosi dire ciò che vogliono. E a quel punto si tranquillizzano, almeno per un po'. Posso contare su un ottimo staff, qui. Persone pazienti, di buon carattere e non troppo pignole, perché chi è pignolo tende all'impazienza. Sì, signorina Donovan, cosa c'è?» Si era girata verso una ragazza con il pince-nez arrivata di corsa giù per le scale.

«È di nuovo la signora Lockett, signorina Packard. Dice che sta morendo e vuole che il medico venga chiamato immediatamente.»

«Oh,» fece la signorina Packard senza scomporsi «e di cosa sta morendo, stavolta?»

«Dice che i funghi nello stufato di ieri erano velenosi.»

«Questa è nuova» disse la signorina Packard. «Sarà meglio che vada su a parlarle. Domando scusa, signora Beresford. In quella stanza troverà riviste e giornali.»

«Nessun problema» rispose Tuppence.

La stanza era gradevole, con alcune portefinestre che si aprivano sul giardino. C'erano delle poltroncine, vasi di fiori sui tavoli e contro la parete una libreria con un assortimento di romanzi moderni, libri di viaggio e intramontabili classici, di quelli che probabilmente alle ospiti faceva piacere riscoprire di tanto in tanto. Le riviste erano su un tavolo.

Al momento, l'unica persona a occupare la stanza era una vecchia signora con i capelli bianchi pettinati all'indietro, intenta a osservare il bicchiere di latte che teneva in mano. Aveva un bel viso bianco e rosa, e rivolse a Tuppence un sorriso cordiale.

«Buongiorno» disse. «Si trasferisce qui oppure è venuta a trovare qualcuno?»

«Sono qui per una zia» rispose Tuppence. «Mio marito è di sopra con lei. Abbiamo pensato che due visitatori nello stesso momento fossero un po' troppi.»

«Davvero premuroso da parte vostra» disse l'anziana signora, sorseggiando il latte con aria comprensiva. «Mi chiedevo se... ma no, va bene così. Gradisce qualcosa? Del tè o del caffè? Lasci che suoni il campanello. Sono molto servizievoli qui.»

«No grazie,» rispose Tuppence «molto gentile.»

«Magari un bicchiere di latte. Oggi non è avvelenato.»

«No, davvero. Non ci tratterremo ancora per molto.»

«Be', se è proprio sicura. Non sarebbe un disturbo, sa? Nessuno qui pensa mai che sia un disturbo. A meno che non si facciano richieste impossibili.»

«Scommetto che le richieste di nostra zia lo sono, a volte» disse Tuppence. «È la signorina Fanshawe.»

«Oh, la signorina Fanshawe. Ma certo.»

La vecchia signora sembrò esitare, ma Tuppence continuò allegramente: «Una persona intrattabile. Lo è sempre stata».

«Può dirlo forte. Sa, anch'io avevo una zia così, specie negli ultimi anni. Ma vogliamo tutte bene alla signorina Fanshawe. Se vuole sa essere molto, molto divertente quando parla degli altri.»

«Non stento a crederlo» osservò Tuppence, soffermandosi a considerare zia Ada da quel punto di vista inedito.

«È così caustica» proseguì l'anziana signora. «A proposito, io sono la signora Lancaster.»

«Beresford» disse Tuppence.

«Sa, a volte apprezziamo tutti un pizzico di cattiveria. Non bisognerebbe ridere di come vostra zia descrive le altre ospiti e di certe cose che dice sul loro conto, ma è più forte di noi.»

«È da molto che vive qui?»

«Da un bel pezzo, sì. Mi faccia pensare... sette anni. No, otto. Anzi, saranno più di otto, ormai» sospirò. «Qui si perde il contatto con la realtà. E con le persone. I parenti che mi sono rimasti vivono tutti all'estero.»

«Dev'essere triste.»

«In realtà no. Non ero particolarmente affezionata a loro. Per dirla tutta, li conoscevo appena. Ero malata... una malattia grave... e sola al mondo, perciò hanno pensato che avrei vissuto meglio in un posto come questo. Mi ritengo molto fortunata, qui sono tutti così gentili e premurosi. E i giardini sono davvero splendidi. Dovrei moderare il mio entusiasmo, lo so, perché vivendo da sola a volte tendo a fare confusione.» Si toccò la fronte. «Sovrappongo gli episodi, e a volte fatico a ricordarli con precisione.»

«Mi dispiace» disse Tuppence. «Ma temo che ognuno di noi abbia qualcosa che non va, non crede?»

«Certe malattie sono dolorosissime. Abbiamo qui due povere donne con l'artrite reumatoide, soffrono le pene dell'inferno. Il che mi fa pensare che forse non sia poi così terribile fare, be', un po' di confusione sul cosa, il dove e il chi. Quantomeno non si soffre fisicamente.»

«Già. Forse ha ragione» disse Tuppence.

La porta si aprì. Una ragazza in grembiule bianco entrò reggendo un piccolo vassoio con una caffettiera e un piattino con due biscotti e lo posò accanto a Tuppence.

«La signorina Packard ha pensato che potesse gradire una tazza di caffè.»

«Oh. Grazie» disse Tuppence.

La ragazza tornò fuori e la signora Lancaster disse: «Cosa le dicevo? Vede come sono premurosi?».

«Eccome.»

Tuppence si versò il caffè e cominciò a sorseggiarlo. Le due donne rimasero in silenzio per qualche istante. Tuppence offrì il piattino coi biscotti all'anziana signora, che però scosse la testa.

«No, grazie, cara. Preferisco il latte liscio.»

Posò il bicchiere e si abbandonò sulla sedia, gli occhi socchiusi. Pensando che fosse abituata a schiacciare un sonnellino in quel momento della giornata, Tuppence rimase in silenzio. D'un tratto, però, la signora Lancaster sembrò ridestarsi di soprassalto.

«Vedo che sta osservando il camino.»

«Oh. Davvero?» Tuppence trasalì lievemente.

«Sì. Mi domandavo...» L'anziana signora si chinò in avanti e abbassò la voce. «Mi perdoni, ma era sua quella povera creatura?»

Colta alla sprovvista, Tuppence esitò.

«Io... no, non credo» rispose.

«Ero solo curiosa. Pensavo che magari fosse venuta per questa ragione. Qualcuno dovrà farlo, prima o poi. E qualcuno lo farà, forse. È che l'ho vista guardare il camino in quel modo. È lì che si trova, sa? Dietro il camino.»

«Oh» fece Tuppence. «Oh. Davvero?»

«Sempre alla stessa ora» continuò la signora Lancaster a bassa voce. «Sempre alla stessa ora del giorno.» Alzò gli occhi all'orologio sulla mensola. Tuppence fece altrettanto. «Le undici e dieci» disse l'anziana signora. «Le undici e dieci. Sì, alla stessa ora tutte le mattine.»

Sospirò. «La gente non capisce... io ho detto quello che so... ma nessuno mi crede!»

Con profondo sollievo di Tuppence, in quel momento Tommy aprì la porta ed entrò. Tuppence si alzò in piedi.

«Eccomi. Sono pronta.» Si avviò verso la porta voltando la testa. «Arrivederci, signora Lancaster.»

«Com'è andata?» domandò a Tommy quando furono nell'atrio.

«Tu sei *scappata* come se avessi visto un incendio.»

«Sembra che io eserciti un effetto negativo su tua zia, non ti pare?» disse Tuppence. «È rassicurante, per certi versi.»

«Rassicurante?»

«Be', alla mia età» si spiegò Tuppence «e con la mia aria linda, rispettabile e vagamente noiosa, è bello sapere di poter essere presa per una donna di malaffare dalla sensualità irresistibile.»

«Stupida» disse Tommy dandole un affettuoso pizzicotto sul braccio. «Con chi stavi chiacchierando? Sembrava un'adorabile vecchietta svampita.»

«Era davvero simpatica» disse Tuppence. «Proprio una cara vecchietta. Sfortunatamente, ha perso il lume della ragione.»

«Sul serio?»

«Sì. Sembrava convinta che ci fosse un bambino morto dietro il camino o qualcosa del genere. Mi ha chiesto se quella povera creatura fosse mia.»

«Inquietante» disse Tommy. «Ma di pazienti un po' svitate qui ce ne saranno, così come di semplici vecchiette con l'unica preoccupazione degli anni che passano. Però sembrava simpatica.»

«Oh, lo era» disse Tuppence. «Simpatica e molto dolce. Mi chiedo solo quali siano esattamente le sue fantasie e da cosa nascano.»

All'improvviso riapparve la signorina Packard.

«Arrivederci, signora Beresford. Le hanno portato il caffè, vero?»

«Oh, sì, grazie.»

«Be', è stata davvero gentile a venire» disse la direttrice. Poi, a Tommy: «La signorina Fanshawe ha gradito molto la sua visita. Mi rincresce che sia stata sgarbata con sua moglie».

«Penso che le abbia fatto bene» disse Tuppence.

«Sì, ha ragione. Le piace essere sgarbata con gli altri. E purtroppo le riesce alla perfezione.»

«E dunque si diletta con questa arte ogni volta che può» aggiunse Tommy.

«Siete molto comprensivi» disse la signorina Packard.

«Quanto all'anziana signora con cui stavo parlando,» disse Tuppence «mi pare che abbia detto di chiamarsi Lancaster.»

«Oh, sì, la signora Lancaster. Le siamo tutte molto affezionate.»

«Non è un... un tantino strana?»

«Ha le sue fantasie» rispose la signorina Packard, benevola. «Come parecchie altre ospiti di Sunny Ridge. Fantasie innocue, cose che pensano siano capitate, a loro o ad altri. Noi cerchiamo di ignorarle, di non incoraggiarle e ridimensionarle. A mio parere, sono semplici esercizi di immaginazione, situazioni inventate nelle quali si divertono a immedesimarsi. Qualcosa di emozionante, oppure di triste e tragico. Non fa differenza. Ma nessuna mania di persecuzione, grazie al cielo. Quello sì sarebbe grave.»

«Be', è finita» sospirò Tommy salendo sull'auto. «Per almeno sei mesi non ci tocca tornare.»

Ma tornare a trovarla sei mesi dopo non fu necessario, perché tre settimane più tardi zia Ada morì nel sonno.

3
Un funerale

«Come sono tristi i funerali» disse Tuppence.

Erano appena tornati dal funerale di zia Ada, che li aveva costretti a un lungo e faticoso viaggio in treno, poiché la sepoltura aveva avuto luogo nel villaggio di campagna dove riposavano quasi tutti i parenti e gli antenati della donna.

«Be', cosa ti aspettavi?» le chiese Tommy. «Scene di pazza gioia?»

«Non è così ovunque. Sbaglio o in Irlanda fanno le veglie funebri? Una volta conclusi i pianti e i lamenti, tirano fuori le bottiglie e via con la baldoria. A proposito di *bottiglie*...» aggiunse lanciando un'occhiata alla credenza.

Tommy andò a prepararle un bicchiere di ciò che riteneva appropriato, in questo caso un White Lady.

«Ah, così va meglio» disse Tuppence.

Tolto il cappello, lo gettò sul pavimento e si sfilò il lungo cappotto nero.

«Detesto mettermi in gramaglie» disse. «Odorano sempre di naftalina perché rimangono chiuse in un armadio.»

«Non devi continuare a vestirti a lutto. Servono solo per i funerali» disse Tommy.

«Oh, questo lo so. Tra un paio di minuti corro di sopra a infilarmi un pullover scarlatto per rallegrare l'atmosfera. Intanto puoi prepararmi un altro White Lady.»

«Davvero, Tuppence, non avevo idea che i funerali ti mettessero così di buonumore.»

«Ho detto che i funerali sono tristi» spiegò Tuppence ricomparendo poco più tardi in uno sgargiante vestito rosso ciliegia con una lucertola di rubini e diamanti appuntata sulla spalla «perché lo sono i funerali come quello di zia Ada. Gente anziana, fiori scarsi, poche persone che singhiozzano e tirano su col naso. E un caro estinto vecchio e solo, che non lascerà un gran vuoto.»

«Pensavo che ti sarebbe stato facile sopportarlo, molto più che se fosse stato il mio funerale, per esempio.»

«È qui che ti sbagli di grosso» disse Tuppence. «Non sono particolarmente ansiosa di pensare al tuo funerale perché preferirei di gran lunga morire prima di te. Ma se proprio dovessi partecipare al tuo funerale, quantomeno sarebbe un tripudio di sofferenza. E porterei un mucchio di fazzoletti.»

«Con il bordo nero?»

«Al bordo nero non avevo pensato, ma è una buona idea. Inoltre, le esequie sono irresistibilmente stimolanti. Non c'è nulla di più reale della sofferenza vera. Ti fa piombare nella disperazione più nera, ma almeno qualcosa *fa*. Il dolore affiora come il sudore.»

«Davvero, Tuppence, le tue riflessioni sulla mia scomparsa e l'effetto che avrà su di te sono di uno straordinario cattivo gusto. Non mi piacciono. Basta parlare di funerali.»

«D'accordo.»

«Quella povera vecchietta se n'è andata,» continuò Tommy «tranquillamente e senza soffrire. Non pensiamoci più. Ora temo di dovermi occupare di quelle scartoffie.»

Si avvicinò alla scrivania e si mise a rovistare tra i fogli.

«Dove ho messo la lettera del signor Rockbury?»

«E chi sarebbe? Oh, certo, l'avvocato di zia Ada.»

«Esatto. Mi ha scritto riguardo ai suoi affari ancora in sospeso. A quanto pare, sono l'unico parente ancora in vita.»

«Peccato che non ti abbia lasciato una fortuna» disse Tuppence.

«Se avesse avuto una fortuna, l'avrebbe donata a quel ricovero per gatti. Il lascito a loro destinato nel testamento finirà per esaurire il suo patrimonio o quasi. E a me non rimarrà molto. Non che ne abbia bisogno o lo voglia.»

«Amava così tanto i gatti?»

«Non lo so. Probabilmente sì. Non gliene ho mai sentito parlare» rispose Tommy pensieroso. «Credo che si divertisse a dire alle vecchie amiche che andavano a trovarla cose come "Ti ho lasciato una cosetta nel mio testamento, cara" oppure "Questa spilla che ti piace tanto, la lascio a te", quando in realtà non ha lasciato nulla a nessuno, se non al ricovero per gatti.»

«Non stento a crederci» disse Tuppence. «Me la immagino fare promesse a tante vecchie amiche... o cosiddette tali, perché dubito che fosse davvero affezionata a chicchessia. Quanto doveva divertirsi a menarle per il naso. Era un vecchio diavolo, vero, Tommy? Ma per certi versi questo la rendeva stranamente ammirevole. Non è da tutti riuscire a godersi la vita a quell'età, reclusi in una casa di riposo. Dovremo tornare a Sunny Ridge?»

«Dov'è l'altra lettera, quella della signorina Packard? Oh, sì, eccola. L'avevo messa insieme a quella di Rockbury. Sì, dice che ci sono delle cose della zia che a quanto pare adesso sono mie. Aveva portato alcuni mobili a Sunny Ridge, e naturalmente ci sono gli effetti personali, gli indumenti e così via. Qualcuno dovrà controllarli. E poi le lettere, e chissà cos'altro. E siccome l'esecutore testamentario sono io, immagino che tocchi a me. Non c'è nulla che ci interessi, vero? Eccetto quel piccolo scrittoio per il quale ho sempre avuto un debole. Apparteneva al vecchio zio William, se la memoria non mi inganna.»

«Be', puoi prenderlo come ricordo» disse Tuppence. «Per il resto, immagino che faremo mettere tutto all'asta.»

«Insomma, non c'è bisogno che tu venga a Sunny Ridge.»
«Al contrario, mi farebbe piacere.»
«Ti farebbe piacere? E come mai? Non temi di annoiarti a morte?»
«A controllare le sue cose? Niente affatto, sono una persona curiosa. Le vecchie lettere e i gioielli antichi riservano sempre sorprese interessanti, bisognerebbe visionarli prima di farli mettere all'asta o permettere a degli estranei di valutarli. No: ce ne occuperemo noi, potrebbe sempre spuntare qualcosa che valga la pena di tenere.»
«Perché ci tieni tanto? C'è sotto qualcos'altro, vero?»
«Oh, povera me,» disse Tuppence «che supplizio essere sposati con qualcuno che ti conosce troppo bene.»
«Allora un altro motivo *c'è*.»
«Nulla di serio.»
«Avanti, Tuppence. Non hai mai amato frugare tra le cose degli altri.»
«Quello lo ritengo un dovere» replicò Tuppence con decisione. «No, l'altro motivo è...»
«Coraggio. Sputa il rospo.»
«Mi piacerebbe rivedere quella... quella vecchietta.»
«Quale, quella che pensava che ci fosse un bambino morto dietro il camino?»
«Sì» rispose Tuppence. «Vorrei parlarle di nuovo. Vorrei capire cosa aveva in mente. Era un ricordo oppure se l'era immaginato? Più ci penso, più mi sembra straordinario. È frutto della sua fantasia oppure c'è... anzi, c'era del vero nella storia del camino e del bambino morto? E cosa le faceva pensare che potesse essere *mio*? Ho la faccia di una donna che ha perso un bambino?»
«Non ho idea di quale possa essere la faccia di chi ha perso un bambino» rispose Tommy. «E comunque non direi. In ogni caso, Tuppence, andare è nostro dovere, così potrai dedicarti ai tuoi *macabri* passatempi. Dunque è deciso. Scriveremo alla signorina Packard per fissare il giorno.»

4
La casa nel quadro

Tuppence inspirò a fondo.

«È identica» disse.

Si trovavano sul gradino davanti all'ingresso di Sunny Ridge.

«E perché non dovrebbe esserlo?» chiese Tommy.

«Non lo so. È solo una sensazione, legata al tempo. Il tempo non trascorre ovunque alla stessa velocità. Quando torni in certi posti, ti sembra che il tempo si sia mosso a un ritmo forsennato, che siano successe cose di ogni genere, che tutto sia cambiato. Ma qui... ti ricordi Ostenda?»

«Ostenda? La nostra luna di miele. Certo che mi ricordo.»

«E ti ricordi quella scritta? TRAMSTILLSTAND. Quanto ci fece ridere. Era così buffa.»

«Credo fosse Knock, non Ostenda.»

«Fa lo stesso, l'importante è che te ne ricordi. Be', era una parola-macedonia, e qui è come se ne avessimo un'altra, *timestillstand*, "il tempo non si muove". Tutto procede come sempre. Come i fantasmi, ma alla rovescia.»

«Non so di cosa tu stia parlando. Hai intenzione di restare qui impalata tutto il giorno a chiacchierare del tempo? Zia Ada non c'è più, tanto per cominciare. Ecco una differenza.» Tommy suonò il campanello.

«L'unica, ne sono certa. La mia vecchietta starà bevendo il suo latte e parlando dei camini, la signora Vattelappesca avrà inghiottito un ditale o un cucchiaino, una buffa donnina uscirà da una porta strillando che vuole la sua cioccolata, la signorina Packard scenderà le scale e...»

La porta si aprì. Una giovane donna in grembiule di nylon disse: «Il signore e la signora Beresford? La signorina Packard vi sta aspettando».

Stava per farli accomodare nella stessa sala d'aspetto quando la signorina Packard scese a salutarli. I suoi modi, come si conveniva, erano meno spicci del solito, più solenni e quasi addolorati. Non troppo, però, per non metterli in imbarazzo. Padroneggiava alla perfezione l'arte del cordoglio.

L'arco vitale sancito nella Bibbia era di settant'anni, ed era raro che le ospiti del suo istituto scomparissero prima di quell'età. La morte era un evento previsto e come tale veniva trattato.

«Siete stati gentilissimi a venire. Ho riordinato tutto perché possiate controllare più facilmente. Sono lieta che siate arrivati così presto perché ho già tre o quattro persone che aspettano di trasferirsi qui. Non che volessi mettervi alcuna fretta, si capisce.»

«Certo che no, capiamo perfettamente» disse Tommy.

«È ancora tutto nella camera della signorina Fanshawe.»

La signorina Packard aprì la porta della stanza in cui avevano visto zia Ada l'ultima volta. Aveva la tipica aria deserta che hanno le camere quando sul letto viene steso un telo, sotto il quale si notano le sagome delle coperte ripiegate e dei cuscini ben sprimacciati.

Le ante dell'armadio erano aperte, i vestiti ordinatamente sistemati sul letto.

«Come vi comportate di solito? Voglio dire, che fine fanno vestiti e altri oggetti?» chiese Tuppence.

Come sempre, la signorina Packard si mostrò competente e premurosa.

«Posso darvi i nomi di due o tre associazioni che sarebbero felicissime di averli. La signorina Fanshawe possedeva una pregiata stola di pelliccia e un cappotto di buona fattura, ma immagino che non ve ne fareste granché. Oppure avete già qualche ente benefico di vostra fiducia?»

Tuppence scosse la testa.

«Aveva anche dei gioielli» continuò la signorina Packard. «Li ho tolti dalla cassetta di sicurezza e li ho sistemati nel cassetto destro della toeletta appena prima del vostro arrivo.»

«Grazie tante per il disturbo» disse Tommy.

Tuppence stava fissando un quadro appeso sopra il camino, un piccolo dipinto a olio raffigurante una casa rosa chiaro lungo un canale attraversato da un ponticello a schiena d'asino. Sotto il ponte, ormeggiata alla sponda, c'era una barca vuota. In lontananza, due pioppi. La scena era molto piacevole, ma Tommy trovava curiosa l'intensità con cui Tuppence la osservava.

«Davvero buffo» mormorò Tuppence.

Tommy la guardò. Le cose che sua moglie giudicava buffe, lo sapeva per esperienza, di norma non erano associabili a quell'aggettivo.

«Cosa vuoi dire?» le domandò.

«È buffo. Non avevo mai notato quel quadro, ma la cosa strana è che quella casa l'ho già vista da qualche parte. O forse somiglia a una casa che ho visto. La ricordo molto bene... Buffo che non riesca a ricordare il momento e il luogo.»

«Probabilmente l'hai notato senza notare di averlo notato» disse Tommy, rendendosi conto di quanto infelici e terribilmente ripetitive fossero le parole che aveva scelto, quasi quanto il "buffo" su cui Tuppence aveva insistito.

«E *tu* l'hai notato l'ultima volta, Tommy?»

«No, ma non ho fatto particolare attenzione.»

«Oh, quel quadro» intervenne la signorina Packard.

«Dubito che l'abbiate visto l'ultima volta, sono quasi certa che non fosse ancora appeso sopra il camino. Apparteneva a una delle nostre ospiti, che l'aveva dato a vostra zia. La signorina Fanshawe aveva detto un paio di volte che le piaceva molto e l'anziana signora aveva insistito per regalarglielo.»

«Capisco,» disse Tuppence «dunque non posso averlo già visto. Eppure ho la sensazione di conoscere quella casa molto bene. E tu, Tommy?»

«No.»

«Se ora volete scusarmi» tagliò corto la signorina Packard. «Non esitate a chiamarmi se doveste avere bisogno.»

Annuì con un sorriso e uscì dalla stanza, chiudendo la porta.

«Non mi piacciono i denti di quella donna» disse Tuppence.

«Cos'hanno che non va?»

«Sono troppi. O forse troppo grandi... *Per mangiarti meglio, bambina mia.* Come la nonna di Cappuccetto Rosso.»

«Oggi sei di umore strano, Tuppence.»

«È vero. Ho sempre trovato molto gentile la signorina Packard, ma per qualche motivo oggi mi è parsa minacciosa. Non hai avuto questa sensazione?»

«No. Avanti, abbiamo un compito da svolgere: controllare gli "effetti" della povera zia Ada, come li chiamano gli avvocati. Ecco lo scrittoio di cui ti parlavo, quello di zio William. Ti piace?»

«È splendido. Stile reggenza, a occhio e croce. È bello che le anziane signore che vengono ad abitare qui possano portare qualcosa di loro. Le poltroncine di crine non mi sembrano granché, ma mi piacerebbe avere quel tavolino da lavoro. È perfetto per l'angolo accanto alla finestra, al posto di quella ripugnante scansia.»

«D'accordo» disse Tommy. «Prendo nota.»

«Voglio anche il quadro sopra il camino. È incantevole, e poi sono certa di aver già visto quella casa. E adesso diamo un'occhiata ai gioielli.»

Aprirono il cassetto della toeletta. C'erano un assortimento di cammei, un braccialetto fiorentino con un paio di orecchini coordinati e un anello di pietre multicolori.

«Una volta ne ho visto uno come questo» disse Tuppence. «Le iniziali delle pietre compongono un nome, di solito. A volte la parola *cara*. Corallo, ametista... no, non è *cara*. Mi sembra improbabile. Chi mai potrebbe sognarsi di regalare un anello alla *cara* zia Ada? Ambra, madreperla... la difficoltà è capire da quale cominciare. Riproviamo. Ambra, madreperla... e questa cos'è? Potrebbe essere iolite, e poi corallo e ametista. Oh, ma certo, *amica*. Che pensiero gentile, che idea romantica e démodé.»

Lo infilò al dito.

«A Deborah potrebbe piacere,» disse «e anche la parure fiorentina. Ha una passione spaventosa per lo stile vittoriano. Come tanta gente al giorno d'oggi, del resto. Ora sarà meglio occuparci dei vestiti. La parte più *macabra*, immagino. Oh, ecco la stola di pelliccia. Sembrerebbe davvero pregiata, ma non me la vedo addosso. Chissà se qui c'è qualcuno... qualcuno che era particolarmente gentile con zia Ada... magari un'amica tra le altre pazienti... insomma, qualcuno che le faceva compagnia. Un'ospite, qui le chiamano così. Se ci fosse, sarebbe un bel gesto offrirle la stola. È vero zibellino. Chiederemo alla signorina Packard. Il resto può andare in beneficenza. Abbiamo finito, vero? Andiamo a cercare la signorina Packard. Addio, zia Ada» sottolineò ad alta voce, girandosi verso il letto. «Sono felice dell'ultima visita che ti abbiamo fatto. Peccato che non ti piacessi, ma se disprezzarmi e maltrattarmi ti divertiva, non ti serbo rancore. Anche tu avevi diritto a un *minimo* di svago. Non ti dimenticheremo. E penseremo a te ogni volta che guarderemo lo scrittoio di zio William.»

Trovata la signorina Packard, Tommy le spiegò che avrebbero fatto ritirare e recapitare al loro indirizzo lo scrittoio e il tavolino da lavoro, mentre degli altri mobili si sarebbero occupati alcuni banditori d'asta. Se non era troppo disturbo, preferiva lasciare alla signorina Packard la scelta delle associazioni benefiche a cui donare gli indumenti.

«C'è qualche vostra ospite che potrebbe essere interessata alla stola di pelliccia?» le chiese Tuppence. «È davvero bella. Magari una delle sue migliori amiche? O una delle infermiere che più si prendevano cura di zia Ada?»

«È molto gentile da parte sua, signora Beresford. Temo che la signorina Fanshawe non avesse grandi amiche tra le nostre ospiti, ma la signorina O'Keefe, una delle infermiere, si occupava spesso di lei con grande tatto e generosità: penso che sarebbe felice e onorata di averla.»

«E poi c'è il quadro sopra il camino» disse Tuppence. «Mi piacerebbe prenderlo, ma forse la persona che glielo ha regalato vorrebbe riaverlo. Sarà meglio domandare...»

La signorina Packard la interruppe. «Mi rincresce, signora Beresford, ma temo che sia impossibile. A regalarlo alla signorina Fanshawe è stata una certa signora Lancaster, che non è più con noi.»

«Non è più con voi?» chiese Tuppence, sorpresa. «Una certa signora Lancaster? Era la donna con i capelli bianchi pettinati all'indietro, l'ho incontrata qui l'ultima volta. Stava bevendo un bicchiere di latte nella sala d'aspetto al pianterreno. Dunque se n'è andata?»

«Sì, e in maniera alquanto improvvisa. Una parente, una certa signora Johnson, l'ha portata via all'incirca una settimana fa. Era appena tornata dall'Africa, dove viveva da quattro o cinque anni, senza alcun preavviso. Lei e il marito stanno prendendo casa in Inghilterra, perciò ora potrà prendersi cura della signora Lancaster. Non credo che fosse contenta di andarsene. Qui aveva le sue abitudini, andava d'accordo con tutti ed era felice. Era molto turbata e non smetteva di piangere, ma cosa poteva farci? Non aveva molta voce in capitolo, ovviamente erano i Johnson a pagarle il soggiorno a Sunny Ridge. Io mi sono permessa di suggerire che siccome viveva qui da tanto e si era sistemata così bene forse era preferibile lasciarla restare...»

«Da quanto tempo viveva qui la signora Lancaster?» chiese Tuppence.

«Quasi sei anni, se non sbaglio. Ecco perché si sentiva a casa.»

«Già» rifletté Tuppence. «Sì, è comprensibile.» Lanciò uno sguardo nervoso e preoccupato a Tommy, quindi puntò con decisione il mento in avanti.

«Mi dispiace che se ne sia andata. Mentre le parlavo mi sembrava di averla già vista, aveva un volto familiare. Poi mi è tornato in mente che l'avevo conosciuta insieme a una vecchia amica, la signora Blenkinsop. Avevo deciso di chiederle conferma una volta che fossi tornata qui a trovare zia Ada, ma se i familiari l'hanno portata via, questo ovviamente cambia tutto.»

«Capisco perfettamente, signora Beresford. Per le nostre ospiti è molto importante poter entrare in contatto con i vecchi amici o con persone che un tempo conoscevano i loro parenti. Non ricordo di averla mai sentita nominare una signora Blenkinsop, ma del resto non penso che avesse motivo di farlo.»

«Può raccontarmi qualcos'altro su di lei, sui parenti e su cosa la portò a vivere qui?»

«In realtà c'è ben poco da raccontare. Come vi accennavo, circa sei anni fa la signora Johnson ci scrisse alcune lettere per chiedere informazioni sull'istituto, che poi venne a visitare di persona. Diceva di aver sentito parlare di Sunny Ridge da un'amica, e dopo essersi informata su tariffe e condizioni varie se ne andò. Una o due settimane dopo uno studio legale di Londra ci contattò per avere ulteriori dettagli, poi di nuovo per chiederci di accogliere la signora Lancaster: se avevamo un posto libero, la signora Johnson l'avrebbe accompagnata qui una settimana dopo. Il posto libero c'era, così la signora Johnson tornò con la signora Lancaster, che sembrava contenta dell'istituto e della stanza che le avevamo assegnato. La signora Johnson ci informò che la signora Lancaster desiderava portare qui alcune cose sue: io non avevo nulla in contrario, molte altre ospiti lo fanno per sentirsi a proprio agio. Insomma, andò tutto liscio come l'olio. La signora Johnson ci spiegò che la signora Lancaster era una lontana parente del marito, ed erano preoccupati per lei perché stavano per partire per l'Africa... Nigeria, se non sbaglio... dove il marito doveva assumere una carica. Era probabile che ci sarebbero rimasti per alcuni anni prima di tornare in Inghilterra, e siccome non avevano una casa da offrire alla signora Lancaster volevano assicurarle una sistemazione che fosse di suo gradimento. A giudicare da quanto avevano sentito, Sunny Ridge era la soluzione ideale, e in effetti la signora Lancaster sembrava felice di trasferirsi qui.»

«Capisco.»

«Le eravamo tutte molto affezionate. Certo, aveva la mente un po' annebbiata: dimenticava le cose, le confondeva, a volte non ricordava nomi e indirizzi.»

«Riceveva parecchie lettere?» chiese Tuppence. «Dall'estero, voglio dire.»

«Credo che la signora o il signor Johnson le avessero scritto una lettera o due dall'Africa, ma non oltre il primo anno. La gente tende a dimenticare, purtroppo, specie quando va in un altro paese e comincia una nuova vita. E in ogni caso non credo che fossero in rapporti molto stretti. Era una lontana parente e loro si sentivano in dovere, nulla di più. Le questioni finanziarie furono interamente delegate all'avvocato Eccles, di un rinomato studio legale che già conoscevamo perché avevamo avuto a che fare con loro in una o due occasioni. Credo però che quasi tutti gli amici e i familiari della signora Lancaster fossero scomparsi, perciò non aveva quasi nessuno che le scrivesse o la venisse a trovare. Un anno dopo o giù di lì venne a farle visita un uomo di bell'aspetto. Non penso che la conoscesse di persona, era un amico del signor Johnson e come lui aveva prestato servizio nel Colonial Service oltremare. Probabilmente voleva solo assicurarsi che stesse bene.»

«Dopodiché si dimenticarono di lei» disse Tuppence.

«Temo di sì» rispose la signorina Packard. «È triste, vero? Ma è quello che accade il più delle volte. Fortunatamente, molte delle ospiti qui trovano nuove amiche che condividono i loro gusti o certi ricordi, con grande piacere reciproco. Credo che molte di loro finiscano per dimenticare buona parte del passato.»

«Alcune di loro, immagino,» disse Tommy «sono un tantino...» Non si decideva a scegliere il termine. «Un tantino...» Fece per avvicinare il dito alla tempia, ma subito lo abbassò. «Non intendo dire che...»

«Oh, so perfettamente cosa intende» lo interruppe la signorina Packard. «Qui non accettiamo pazienti con disturbi mentali, ma alcuni possono essere definiti casi limite. Donne in età molto avanzata, incapaci di badare a se stesse oppure inclini ad avere le loro fantasie. A volte sono convinte di essere personaggi storici, ma sono assolutamente innocue. Abbiamo avuto due Marie Antoniette, una delle quali continuava a parlare del *Petit Trianon* e a bere latte, che per qualche ragione sembrava associare a quel luogo. E poi c'era quella cara vecchietta che sosteneva di essere Madame Curie e di avere isolato il radio. Leggeva i giornali con grande interesse, soprattutto le notizie sulle bombe atomiche e le scoperte scientifiche, e ogni volta ci spiegava che i primi a condurre esperimenti di quel genere erano stati lei e il marito. Fissazioni innocue come queste sono in grado di rendere felici le persone anziane, e in ogni caso non sono permanenti. Non si è Maria Antonietta o Madame Curie tutti i giorni, di norma capita ogni due settimane. È probabile che a un certo punto si stanchino di recitare, e naturalmente spesso e volentieri è una semplice questione di memoria. Non ricordano più chi sono, oppure continuano a ripetere di aver dimenticato qualcosa di fondamentale, se solo ricordassero cosa. Questo è quanto.»

«Capisco» disse Tuppence. Poi, con una certa esitazione: «E i ricordi della signora Lancaster riguardavano solo il camino della sala d'aspetto oppure i camini in generale?».

La signorina Packard sgranò gli occhi. «I camini? Non capisco.»

«L'ultima volta mi ha detto una cosa che non ho capito. Forse i camini le ricordavano un episodio spiacevole, oppure era rimasta spaventata da una storia che aveva letto.»

«È possibile.»

«E tuttavia continuo a essere preoccupata per il quadro che regalò a zia Ada.»

«Non penso proprio che ne abbia motivo, signora Beresford. È probabile che ormai se ne sia dimenticata. Dubito che ci tenesse in modo particolare, era semplicemente felice di donarlo alla signorina Fanshawe, che lo ammirava tanto, e sono certa che sarebbe altrettanto felice di sapere che ora è nelle sue mani. Anch'io, pur non intendendomi di pittura, lo trovo un bel quadro.»

«Mi è venuta un'idea. Se vorrà darmi l'indirizzo della signora Johnson, le chiederò il permesso di tenerlo.»

«L'unico indirizzo che ho è quello dell'albergo di Londra nel quale alloggiavano, se non sbaglio si chiamava Cleveland. Sì, Cleveland Hotel, George Street, W1. La signora Johnson voleva portarci la signora Lancaster per quattro o cinque giorni, poi credo che avessero intenzione di spostarsi a casa di parenti in Scozia. Immagino che l'albergo avrà un recapito.»

«La ringrazio. Quanto alla stola di pelliccia...»

«Vado a chiamare la signorina O'Keefe.»

Uscì dalla stanza.

«Tu e le tue signore Blenkinsop» disse Tommy.

Tuppence fece un sorrisetto.

«Una delle mie migliori invenzioni» disse. «Sono felice che mi sia tornata utile. Stavo cercando un nome e all'improvviso mi è venuta in mente lei. Quanto ci divertivamo, vero?»

«Ne è passato di tempo. Non siamo più in guerra, basta con spionaggio e controspionaggio.»

«Che peccato. Era uno *spasso*, vivere in quella pensione sotto mentite spoglie. Cominciavo a pensare di essere *davvero* la signora Blenkinsop.»

«Sei fortunata ad averla fatta franca, e come ti ho già detto penso che tu ti fossi lasciata prendere la mano.»

«Niente affatto. Mi ero calata perfettamente nella parte. Una donna affabile, piuttosto sciocca e ossessionata dai tre figli.»

«Per l'appunto» ribatté Tommy. «Un figlio sarebbe stato più che sufficiente, ma tre erano decisamente troppi.»

«Erano diventati così reali» disse Tuppence. «Douglas, Andrew e... santo cielo, ho scordato il nome del terzo. Conosco alla perfezione l'aspetto e il carattere di ciascuno di loro, sapevo dov'erano di guarnigione e parlavo senza alcun ritegno delle lettere che mi scrivevano.»

«Be', la recita è finita» disse Tommy. «Non c'è nessun mistero da svelare qui, perciò dimenticati della tua signora Blenkinsop. Quando sarò morto e sepolto e tu ti sarai trasferita in una casa di riposo dopo avermi pianto come si conviene, scommetto che metà del tempo penserai di essere la signora Blenkinsop.»

«Che noia sarà avere una sola parte da recitare» disse Tuppence.

«Come mai le vecchie signore *vogliono* essere Maria Antonietta, Madame Curie e così via?»

«Secondo me perché si annoiano a morte. E non c'è da

stupirsi: ti annoieresti anche *tu* se non potessi usare le gambe per camminare o avessi le dita troppo rigide per lavorare a maglia. Alla disperata ricerca di un passatempo, si scelgono un personaggio e provano a indossarne i panni. Lo capisco perfettamente.»

«Non ne dubito» disse Tommy. «Dio salvi la casa di riposo che ti ospiterà. Sarai quasi sempre Cleopatra, ci scommetto.»

«Non sarò un personaggio famoso» replicò Tuppence. «Preferirei essere, che so, una sguattera al castello di Anna di Clèves. Passerei le giornate a spifferare i gustosi pettegolezzi che ho sentito.»

In quel momento la porta si aprì. Era la signorina Packard, accompagnata da una ragazza alta con le lentiggini, la divisa da infermiera e una zazzera rossa.

«Signorina O'Keefe, le presento i signori Beresford, che hanno qualcosa da dirle. E ora vogliate scusarmi, una paziente ha bisogno di me.»

Tuppence offrì cerimoniosamente la stola di zia Ada all'infermiera O'Keefe, che ne fu estasiata.

«Oh, è meravigliosa! Ma è troppo bella per me, non vuole tenerla?»

«No, per me è un po' grande. Io sono troppo piccola. Per una giovane slanciata come lei è perfetta. Anche zia Ada era alta.»

«Ah, che gran signora! Doveva essere molto attraente da giovane.»

«Immagino di sì» disse Tommy dubbioso. «Ma prendersi cura di lei dev'essere stato un incubo.»

«Non era facile, non posso negarlo, ma aveva uno spirito straordinario. Non si lasciava abbattere da nulla, e non era una stupida. Aveva modi sorprendenti di scoprire le cose. Furba come una volpe.»

«Che caratteraccio, però.»

«Certo, ma le pazienti più impegnative sono quelle che

passano la giornata a lamentarsi e piagnucolare. La signorina Fanshawe non era mai noiosa. Sapeste che storie raccontava sui bei tempi andati. Una volta, o almeno così diceva, era salita a cavallo su per lo scalone di una dimora di campagna. Sarà vero?»

«Non mi stupirebbe» rispose Tommy.

«Qui non si sa mai a cosa credere. Raccontano certe storie, le nostre care vecchiette. A volte pensano di aver riconosciuto un criminale e ci dicono di chiamare la polizia perché siamo in pericolo.»

«L'ultima volta che siamo venuti c'era chi si lamentava di un avvelenamento» disse Tuppence.

«Oh, era solo la signora Lockett. Le capita tutti i giorni. Lei però non vuole la polizia, vuole un medico. È ossessionata dai medici.»

«E poi c'era una donnina che chiedeva la sua cioccolata...»

«Doveva essere la signora Moody. Poveretta, ci ha lasciato.»

«È tornata a casa?»

«No. Trombosi fulminante. Era molto affezionata a sua zia. Non che la signorina Fanshawe avesse molto tempo da dedicarle, impegnata com'era a chiacchierare tutto il santo giorno...»

«La signora Lancaster se n'è andata, ho sentito.»

«Sì, sono venuti a prenderla. Lei non voleva, povera cara.»

«Sa dirmi qualcosa della storia che raccontava sul camino nella sala d'aspetto?»

«Oh, di storie ne raccontava tante. Episodi che le erano capitati, segreti di cui era al corrente...»

«Parlava di un bambino... un bambino rapito, o forse assassinato...»

«Sono davvero assurde, le cose che si inventano. Spesso è la televisione a mettergli in testa certe idee.»

«Trova logorante lavorare con tutte queste persone anziane? Chissà che fatica.»

«Oh, no, gli anziani mi piacciono. Per questo ho scelto il settore geriatrico.»

«Lavora qui da molto?»

«Un anno e mezzo...» Si interruppe. «Ma il mese prossimo me ne vado.»

«Oh! E come mai?»

Per la prima volta, nei modi dell'infermiera O'Keefe si insinuò un certo imbarazzo.

«Be', sa, signora Beresford, a volte abbiamo tutti bisogno di cambiare...»

«Ma continuerà a fare lo stesso lavoro?»

«Oh, sì» rispose la ragazza prendendo la stola di pelliccia. «Grazie ancora per questa, di cuore. Sono felice di avere un ricordo della signorina Fanshawe. Era proprio una gran signora. Al giorno d'oggi non ce ne sono più tante.»

5
Scomparsa di un'anziana signora

I

Le cose di zia Ada arrivarono a tempo debito. Una volta montato, lo scrittoio destò grande ammirazione. Il tavolino da lavoro spodestò la scansia, che venne relegata in un angolo buio all'ingresso. Quanto al dipinto con la casa rosa vicino al ponte sul canale, Tuppence lo appese sopra il camino della camera da letto, in modo da poterlo ammirare ogni mattina bevendo il tè.

Non sentendosi ancora in pace con la propria coscienza, scrisse una lettera alla signora Lancaster per spiegarle come era entrata in possesso del quadro, specificando che se voleva riaverlo non aveva che da comunicarglielo. Gliela indirizzò presso la signora Johnson, Cleveland Hotel, George Street, Londra, W1.

Non ricevette risposta, ma una settimana dopo la lettera fu restituita al mittente con la dicitura "Destinatario sconosciuto".

«Che seccatura» disse Tuppence.

«Forse sono rimaste soltanto una notte o due» suggerì Tommy.

«C'era da immaginare che avessero lasciato un recapito...»

«Hai scritto "Prego inoltrare" sulla busta?»

«Certo. Telefonerò all'albergo. Devono aver annotato un indirizzo nel registro.»

«Fossi in te lascerei perdere» disse Tommy. «Perché te ne preoccupi tanto? Ormai quella vecchietta si sarà dimenticata del quadro.»

«Tentar non nuoce.»

Tuppence si mise seduta, prese il telefono e fu messa immediatamente in contatto con il Cleveland Hotel.

Qualche minuto dopo raggiunse Tommy nel suo studio.

«È davvero curioso, Tommy, non ci sono mai state. Nessuna signora Johnson, nessuna signora Lancaster, nessuna stanza prenotata a loro nome. E non risulta che abbiano mai alloggiato al Cleveland.»

«Probabilmente la signorina Packard ha sbagliato nome. Ne avrà preso nota in fretta e furia, magari l'ha perso o forse ricordava male. Sono cose che capitano, sai.»

«Mi stupisce che capitino a Sunny Ridge. La signorina Packard è sempre così efficiente.»

«Forse non avevano prenotato, e dal momento che l'albergo era al completo hanno dovuto cercare posto altrove. Sai bene quanto sia difficile trovare alloggio a Londra. Devi *proprio* continuare a preoccupartene?»

Tuppence uscì dallo studio.

Rientrò subito.

«Ho trovato. Chiamerò la signorina Packard per chiederle l'indirizzo degli avvocati.»

«Quali avvocati?»

«Non ricordi? Gli avvocati che hanno preso accordi per la signora Lancaster mentre i Johnson erano all'estero.»

Tommy stava lavorando al testo di un discorso che di lì a poco avrebbe tenuto durante una conferenza. «*La linea di condotta più idonea a una simile evenienza*» mormorò. «Come si scrive "evenienza"?»

Tuppence uscì, ma tornò subito a fare capolino dalla porta.

«E-m-i-n-e-n-z-a.»

«No, hai sbagliato parola.»

«Cosa stai scrivendo?»

«L'intervento che dovrò leggere alla IUAS, e vorrei tanto che mi lasciassi in pace.»

«Scusami.»

Tuppence si congedò, Tommy continuò a scrivere frasi e cancellarle. Stava cominciando a rasserenarsi e a prendere il ritmo quando la porta si riaprì.

«Eccolo qui» disse Tuppence. «Partingdale, Harris, Lockeridge e Partingdale, 32 Lincoln Terrace, WC2. Tel. Holborn 051368. Il socio operativo dello studio è il signor Eccles.» Posò un foglio accanto al gomito di Tommy. «Ora tocca a *te*.»

«Nemmeno per sogno!» ribatté Tommy con decisione.

«E invece sì! È la *tua* zia Ada.»

«E questo cosa c'entra? La signora Lancaster non è mia zia.»

«Ma sono *avvocati*» insistette Tuppence. «Trattare con gli avvocati è un lavoro da uomini. Sono convinti che le donne siano sciocche e distratte.»

«Un punto di vista del tutto condivisibile.»

«Oh, Tommy, ti *prego,* aiutami! Se li chiami, cercherò sul dizionario come si scrive "evenienza".»

Tommy le lanciò un'occhiataccia, ma poi andò a telefonare.

Quando tornò indietro, proclamò con decisione: «La questione è *chiusa,* Tuppence».

«Hai parlato con il signor Eccles?»

«Ho parlato con un certo signor Wills, che doveva essere l'ultimo impiegato dello studio Partingford, Lockjaw e Harrison, ma aveva la lingua sciolta ed era perfettamente informato. Tutte le comunicazioni passano attraverso la Southern Counties Bank, filiale di Hammersmith, che le inoltra ai destinatari. E qui... fattene una ragione, Tuppence... la pista *si interrompe.* Le banche inoltrano la posta, ma non forniranno mai un indirizzo a te o a chiunque altro lo richieda. Hanno la loro deontologia professionale, la rispettano e tengono le labbra serrate come i nostri primi ministri più sussiegosi.»

«D'accordo, scriverò alla signora Johnson presso la banca.»

«Fa' come ti pare, e per l'amor del cielo *lasciami in pace*, o non finirò mai il mio discorso.»

«Grazie, tesoro» disse Tuppence. «Non so cosa farei senza di te.» Lo baciò sulla testa.

«Quanto miele, tutto a un tratto» disse Tommy.

II

Era giovedì sera quando Tommy domandò all'improvviso: «A proposito, hai più ricevuto risposta alla lettera che hai spedito alla signora Johnson presso la banca?».

«Sei gentile a chiedere» disse Tuppence sarcastica. «Comunque no. E non credo che la riceverò mai» aggiunse con aria pensosa.

«Perché?»

«Via, lo so che non ti interessa sul serio» rispose freddamente Tuppence.

«Senti, so di essere stato molto occupato ultimamente, ma è per via della IUAS. Grazie al cielo, arriva una sola volta all'anno.»

«Comincia lunedì, vero? E dura cinque giorni...»

«Quattro.»

«E vi riunite tutti in una casa di campagna in località top secret, dove fate discorsi, leggete documenti e selezionate giovani uomini per incarichi segretissimi in Europa e non solo. Non ricordo più cosa significa IUAS. Questa mania delle iniziali...»

«International Unity of Associated Security.»

«Che ridicolo scioglilingua! Immagino che il posto sarà

pieno di microspie, così tutti potranno ascoltare le conversazioni riservate degli altri.»

«È assai probabile» sogghignò Tommy.

«E scommetto che ti divertirai anche.»

«Be', in un certo senso. Avrò la possibilità di rivedere qualche vecchio amico.»

«Vecchi amici ormai rimbambiti. E dimmi, tutto questo serve a qualcosa?»

«Santo cielo, che razza di domanda! Pretendi forse una risposta secca, sì o no?»

«Incontrerai brave persone?»

«A questo posso rispondere, sì. Alcune sono ottime persone.»

«Ci sarà anche il vecchio Josh?»

«Sì.»

«Come sta?»

«Sordo come una campana, mezzo cieco e tormentato dai reumatismi, ma non crederesti mai alla quantità di cose che *non* gli sfuggono.»

«Capisco» rifletté Tuppence. «Quanto mi piacerebbe partecipare.»

Tommy assunse un'aria quasi colpevole.

«Sono certo che troverai il modo di tenerti occupata.»

«Può darsi» riconobbe Tuppence.

Il marito la guardò con quella vaga apprensione che Tuppence sapeva suscitare in lui.

«Tuppence... cosa ti frulla in mente?»

«Nulla, per il momento. Sto solo pensando.»

«A cosa?»

«A Sunny Ridge. E a un'anziana e gentile signora che beve latte e fa strani accenni a camini e bambini morti. Mi ha incuriosito. Mi ero ripromessa di indagare quando fossimo tornati a trovare zia Ada, ma zia Ada è morta. E quando siamo tornati a Sunny Ridge, la signora Lancaster era... scomparsa!»

«Parli dei parenti che l'hanno portata via? Questa non è una scomparsa, è un evento del tutto naturale.»

«Invece no. Nessun indirizzo rintracciabile, nessuna risposta alle lettere: è una scomparsa in piena regola. Ne sono sempre più certa.»

«Ma...»

Tuppence non gli permise di completare la frase.

«Stammi bene a sentire, Tommy. Facciamo conto che sia stato commesso un crimine. Il piano era perfetto, non c'erano rischi, ma all'improvviso ecco spuntare una persona di famiglia che ha visto o scoperto qualcosa. Una persona anziana con la lingua sciolta, che ama chiacchierare con tutti. Una persona che da un momento all'altro diventa pericolosa. Come ti comporteresti?»

«Arsenico nella minestra?» suggerì allegramente Tommy. «Una randellata in testa? Uno spintone giù per le scale?»

«Un po' troppo estremo. Le morti improvvise attirano l'attenzione. No: cercheresti una soluzione più semplice, e la troveresti. Una casa di riposo gradevole e decorosa. Andresti a visitarla presentandoti come signora Johnson o signora Robinson, oppure incaricheresti una terza parte, del tutto ignara, di prendere accordi. E affideresti le questioni finanziarie a uno studio legale di fiducia. Magari avresti già fatto notare che la tua anziana parente ha le sue lievi manie e tende a inventarsi le cose. Come tante altre anziane signore, del resto, nessuno lo troverebbe insolito. Nessuno la ascolterà se si mette a blaterare di latte avvelenato, bambini morti dietro i camini o misteriosi rapimenti. Penseranno semplicemente che la vecchia signora Comesichiama abbia ricominciato con le sue fantasie. In altre parole, *nessuno le darà retta.*»

«Tranne la signora Beresford» disse Tommy.

«*Sì!*» esclamò Tuppence. «*Io* le ho dato retta.»

«Ma perché?»

«Non lo so» mormorò Tuppence. «È come nelle fiabe.

Mi prude il pollice: arriva una cosa cattiva.[3] All'improvviso ho avuto paura. Sunny Ridge mi era sempre sembrato un posto tranquillo e felice, e tutto a un tratto... Non riesco a spiegarlo altrimenti. Volevo scoprire cosa c'era sotto, ma la povera vecchia signora Lancaster è scomparsa. Qualcuno l'ha fatta sparire come per incanto.»

«Ma perché avrebbero dovuto?»

«L'unica mia ipotesi è che stesse diventando pericolosa, dal loro punto di vista, naturalmente. Ricordava più cose, forse, e parlava più spesso. Oppure aveva riconosciuto qualcuno, o qualcuno aveva riconosciuto lei, e magari le aveva detto qualcosa che le aveva rinfrescato la memoria su un particolare episodio. Quale che fosse la ragione, era diventata pericolosa.»

«Qualcuno, qualcosa... Senti, Tuppence, questo è solo un mucchio di congetture. Non immischiarti in cose che non ti riguardano.»

«Se non c'è nulla in cui immischiarsi, di che cosa ti preoccupi?»

«Lascia stare Sunny Ridge.»

«Non ho intenzione di tornarci. Credo che mi abbiano detto tutto ciò che sanno. Quell'anziana signora era al sicuro finché è rimasta a Sunny Ridge, ma io voglio scoprire dove si trova *ora* e voglio farlo *in tempo*, prima che le accada qualcosa.»

«E cosa mai le potrebbe accadere?»

«Preferisco non pensarci. Ma ormai ho fiutato la pista, e diventerò l'investigatrice privata Prudence Beresford. Ricordi quando eravamo gli infallibili detective Blunt?»

«*Io* ero il detective Blunt» puntualizzò Tommy. «*Tu* eri la signora Robinson, la mia segretaria.»

«Non sempre. In ogni caso, mentre tu giocherai allo

[3] William Shakespeare, *Macbeth*, IV, 1, vv. 44-45.

spionaggio internazionale nella misteriosa dimora di campagna, la mia missione sarà "Salvate la signora Lancaster".»

«Scommetto che la troverai in ottima salute.»

«Sono la prima ad augurarmelo.»

«E come intendi procedere?»

«Come ti ho detto, prima devo riflettere. Magari un annuncio? No, sarebbe un errore.»

«Be', stai attenta» pensò bene di metterla in guardia Tommy.

Tuppence non si degnò di replicare.

III

Era lunedì mattina. Da lunghi anni – da quando, ragazzo dell'ascensore coi capelli rossi, era stato coinvolto da Tommy e Tuppence in attività anticriminali – Albert era il pilastro della vita domestica dei Beresford. Deposto il vassoio del tè sul tavolino fra i due letti, tirò le tende, annunciò che era una bella giornata e portò via la propria sagoma, ormai corpulenta, dalla stanza.

Tuppence sbadigliò e si mise seduta. Strofinando gli occhi, versò una tazza di tè, aggiunse una fetta di limone e osservò che sembrava una bella giornata, ma non si poteva mai sapere.

Tommy si voltò dall'altra parte con un grugnito.

«Sveglia» disse Tuppence. «Ricordati che oggi devi partire.»

«Gesù» disse Tommy. «È vero.»

Anche lui si mise seduto e si servì il tè, rivolgendo uno sguardo di apprezzamento al dipinto sopra il caminetto.

«Devo ammetterlo, Tuppence, il tuo quadro è proprio incantevole.»

«È per via del sole che lo illumina entrando di taglio dalla finestra.»

«Trasmette un tale senso di pace» continuò Tommy. «Se solo ricordassi dove ho già visto quella casa.»

«Non vedo che importanza abbia. Prima o poi ti tornerà in mente.»

«Sarà troppo tardi, voglio ricordarmene *adesso*.»

«Ma perché?»

«Non capisci? È l'unico indizio che ho. Quel quadro era della signora Lancaster.»

«E con ciò? Continuo a non vedere il nesso. Certo, un tempo apparteneva alla signora Lancaster, ma potrebbe essere stato acquistato a una mostra, da lei o da un parente. Oppure potrebbe essere un regalo che aveva portato a Sunny Ridge perché le piaceva. Non c'è ragione di pensare che abbia a che fare con lei *personalmente*. Se così fosse, non lo avrebbe dato a zia Ada.»

«È l'unico indizio che ho» ripeté Tuppence.

«È una casa graziosa e tranquilla» disse Tommy.

«Eppure io credo che sia vuota.»

«In che senso, vuota?»

«Dubito che qualcuno ci abiti. E dubito che qualcuno uscirà mai da quella casa. Nessuno attraverserà mai quel ponte, nessuno scioglierà mai gli ormeggi di quella barca.»

«Per l'amor del cielo, Tuppence.» Tommy sgranò gli occhi. «Cosa diavolo stai blaterando?»

«Ho avuto questa impressione la prima volta che l'ho vista: "Sarebbe bello abitare in quella casa". Poi ho pensato: "Ma non ci abita nessuno, ne sono sicura". Il che dimostra che l'ho già vista. Aspetta un momento. Aspetta un momento... ci sono quasi. Ci sono quasi.»

Gli occhi di Tommy erano sempre più spalancati.

«Da un *finestrino*» mormorò Tuppence. «Il finestrino di un'auto? No, no, l'angolazione non torna. Stavo correndo lungo il canale... ricordo il ponticello a schiena d'asino, i muri rosa della casa, i due pioppi. Anzi, erano *ben più* di due. Santo cielo, se soltanto riuscissi...»

«Oh, dacci un taglio, Tuppence.»
«Mi tornerà in mente.»
«Mio Dio» Tommy guardò l'orologio. «Devo darmi una mossa. Tu e i tuoi *déjà vu*.»
Saltò giù dal letto e corse in bagno. Tuppence si distese nuovamente sui cuscini e chiuse gli occhi, sforzandosi di richiamare un ricordo che si ostinava a sfuggirle.
Tommy si stava versando la seconda tazza di caffè in sala da pranzo quando Tuppence entrò, inebriata dal trionfo.
«Ci sono. Mi sono ricordata dove ho visto quella casa. Dal finestrino di un treno.»
«Dove? E quando?»
«Non lo so. Dovrò farmelo tornare in mente. Ricordo di essermi detta: "Un giorno andrò a vedere quella casa". Cercai di leggere il nome della stazione successiva, ma ne avevano abolite la metà, sai in che stato versano le ferrovie oggigiorno. La prima stazione che attraversammo era completamente smantellata, le banchine coperte dall'erba e senza cartelli.»
«Dove diavolo è la mia ventiquattrore? Albert!»
Seguì una caccia frenetica.
Tommy tornò indietro per un fulmineo saluto alla moglie, seduta a osservare un uovo all'occhio di bue con aria riflessiva.
«Arrivederci, Tuppence, e per l'amor di Dio, non ficcare il naso in cose che non ti riguardano.»
«Credo che mi farò solo qualche viaggetto in treno.»
Tommy sembrava lievemente sollevato.
«Sì,» la incoraggiò «è una buona idea. Comprati un biglietto stagionale. Esiste una formula che offre oltre mille chilometri di viaggio in tutte le isole Britanniche per una somma ragionevole. Fa proprio al caso tuo, Tuppence. Potrai prendere tutti i treni per tutte le destinazioni possibili e immaginabili. Sarà un piacevole passatempo fino al mio ritorno.»

«Porta i miei saluti a Josh.»

«Senz'altro.» Poi, rivolgendo uno sguardo ansioso alla moglie, Tommy aggiunse: «Vorrei che venissi con me. Non... non fare stupidaggini, intesi?».

«Certo che no» rispose Tuppence.

6
La pista di Tuppence

«Oh, povera me,» sospirò Tuppence «oh, povera me.» Guardandosi intorno con gli occhi pieni di malinconia, si sentiva infelice come mai. Certo, sapeva che Tommy le sarebbe mancato, ma non aveva idea di quanto.

Nel lungo corso della loro vita coniugale, non si erano separati praticamente mai. Già prima del matrimonio avevano cominciato a definirsi "giovani avventurieri": insieme avevano superato difficoltà e pericoli di ogni genere, si erano sposati, avevano avuto due figli e, proprio quando il mondo cominciava a sembrare un posto vecchio e noioso, ecco che quasi per miracolo la Seconda guerra mondiale li aveva rimessi in pista ai margini dell'intelligence britannica. A reclutare quella coppia per certi versi poco ortodossa era stato un uomo mite e anonimo che si faceva chiamare "signor Carter", dalle cui labbra sembrava che tutti pendessero. Quante altre avventure avevano vissuto, sempre insieme, ma quella in particolare non era stata prevista dal signor Carter. Quest'ultimo aveva reclutato solo Tommy, ma Tuppence, facendo appello a tutta la propria astuzia, era riuscita a origliare, cosicché il marito, appena arrivato in una pensione sul mare nei panni di un certo signor Meadows, aveva incontrato una signora di mezza età intenta a lavorare a maglia, che lo aveva osservato con aria innocente. Da quel momento lui e la signora Blenkinsop – come era stato costretto a chiamarla – avevano lavorato in tandem.

"Ma stavolta" rifletté Tuppence "è impossibile." Avrebbe potuto origliare per giorni interi, ma nulla al mondo le avrebbe dischiuso i recessi di Villa Top Secret o gli intricati misteri della IUAS. "Non è altro che un circolo per anziani signori" pensò sdegnata. Senza Tommy la casa era vuota, il mondo deserto: "Cosa diamine posso fare?".

Domanda retorica, perché Tuppence sapeva perfettamente cosa poteva fare e aveva già mosso i primi passi. Stavolta non c'era spazio per il lavoro d'intelligence, il controspionaggio o altre attività di natura ufficiale. "Prudence Beresford, investigatrice privata, ecco chi sono" si disse.

Sparecchiato in fretta e furia dopo una colazione raffazzonata, il tavolo da pranzo fu disseminato di orari ferroviari, guide turistiche, carte e qualche vecchio diario che Tuppence era riuscita a riesumare.

Un giorno degli ultimi tre anni (non prima, ne era certa), durante un viaggio in treno le era capitato di notare una casa dal finestrino della carrozza. Già, ma quale viaggio?

Come molti altri, i Beresford si spostavano perlopiù in auto e prendevano il treno solo di rado.

Per andare in Scozia, per esempio, a trovare Deborah, la figlia sposata. Ma in quel caso avevano viaggiato di notte.

Oppure a Penzance, per le vacanze estive, ma Tuppence conosceva la linea a memoria.

No, si trattava di un viaggio molto più occasionale.

Con dedizione e perseveranza, Tuppence compilò un elenco dei viaggi che potevano corrispondere alle caratteristiche di quello che stava cercando di ricordare. Una o due riunioni ippiche, una puntata nel Northumberland, due mete nel Galles, un battesimo, due matrimoni, una svendita, dei cagnolini consegnati per conto di un'amica che li aveva cresciuti e si era presa l'influenza. Il luogo d'incontro era un arido incrocio stradale di campagna di cui non ricordava il nome.

Tuppence sospirò. Forse l'unica soluzione era seguire il suggerimento di Tommy: comprare un biglietto aperto e ripercorrere le tratte ferroviarie più probabili.

Nel frattempo, per ogni evenienza, aveva annotato su un taccuino gli altri frammenti di ricordo che le riaffioravano alla mente.

Un cappello, per esempio. Sì, un cappello che aveva gettato sull'attaccapanni. Se indossava il cappello, doveva trattarsi di un matrimonio o del battesimo, certo non dei cagnolini.

Poi – altro lampo di memoria – si era tolta le scarpe con un calcio perché le facevano male i piedi. Sì, ne era sicura: aveva visto la casa e si era tolta le scarpe per dare sollievo ai piedi doloranti.

Dunque doveva trattarsi del viaggio di andata o ritorno da una cerimonia. Di ritorno, ovvio: i piedi le dolevano per il tempo passato a muoversi con le sue scarpe migliori. Quanto al cappello, di che tipo era? Non era un dettaglio trascurabile: un cappello a fiori per un matrimonio estivo oppure uno invernale di velluto?

Tuppence era indaffarata a prendere appunti dagli orari ferroviari quando Albert arrivò a chiederle cosa desiderava per cena e cosa doveva ordinare dal macellaio e dal droghiere.

«Credo che sarò via per qualche giorno» rispose Tuppence. «Perciò non dobbiamo ordinare nulla. Farò qualche viaggio in treno.»

«Le preparo dei panini?»

«Magari. Prendi del prosciutto o qualcosa del genere.»

«Uova e formaggio? Oppure del pâté, ne abbiamo un barattolo in dispensa. È lì da un pezzo, sarebbe ora di consumarlo.»

Con un lieve brivido di inquietudine, Tuppence disse: «D'accordo, vada per il pâté».

«Desidera che le inoltri la posta?»

«Non so ancora dove andrò» rispose Tuppence.

«Capisco.»

Il bello di Albert era che non chiedeva mai spiegazioni.

Quando se ne fu andato, Tuppence tornò a dedicarsi alla sua missione. Doveva trovare un'occasione mondana che richiedesse un cappello e delle scarpe eleganti. Purtroppo gli eventi candidati coinvolgevano linee ferroviarie diverse: un matrimonio con la Southern Railway, l'altro nell'Anglia orientale e il battesimo a nord di Bedford.

Se solo fosse riuscita a ricordare meglio lo scenario... Era seduta dalla parte destra del treno. Cosa aveva visto *prima* del canale? Boschi? Alberi? Terreni agricoli? Un villaggio lontano?

Concentrandosi a fondo, alzò lo sguardo e sbuffò: Albert era tornato. Come poteva immaginare che il domestico, fermo ad aspettare sulla soglia, di lì a poco le avrebbe fornito nientemeno che la risposta al quesito che la tormentava?

«E *adesso* cosa c'è, Albert?»

«Se domani sarà via per tutto il giorno...»

«E anche dopodomani, probabilmente.»

«Mi chiedevo se potesse concedermi la giornata libera.»

«Sì, certo.»

«Si tratta di Elizabeth. Si è riempita di puntini. Milly pensa che abbia preso il morbillo.»

«Oh, santo cielo.» Milly era la moglie di Albert, Elizabeth la primogenita. «E Milly ti vorrebbe a casa, naturalmente.»

«Non proprio, quando ha da fare preferisce non avermi tra i piedi, ha paura che complichi le cose. Si tratta degli altri ragazzi, potrei portarli via.»

«Ma certo, immagino che siate in quarantena.»

«È un bene che abbiano fatto tutti il morbillo. Charlie l'ha già avuto, e anche Jean. Comunque, pensa che sia possibile?»

Tuppence non aveva nulla in contrario.

Qualcosa si stava muovendo nei meandri del suo inconscio... un felice presagio... una certezza che prendeva forma... Morbillo. Sì, morbillo. In un modo o nell'altro c'entrava il morbillo.

In che modo, però? Qual era il nesso tra la casa sul canale e il morb...

Ma certo! Anthea. Anthea, la figlioccia di Tuppence... June, la figlia di Anthea, era a scuola... primo trimestre... a scuola era giorno di premiazione e Anthea le aveva telefonato... i due figli più piccoli avevano preso il morbillo, a casa non c'era nessuno che potesse tenerli e per Jane sarebbe stata una delusione tremenda non veder arrivare nessuno... Tuppence voleva essere così gentile da...?

Naturalmente Tuppence aveva accettato: non doveva fare nulla di particolare, solo recarsi a prendere Jane a scuola, farla pranzare, riportarla a scuola per le gare sportive e così via. La scuola aveva predisposto un treno speciale.

Uno dopo l'altro i dettagli riaffiorarono con una nitidezza straordinaria, persino la fantasia estiva a fiordalisi dell'abito che indossava!

Quanto alla casa, l'aveva vista al ritorno.

All'andata stava leggendo con grande concentrazione una rivista, ma tornando non aveva nulla da leggere, così si era messa a guardare dal finestrino finché, esausta per l'intensa giornata e le scarpe troppo strette, si era appisolata.

Al suo risveglio, il treno stava costeggiando un canale. Il paesaggio era campestre con macchie di bosco, qui e là un ponte, a tratti un sentiero tortuoso o una stradicciola, una fattoria lontana, nessun villaggio.

Il treno aveva cominciato a rallentare senza apparente motivo, forse per ubbidire a un segnale. Si era fermato bruscamente di fianco a un ponte, un ponticello a schiena d'asino che attraversava il canale, presumibilmente in disuso. Sull'altra sponda, a pochi passi dall'acqua, c'era la casa: una delle più incantevoli che avesse mai visto, Tuppence se ne era convinta all'istante. Una casa silenziosa e tranquilla, indorata dal sole del tardo pomeriggio.

Non c'era anima viva nei paraggi, né cani o bestiame, ma le imposte verdi non erano chiuse. Doveva essere abitata, ma in quel momento non c'era nessuno.

"Devo informarmi su quella casa" aveva pensato Tuppence. "Un giorno tornerò a vederla. È il genere di posto in cui mi piacerebbe vivere."

A quel punto il treno era ripartito con un sussulto.

"Guarderò il nome della prossima stazione, per ricordarmi dove siamo."

Ma una stazione vera e propria non esisteva. Erano tempi infausti per le ferrovie: piccole stazioni chiuse o addirittura demolite, banchine in rovina coperte dalle erbacce. Per venti minuti, forse mezz'ora, Tuppence non aveva visto nulla di definito eccetto la guglia di una chiesa, in lontananza oltre i campi.

Poi era arrivato un complesso industriale – alte ciminiere, una schiera di prefabbricati – e di nuovo l'aperta campagna.

"Che casa da sogno!" aveva pensato Tuppence. "Forse era davvero un sogno: dubito che tornerò mai a cercarla, troppo complicato. Un vero peccato, ma chissà... un giorno, forse, la ritroverò per caso!"

Poi se ne era dimenticata, finché un quadro appeso a una parete aveva risvegliato un vago ricordo.

E ora, grazie a una parola pronunciata dall'ignaro Albert, la ricerca era terminata.

O meglio, era appena cominciata.

Tuppence scelse tre carte geografiche, una guida turistica e vari altri accessori.

A grandi linee, ora sapeva qual era l'area da perlustrare. Contrassegnò con una grossa croce la scuola di Jane e riconobbe la diramazione ferroviaria che si immetteva nella linea principale per Londra: il buco temporale durante il quale si era addormentata.

L'area di ricerca che finì per delimitare copriva una distanza considerevole: a nord di Medchester, a sudest dell'importante snodo ferroviario di Market Basing e probabilmente fino a ovest di Shaleborough.

Sarebbe partita l'indomani mattina presto con l'auto.

Si alzò in piedi e andò in camera a studiare il quadro sopra il caminetto.

Sì, non c'erano più dubbi. Era la casa che aveva visto dal treno tre anni prima. La casa che un giorno aveva giurato di ritrovare...

Quel giorno era arrivato. Quel giorno era l'indomani.

Libro secondo

LA CASA SUL CANALE

7
La strega buona

L'indomani mattina, prima di partire, Tuppence diede una lunga ultima occhiata al quadro: non tanto per fissare nella memoria i dettagli della casa, quanto per ricordarne la posizione nel paesaggio. Stavolta l'avrebbe vista dalla strada, non dal treno, cambiando completamente angolazione. Potevano esserci molti ponti a schiena d'asino e molti canali in disuso, forse persino altre case che somigliavano a quella (ma era un'idea a cui Tuppence si rifiutava di credere).

Il quadro era firmato, ma il nome dell'artista era illeggibile, salvo la B iniziale.

Staccando lo sguardo dalla tela, Tuppence si mise a controllare il suo armamentario: un orario dei treni con annessa carta ferroviaria; un assortimento di carte topografiche; un elenco di località ipotetiche – Medchester, Westleigh, Market Basing, Middlesham, Inchwell – che nel loro complesso formavano il triangolo che aveva deciso di perlustrare. Si sarebbe portata una piccola borsa da viaggio perché la aspettavano tre ore di guida prima di arrivare nell'area di manovra. Dopodiché, con ogni probabilità avrebbe dovuto affrontare lunghi e lenti percorsi per le strade e i sentieri di campagna, a caccia di canali.

Dopo una sosta a Medchester per un caffè e uno spuntino, proseguì lungo una strada secondaria adiacente a una linea ferroviaria che tagliava una zona boscosa ricca di torrenti.

Le indicazioni abbondavano, come in varie altre regioni rurali d'Inghilterra, ma di rado conducevano alle località promesse, che in ogni caso Tuppence non conosceva. Quel settore del sistema stradale inglese sembrava il frutto di una mente diabolica. La strada deviava dal canale, ma sperare di ricongiungersi al corso d'acqua era una pia illusione. Se si seguiva l'indicazione per Great Michelden, il cartello successivo offriva due alternative, Pennington Sparrow e Farlingford. Scegliendo Farlingford si arrivava davvero in un posto che rispondeva a quel nome, ma quasi immediatamente un altro cartello rispediva a Medchester, riportando in pratica al punto di partenza. Tuppence non arrivò mai a Great Michelden, e cominciava a perdere le speranze di ritrovare il misterioso canale. Conoscere il nome del villaggio che stava cercando avrebbe potuto aiutarla, ma rintracciare i canali sulle carte era un autentico rompicapo. Di tanto in tanto si riaffiancava alla ferrovia e, rinfrancata, procedeva verso Bees Hill, South Winterton e Farrell St Edmund. Quest'ultima *era stata* una stazione ferroviaria, solo che l'avevano abolita! "Se solo ci fosse una strada con la buona creanza di correre lungo un canale o una linea ferroviaria" pensò.

Col passare delle ore, iniziò a cedere allo sconforto. A volte trovava una fattoria vicino a un canale, ma la strada che l'aveva condotta sin lì aveva l'impudenza di abbandonare il corso d'acqua per arrampicarsi su una collina, portandola in posti con nomi come Westpenfold provvisti di chiese e torri squadrate assolutamente inutili.

Affranta, imboccò allora una strada profondamente solcata che sembrava costituire l'unica via d'uscita da Westpenfold, ma il suo senso dell'orientamento (di minuto in minuto sempre più inaffidabile) le suggeriva che, qualunque fosse la meta, stava andando nella direzione opposta. Poi, di punto in bianco, si trovò davanti a un bivio tra due stradicciole. In mezzo, i resti di un cartello con i due bracci rotti.

«Destra o sinistra?» si domandò. «E chi lo sa? Io no di certo.»

Scelse la sinistra.

Dopo l'ennesimo tornante, la strada si allargava e risaliva una collina boscosa, per poi sbucare in aperta campagna e, appena valicata la cresta, scendere ripida sull'altro versante. Non lontano, risuonò un fischio lamentoso...

«Sembrerebbe un *treno*» disse Tuppence, rianimandosi all'improvviso.

Proprio così. Sotto di lei, un treno merci arrancava sui binari sbuffando e fischiando. Al di là della ferrovia c'era il canale, sull'altra sponda del canale una casa che Tuppence riconobbe, e sopra il canale un ponticello di mattoni rosa a schiena d'asino. La strada passava sotto le rotaie, risaliva e continuava sul ponte. Tuppence lo attraversò molto lentamente. A quel punto la strada proseguiva con la casa sulla destra. Tuppence si avvicinò, cercando un ingresso che sembrava non esserci. La casa era protetta da un muro altissimo.

Parcheggiata l'auto, tornò a piedi sul ponte per avere una visuale migliore.

Le imposte erano verdi e quasi tutte chiuse. La casa sembrava silenziosa e deserta. Alla luce del tramonto aveva un'aria tranquilla e mite, e non dava segno di essere abitata. Tuppence tornò a prendere l'auto e si spostò più avanti. Il muro correva alla sua destra; una siepe separava il lato sinistro della strada dai campi verdi.

Arrivata a un cancello in ferro battuto, parcheggiò e scese dall'auto. Alzandosi in punta di piedi, riuscì a vedere il giardino: un tempo poteva essere stata una fattoria, ma di certo non lo era più. Probabilmente c'erano dei campi oltre la casa. Il giardino era coltivato, benché non troppo in ordine. L'impressione era che qualcuno stesse cercando di prendersene cura con scarsi risultati.

Dal cancello partiva un vialetto circolare che tagliava il giardino verso la casa. Per quanto non ne avesse l'aria, quello doveva essere l'ingresso principale. Sembrava quasi una porta di servizio, robusta ma poco appariscente. Da quel lato, la casa appariva molto diversa. Tanto per cominciare, non era vuota. Qualcuno ci abitava: le finestre erano aperte, le tende sbattevano, accanto alla porta c'era un secchio per l'immondizia. In fondo al giardino, Tuppence vide un uomo anziano e ben piazzato intento a scavare con lenta determinazione. Nessun artista si sarebbe mai sognato di dipingerla da quell'angolazione, priva di fascino com'era. Era una casa abitata come tante altre. Tuppence esitò. Doveva andarsene e lasciar perdere? No, non poteva, non dopo tanta fatica. Che ora si era fatta? Guardò l'orologio, ma si era fermato. Dall'interno arrivò il rumore di una porta che si apriva. Sbirciò di nuovo.

Una donna uscì dalla casa. Posò a terra una bottiglia di latte e poi, raddrizzandosi, lanciò un'occhiata al cancello. Si accorse di Tuppence e, dopo un attimo di titubanza, si decise ad andarle incontro incamminandosi sul vialetto. "Caspita," si disse Tuppence "è una strega buona!"

Doveva avere sui cinquant'anni, e i lunghi capelli arruffati le sbattevano dietro la testa, agitati dal vento. A Tuppence tornò in mente un quadro (di Nevinson?) con una giovane strega sulla scopa. Forse era per questo che d'istinto l'aveva associata a una strega, ma quella donna era tutt'altro che giovane e bella: di mezza età, aveva il volto rugoso ed era piuttosto trasandata. Aveva una specie di cappello a pan di zucchero appoggiato sulla testa, mentre naso e mento puntavano l'uno verso l'altro. Possedeva tutti i connotati di una figura sinistra, ma in realtà non lo era: sprizzava una cordialità sconfinata.

"Sì," pensò Tuppence "sei esattamente *come* una strega, ma una strega *buona*, di quelle che un tempo chiamavano streghe bianche."

La donna raggiunse il cancello e parlò con voce incerta ma gradevole. Aveva un vago accento campagnolo.

«Cercava qualcosa?»

«Perdoni la mia maleducazione,» rispose Tuppence «il fatto è che... che ero incuriosita dalla casa.»

«Vuole entrare a dare un'occhiata al giardino?» chiese la strega buona.

«Be'... insomma... la ringrazio, ma non vorrei disturbare.»

«Oh, nessun disturbo. Non ho nulla da fare. È uno splendido pomeriggio, non trova?»

«Eccome.»

«Avevo paura che si fosse persa» continuò la strega buona. «A volte capita.»

«Sono solo rimasta affascinata da questa casa mentre scendevo la collina dall'altra parte del ponte» spiegò Tuppence.

«È il lato migliore» disse la donna. «A volte i pittori vengono a dipingerla, o almeno venivano un tempo.»

«Già» disse Tuppence. «Non mi sorprende. Ho l'impressione di... di aver visto un quadro... a una mostra» si affrettò ad aggiungere. «Una casa molto simile a questa. Anzi, forse era proprio *questa*.»

«Può darsi. È buffo, sa? Arriva un pittore, dipinge un quadro, e poi cominciano ad arrivare altri pittori, come un cinema che proietta lo stesso film anno dopo anno. Per qualche motivo, scelgono sempre lo stesso punto: uno scorcio di prato con ruscello, una quercia particolare, un folto gruppo di salici o la stessa veduta della chiesa normanna. Cinque o sei quadri diversi con lo stesso soggetto, e quasi tutti pessimi, a mio parere. Ma del resto io non mi intendo d'arte. Entri, la prego.»

«Molto gentile» disse Tuppence. «Che giardino incantevole.»

«Sì, non è male. Abbiamo i fiori e la verdura, ma mio marito non è più in grado di lavorare e tra una cosa e l'altra a me manca il tempo.»

«Una volta ho visto questa casa dal treno» disse Tuppence. «Il treno aveva rallentato, io l'ho notata e mi sono chiesta se l'avrei mai rivista. Era parecchio tempo fa.»

«E ora, tutto a un tratto, ecco che la ritrova scendendo in auto dalla collina» disse la donna. «Buffa la vita, vero?»

"Grazie al cielo," pensò Tuppence "parlare con questa donna è facilissimo. È quasi inutile inventarsi spiegazioni di sorta, basta dire la prima cosa che passa per la mente."

«Vuole entrare?» domandò la strega buona. «La vedo interessata. La casa è molto vecchia, sa? Impianto tardogeorgiano o qualcosa del genere, così mi hanno detto, ma in seguito è stata ingrandita. Naturalmente noi ne occupiamo solo metà.»

«Oh, capisco» disse Tuppence. «Dunque è divisa in due?»

«Questo è il retro» rispose la donna. «La facciata è dall'altra parte, quella che ha visto dal ponte. Una suddivisione curiosa, ho sempre pensato che dividerla nell'altro senso sarebbe stato più logico: destra e sinistra, per così dire, non davanti e dietro. Insomma, questo è il retro.»

«È da molto che abitate qui?» chiese Tuppence.

«Tre anni. Quando mio marito è andato in pensione, cercavamo un posticino tranquillo ed economico in campagna. Questa casa costava poco perché è isolata, non ci sono villaggi nei dintorni.»

«Ho visto un campanile in lontananza.»

«Oh, è la chiesa di Sutton Chancellor, a quattro chilometri da qui. Rientriamo nello stesso distretto, naturalmente, ma non ci sono case fino al villaggio, che per giunta è molto piccolo. Vuole una tazza di tè?» chiese la strega buona. «Ho messo il bollitore sul fuoco nemmeno due minuti fa, appena prima di vederla al cancello.» Quindi si portò le mani alla bocca. «Amos!» gridò «Amos!»

L'omone in fondo al giardino si voltò.

«Il tè è pronto fra dieci minuti.»

Amos rispose alzando una mano. La donna aprì la porta e fece segno a Tuppence di entrare.

«Io mi chiamo Perry» disse in tono amichevole. «Alice Perry.»

«Beresford. Signora Beresford.»

«Entri a dare un'occhiata, signora Beresford.»

Tuppence esitò un momento. "Sembra quasi *Hansel e Gretel*" pensò. "La strega mi invita in casa. Forse è fatta di pan di zenzero..."

Poi, osservando di nuovo Alice Perry, si rese conto che quella non era la casa di pan di zenzero della strega di Hansel e Gretel. Era una donna assolutamente normale. No, a ben vedere non lo era. Possedeva una strana e vigorosa cordialità. "Forse sa fare gli incantesimi," pensò Tuppence "ma di sicuro incantesimi buoni." Chinando lievemente la testa, varcò la soglia della casa della strega.

L'interno era piuttosto buio, i corridoi angusti. La signora Perry fece strada in cucina e passò in un salottino che doveva essere il soggiorno. Quella parte della casa, probabilmente aggiunta al complesso originario in epoca tardovittoriana, non aveva nulla di speciale. Era alquanto stretta, e sembrava composta da un buio corridoio che collegava fra loro una serie di stanze. Una soluzione davvero bizzarra per suddividere una casa.

«Si accomodi, porto subito il tè» disse la signora Perry.

«Lasci che le dia una mano.»

«Oh, non si disturbi, ci vorrà un attimo. È già sul vassoio.»

Dalla cucina arrivò un fischio. Il bollitore cominciava a dare segni di inquietudine. La signora Perry uscì e rientrò poco dopo con il vassoio del tè, un piattino di *scones*, un barattolo di marmellata e tre tazze con piattino.

«Immagino che sia delusa, ora che è entrata» disse.
Un'osservazione perspicace e molto vicina alla verità.
«Oh, niente affatto» rispose Tuppence.
«Be', al posto suo io lo sarei. Non potrebbero essere più diversi, vero? Il davanti e il dietro della casa, intendo. Ciò non toglie che sia confortevole, però. Le stanze non sono molte ed è poco illuminata, ma la differenza di prezzo è notevole.»
«Chi l'ha divisa? E perché?»
«È successo molti anni fa, credo. Il proprietario, chiunque fosse, doveva ritenerla troppo grande o forse difficile da gestire. Magari voleva un semplice posto per il fine settimana. Così decise di tenere le stanze migliori, la sala da pranzo e il soggiorno, e ricavò la cucina da uno studiolo, più un paio di camere con bagno al primo piano. Per finire costruì il muro, affittò la vecchia zona delle cucine e del ripostiglio, e fece qualche ristrutturazione.»
«Chi abita nell'altra parte? Qualcuno che viene solo per il fine settimana?»
«Non ci abita più nessuno» rispose la signora Perry. «Prenda un altro *scone*, cara.»
«Grazie.»
«Almeno non negli ultimi due anni. Non so nemmeno chi sia il proprietario.»
«C'era qualcuno quando vi siete trasferiti qui?»
«Ogni tanto c'era una giovane signora, un'attrice, o almeno così si diceva. Ma non l'abbiamo mai conosciuta, ci capitava di intravederla solo qualche volta. Arrivava il sabato sera tardi, probabilmente dopo lo spettacolo, e ripartiva la domenica sera.»
«Una donna misteriosa» cercò di incoraggiarla Tuppence.
«Lo pensavo anch'io, sa? Mi divertivo a inventare storie su di lei. A volte immaginavo che fosse come Greta Garbo, ha presente che portava sempre gli occhiali da sole e il

cappello calcato sulla testa? Santo cielo, ma ce l'ho *anch'io* il mio cappello a pan di zucchero!»

Ridendo, si tolse dalla testa il copricapo da strega.

«È per una recita che allestiremo nella parrocchia di Sutton Chancellor» spiegò. «Sa, una specie di fiaba per bambini. Io faccio la strega.»

«Oh» fece Tuppence, colta di sorpresa, poi si affrettò ad aggiungere: «Divertente».

«Molto divertente» annuì la signora Perry. «E poi, sono una strega perfetta, non trova?» rise toccandosi il mento. «Ho la faccia giusta. Spero che il pubblico non si metta in testa strane idee. Penseranno che faccio il malocchio.»

«Non credo proprio» disse Tuppence. «Sono certa che sarebbe una strega buona.»

«Be', la ringrazio. Tornando a quell'attrice, ora mi sfugge il nome... signorina Marchment, forse, ma potrei sbagliarmi... non immagina le storie che inventavo su di lei. E pensare che non la vedevo e non le parlavo praticamente mai. A volte avevo l'impressione che fosse terribilmente timida o addirittura nevrotica. I giornalisti venivano a cercarla, ma lei non li riceveva mai. Altre volte immaginavo... mi prenderà per una sciocca, lo so... immaginavo cose piuttosto inquietanti sul suo conto. Che avesse paura di farsi *riconoscere*, per esempio. Forse non era nemmeno un'attrice. Forse era una criminale ricercata dalla polizia. A volte è divertente inventare storie, specie quando... be', quando non si vedono molte persone.»

«Arrivava sempre da sola?»

«Non ci giurerei. Le pareti che fecero costruire quando divisero la casa sono molto sottili, a volte si sentivano voci o altri rumori. Credo che ogni tanto portasse qualcuno nel fine settimana» annuì. «Un uomo, probabilmente. Forse è per questo che cercavano un po' di tranquillità.»

«Un uomo sposato» disse Tuppence, cedendo alle fantasticherie.

«Probabile.»

«O forse il marito, che voleva una casa in campagna per ucciderla e magari l'ha sotterrata in giardino.»

«Santo cielo!» esclamò la signora Perry. «Ha una bella immaginazione, lei. Non ci avevo pensato.»

«*Qualcuno* che sapeva di lei doveva esserci» disse Tuppence. «Un'agenzia immobiliare, per esempio.»

«Immagino di sì,» replicò la signora Perry «ma preferirei *non* saperlo, se capisce cosa intendo.»

«Ma certo, capisco perfettamente.»

«Ha una sua atmosfera, questa casa. Si ha quasi la sensazione che qui dentro possa essere successo di tutto.»

«La signorina non aveva una donna delle pulizie?»

«Improbabile. Non ce ne sono nei dintorni.»

La porta d'ingresso si aprì. Era l'omone che Tuppence aveva visto scavare in giardino. Andò a lavarsi le mani nel ripostiglio, poi entrò nel salottino.

«Questo è mio marito Amos» annunciò la signora Perry. «Abbiamo un'ospite, Amos. La signora Beresford.»

«Molto piacere» disse Tuppence.

Il signor Perry era un uomo alto e dinoccolato, più robusto e imponente di quanto le fosse sembrato. Pur strascicando i piedi e camminando lentamente, era di corporatura muscolosa.

«Piacere mio, signora Beresford.»

La voce era gradevole, il volto sorridente, ma per un istante Tuppence si domandò se gli mancasse qualche rotella. Il suo sguardo era semplice e attonito: forse la signora Perry desiderava vivere in un posto tranquillo perché il marito soffriva di un disturbo mentale.

«È innamorato del suo giardino» disse lei.

Con l'arrivo del signor Perry la conversazione perse vivacità. Era quasi sempre la moglie a parlare, ma sembrava aver cambiato atteggiamento. Era molto più nervosa, e prestava la massima attenzione al marito. Per incoraggiarlo, pensò Tuppence, come una madre che invita il figliolo timido a parlare, a comportarsi al meglio di fronte a un ospite, a non sfigurare. Finito il tè, Tuppence si alzò.

«Ora devo andare. Grazie di cuore per la sua ospitalità, signora Perry.»

«Prima deve vedere il giardino.» Il signor Perry si alzò in piedi. «Venga, glielo mostro *io.*»

La accompagnò fuori e la portò nell'angolo oltre il punto in cui stava scavando.

«Bei fiori, vero?» disse. «Ho delle rose antiche qui. Guardi questa striata di rosso e bianco.»

«*Commandant Beaurepaire*» disse Tuppence.

«Noi la chiamiamo "York e Lancaster". La Guerra delle due rose. Senta che profumo.»

«Delizioso.»

«Molto meglio di quei nuovissimi ibridi di Tea.»

A suo modo quel giardino era commovente. Le erbacce non erano estirpate a dovere, ma i fiori erano legati con cura dalla volenterosa mano di un dilettante.

«Colori vivaci» disse il signor Perry. «A me piacciono i colori vivaci. Viene spesso gente a vedere il giardino. Sono felice che sia qui.»

«La ringrazio molto» disse Tuppence. «Il giardino e la casa sono davvero graziosi.»

«Dovrebbe vedere l'altra parte.»

«È in affitto? O forse in vendita? Sua moglie mi ha detto che è disabitata.»

«Non lo sappiamo. Non ci sono cartelli e non viene mai a vederla nessuno.»

«È un bel posticino.»

«Cerca una casa?»

«Sì» rispose Tuppence assecondando un istinto improvviso. «Sì, in effetti vorremmo trasferirci in campagna quando mio marito andrà in pensione. Probabilmente sarà l'anno prossimo, ma preferiamo cominciare subito a guardarci intorno.»

«Se cercate un posto tranquillo, è l'ideale.»

«Forse dovrei chiedere alla vostra agenzia immobiliare. È così che avete trovato casa?»

«Sì, ma dopo aver letto un annuncio sul giornale.»

«Dove si trova l'agenzia, a Sutton Chancellor? Il villaggio si chiama così, giusto?»

«Sutton Chancellor? No, è a Market Basing. Russell & Thompson, può rivolgersi a loro.»

«Bene» disse Tuppence. «Quanto dista Market Basing?»

«Sutton Chancellor è a tre chilometri, Market Basing a dieci. C'è una strada che parte da Sutton Chancellor, qui attorno sono solo viottoli.»

«Capisco. Be', arrivederci, signor Perry, e grazie tante per avermi mostrato il suo giardino.»

«Aspetti un momento.» L'uomo si chinò a recidere un'enorme peonia, prese Tuppence per il risvolto del cappotto e gliela infilò all'occhiello. «Ecco fatto» disse. «Le sta benissimo.»

All'improvviso Tuppence fu colta dal panico. Quell'omone dinoccolato e pacioso tutto a un tratto le faceva paura. La guardava dall'alto sorridendo, un sorriso feroce e quasi malizioso. «Le sta benissimo» ripeté. «Benissimo.»

"Per fortuna non sono una giovincella..." pensò Tuppence. "Dubito che mi piacerebbe farmi mettere un fiore addosso da lui." Lo salutò in tutta fretta e corse via.

La porta di casa era aperta, così Tuppence entrò a salutare la signora Perry. La trovò in cucina che lavava le tazze del tè. Quasi senza pensarci, Tuppence prese uno strofinaccio e si mise ad asciugarle.

«Grazie di cuore,» disse «lei e suo marito siete così ospitali... *Cos'è stato?*»

Dal muro della cucina, o meglio da un punto dietro il muro in corrispondenza di un vecchio fornello, era arrivato uno strillo assordante accompagnato da uno strofinamento.

«Dev'essere una taccola,» rispose la signora Perry «caduta nel camino dell'altra casa. Capita in questo periodo dell'anno. La settimana scorsa una è finita nel nostro. Fanno il nido sui comignoli, sa.»

«Come? Nell'altra casa?»

«Sì. Eccola di nuovo.»

Gli strilli e lo strofinamento continuavano.

«Povera bestia» disse Tuppence.

«Già. Non si rialzerà più.»

«Vuol dire che morirà lì dentro?»

«Sì. Come dicevo, anche nel nostro camino ne è caduta una. Due, anzi. La più piccola se l'è cavata, l'abbiamo portata fuori ed è volata via. L'altra era già morta.»

I versi e lo scalpiccio frenetico non accennavano a smettere.

«Oh,» fece Tuppence «quanto vorrei poterla salvare.»

Il signor Perry entrò dalla porta. «Qualcosa non va?» chiese, spostando lo sguardo da una donna all'altra.

«C'è un uccello, Amos, dev'essere finito nel camino dell'altra casa. Lo senti?»

«Eh, è caduto dal nido delle taccole.»

«Dobbiamo provare a salvarlo» disse la signora Perry.

«Non c'è nulla da fare. Muoiono sempre, fosse solo di paura.»

«Chissà che puzza.»

«Da qui non si sentirà nulla. Avete il cuore tenero, voi,» continuò, voltandosi verso di loro «come tutte le donne. Andiamo a prenderlo, se volete.»

«E come, ci sono finestre aperte?»

«Possiamo entrare dalla porta.»

«Quale porta?»

«Qui fuori in cortile. La chiave è appesa insieme alle altre.»

L'uomo uscì e andò ad aprire una porticina in fondo all'edificio. Sembrava un ripostiglio per gli attrezzi, ma era collegato all'altra casa da una porta vicino alla quale c'erano sei o sette chiavi arrugginite appese a un chiodo.

«Questa va bene» disse il signor Perry.

La infilò nella toppa e, dopo aver armeggiato vigorosamente a lungo, riuscì a girarla.

«Una volta sono entrato, avevo sentito rumore d'acqua corrente. Si erano dimenticati di chiudere il rubinetto.»

Entrò, seguito dalle due donne. La porta conduceva in una stanzetta. C'erano una mensola con diversi vasi da fiori e un lavandino.

«La stanza dei fiori, direi. Vedete? Hanno lasciato qui tanti vasi.»

In fondo c'era un'altra porta. Non era chiusa a chiave. Il signor Perry la aprì. A Tuppence sembrò di entrare in un altro mondo. C'era la moquette in corridoio, e poco più avanti, da una porta socchiusa, arrivavano i rumori dell'uccello intrappolato. Perry spinse la porta, la moglie e Tuppence entrarono.

Le imposte erano chiuse, ma una delle due ante penzolava e lasciava filtrare la luce. Nonostante la penombra, sul pavimento si vedeva un tappeto stinto ma splendido, di un intenso verde salvia. Contro la parete c'era una libreria, ma niente sedie né tavoli. I mobili erano stati portati via, rimanevano solo tende e tappeti.

La signora Perry si avvicinò al camino. Sulla graticola c'era un uccello che si agitava e lanciava urla strazianti. Si chinò a prenderlo.

«Prova ad aprire la finestra, Amos.»

L'uomo spostò di lato l'anta rotta e sbloccò l'altra, quindi diede uno strattone al chiavistello. Il telaio si sollevò con un acuto cigolio. Non appena fu aperto, la signora Perry si sporse a liberare la taccola, che cascò sul prato e fece qualche saltello.

«Sarà meglio farla fuori» disse il signor Perry. «È ferita.»

«Aspetta» ribatté la moglie. «Non si sa mai. Si riprendono in fretta, gli uccelli. È la paura a paralizzarli.»

Qualche attimo dopo, infatti, con un ultimo strillo la taccola riuscì a spiegare le ali e volò via.

«Spero solo che non cada un'altra volta dentro quel comignolo» disse Alice Perry. «Creature ostinate, gli uccelli. Non imparano mai. Se finiscono dentro una stanza non sono capaci di uscirne da soli. Oh,» aggiunse «che macello.»

Tutti e tre stavano osservando la graticola. Dal camino era scesa una massa di fuliggine, calcinacci e mattoni rotti. Doveva essere in pessimo stato, e da tempo.

«Qualcuno dovrebbe venire ad abitarci» disse la signora Perry guardandosi intorno.

«Qualcuno dovrebbe prendersene cura» annuì Tuppence. «Bisognerebbe farla vedere a un costruttore, altrimenti la casa verrà giù da un momento all'altro.»

«È probabile che sia entrata acqua dal tetto, sopra le stanze al primo piano. Guardate le infiltrazioni sul soffitto, è arrivata fin qui.»

«Che peccato, lasciar andare in rovina un posto così bello» disse Tuppence.

Le due donne si diedero un'occhiata intorno. Costruita nel 1790, possedeva tutta l'eleganza di una casa di quel periodo. Sulla carta da parati, ormai sbiadita, un motivo a foglie di salice.

«È diventata un rudere» disse la signora Perry.

Tuppence smosse le macerie sulla graticola.

«Bisognerebbe dare una ripulita» disse la signora Perry.

«Perché ti preoccupi tanto? Questa non è casa tua» le disse il marito. «Lascia perdere, donna. Domattina sarà ancora nello stesso stato.»

Tuppence spostò i mattoni con la punta della scarpa.

«Oh!» esclamò disgustata.

Dentro il camino c'erano due uccelli morti, apparentemente da un pezzo.

«È il nido caduto qualche settimana fa. Mi aspettavo che l'odore fosse molto più forte» disse il signor Perry.

«E questo cos'è?» disse Tuppence.

Mezzo nascosto fra i calcinacci c'era qualcosa. Si chinò a raccoglierlo.

«Non tocchi gli uccelli morti» disse la signora Perry.

«Non è un uccello. C'è qualcos'altro nel camino. Be', questa poi» aggiunse, sgranando gli occhi. «È una bambola.»

La osservarono. Lacera, strappata, la testa penzolante dalle spalle, era proprio una vecchia bambola. Un occhio di vetro si staccò dall'orbita. Tuppence si rialzò.

«Davvero incredibile» disse. «Cosa ci fa una bambola dentro un camino?»

8
Sutton Chancellor

Partita dalla casa sul canale, Tuppence si avviò lentamente per la tortuosa stradicciola che portava al villaggio di Sutton Chancellor, o almeno così le avevano assicurato. Era molto isolata e non si vedevano case nei dintorni, solo i cancelli dei campi e i sentieri fangosi diretti verso l'interno. Il traffico era pressoché inesistente: Tuppence incrociò solo un trattore, un camion orgoglioso di annunciare il suo carico di torte Mother's Delight e un cartellone con una pagnotta di dimensioni spropositate. Il campanile che aveva scorto sembrava svanito nel nulla, ma ricomparve a poca distanza dopo una curva a gomito attorno a una cintura di alberi. Controllando il contachilometri, Tuppence si accorse di averne percorsi tre dalla casa sul canale.

Antica e graziosa, la chiesa si trovava all'interno di un vasto camposanto e davanti al portone c'era un tasso solitario.

Dopo aver parcheggiato fuori dal portico, Tuppence entrò e per qualche istante rimase a osservare la chiesa e il camposanto, quindi si avvicinò al portone sormontato da un arco normanno arrotondato e sollevò la pesante maniglia. Non era chiuso a chiave.

L'interno era tutt'altro che entusiasmante. La chiesa era vecchia, ma era stata vigorosamente ritinteggiata e rinfrescata in epoca vittoriana. Le panche in pino rosso e gli abbaglianti finestroni rosso-blu ne avevano rovinato l'antico fascino. Una donna di mezza età in cappotto e gonna di tweed stava sistemando dei fiori in vasi d'ottone attorno al pulpito: dell'altare si era già occupata. Voltandosi all'improvviso, lanciò a Tuppence uno sguardo profondamente interrogativo. Tuppence si incamminò tra le panche osservando le targhe commemorative sulle pareti. Una certa famiglia Warrender sembrava la più rappresentata nei primi anni: l'intero priorato di Sutton Chancellor, il capitano Warrender, il maggiore Warrender, Sarah Elisabeth Warrender, moglie adorata di George Warrender. Una targa più recente rendeva omaggio a Julia Starke, moglie adorata di Philip Starke, anch'egli appartenente al priorato di Sutton Chancellor. Sembrava dunque che i Warrender si fossero estinti. Nessuna di quelle figure le suscitava particolare curiosità o interesse, così Tuppence tornò fuori e fece un giro attorno alla chiesa. L'esterno era molto più gradevole. «Protoperpendicolare e decorato» osservò fra sé: sin da giovane aveva avuto dimestichezza con la terminologia dell'architettura ecclesiastica. Non era una grande estimatrice del protoperpendicolare.

A giudicare dalle ragguardevoli dimensioni della chiesa, un tempo Sutton Chancellor doveva essere stato un importante centro rurale. Tuppence lasciò l'auto dov'era e procedette a piedi verso il villaggio. Vide una bottega, un ufficio postale e una dozzina di casupole piuttosto anonime, eccetto un paio con il tetto di paglia. In fondo alla strada principale c'erano sei case più modeste dall'aria vagamente spaesata. Su una porta, la targa d'ottone di "Arthur Thomas, spazzacamino".

Quale agente immobiliare coscienzioso avrebbe mai accettato di offrire i propri servigi alla casa sul canale, che peraltro ne avrebbe avuto quanto mai bisogno? Che sciocca era stata a non domandare il nome della proprietà!

Tornò lentamente verso la chiesa, fermandosi a osservare il camposanto con più attenzione. Le piaceva. C'erano poche tombe recenti: quasi tutte le lapidi, parzialmente deturpate dai licheni e dal tempo, commemoravano sepolture al più tardi risalenti all'epoca vittoriana. Le pietre più vecchie erano affascinanti: alcune erano lastre verticali, inghirlandate e sormontate da cherubini. Tuppence si mise a girare fra le tombe, osservando le iscrizioni. Di nuovo i Warrender: Mary Warrender, quarantasette anni, Alice Warrender, trentatré anni, colonnello John Warrender, caduto in Afghanistan. Vari Warrender neonati – ricordati con commozione – e pii desideri espressi in versi eloquenti. C'erano ancora dei Warrender in vita? Sembrava di no: Tuppence non trovava tombe posteriori al 1843. Superato il tasso, incontrò un anziano pastore chino sopra una fila di vecchie lapidi accanto a un muro dietro la chiesa. Vedendola arrivare, si alzò in piedi e si voltò.

«Buon pomeriggio» la salutò cordialmente.

«Buon pomeriggio a lei» rispose Tuppence. «Stavo dando un'occhiata alla chiesa.»

«Rovinata dal restauro vittoriano, purtroppo.»

La voce era gradevole, il sorriso affabile. Dimostrava una settantina d'anni, ma Tuppence era convinta che, nonostante gli evidenti reumatismi e le gambe malferme, ne avesse di meno.

«In epoca vittoriana giravano troppi soldi» sospirò. «E c'erano troppi imprenditori ferrieri. Uomini devoti, certo, ma ahimè privi di qualsivoglia gusto o senso artistico. Ha visto la finestra che dà a est?» rabbrividì.

«Sì» rispose Tuppence. «Atroce.»

«Non potrei essere più d'accordo. Sono il parroco» aggiunse, come se fosse stato necessario.

«L'avevo intuito» replicò educatamente Tuppence. «È qui da molto?»

«Dieci anni, mia cara. È una bella parrocchia. Gente perbene, la poca che c'è, qui ho passato giorni felici. Non amano molto i miei sermoni» aggiunse con aria triste. «Faccio del mio meglio, ma naturalmente non posso fingermi un sacerdote più moderno di tanto. Si sieda» aggiunse con gentilezza, indicandole una lapide.

Tuppence fu lieta di accettare l'invito, il parroco si accomodò su un'altra pietra.

«Non posso trattenermi a lungo» si scusò. «Posso fare qualcosa per lei o è solo di passaggio?»

«Be', in realtà ero di passaggio» rispose Tuppence. «Così mi sono fermata a dare un'occhiata alla chiesa. Sono in auto e mi ero persa per queste stradicciole.»

«Già. Orientarsi qui intorno è molto difficile. I cartelli sono rotti e l'amministrazione non li ripara. Non che importi granché: chi passa di qui non ha una meta particolare, di solito, e chi ce l'ha rimane sulle strade principali. Sono terribili» aggiunse. «Specie la nuova autostrada. O almeno così la vedo *io*. Tutto quel rumore, i veicoli che filano via a velocità folle, gli autisti spericolati. Oh, ma non faccia caso a me, sono soltanto un vecchio scorbutico. Non immaginerà mai cosa stavo facendo.»

«Ho visto che esaminava alcune lapidi» disse Tuppence. «Qualche atto di vandalismo? Qualche pezzo staccato?»

«No, ma di questi tempi il dubbio è più che legittimo, se pensiamo ai vandali che sfasciano le cabine telefoniche e ne combinano di tutti i colori. Povere creature senza un'oncia di buonsenso, non sono capaci di divertirsi se non distruggendo le cose. È triste, non trova? Davvero triste. No,» ribadì «nessun danno del genere. Nel complesso, qui attorno abitano solo bravi ragazzi. Stavo cercando la tomba di una bambina.»

Tuppence sussultò. «La tomba di una bambina?»

«Sì. Ho ricevuto una lettera da un certo maggiore Waters, voleva sapere se ci fosse una bambina sepolta qui. Naturalmente ho consultato il registro della parrocchia: non ne ho trovata nessuna che rispondesse a quel nome, ma ho comunque preferito venire a controllare le lapidi di persona. Sa, ho pensato che forse avevano trascritto un nome sbagliato o che ci potesse essere stato un errore.»

«Come si chiamava?» chiese Tuppence.

«Non lo sapeva con certezza. Forse Julia, come la madre.»

«Quanti anni aveva?»

«Nemmeno di questo era sicuro. Era tutto molto vago, ho l'impressione che potrebbe aver sbagliato villaggio. Non ricordo di aver mai conosciuto né sentito parlare di un Waters che abitasse nei dintorni.»

«E dei Warrender cosa mi dice?» domandò Tuppence ripensando ai nomi dentro la chiesa. «La chiesa è piena di targhe in loro memoria, e molte delle lapidi appartengono a quella famiglia.»

«Sono estinti da un pezzo, ormai. Avevano una bella proprietà, un antico monastero del quattordicesimo secolo. Un centinaio di anni fa un incendio lo rase al suolo, perciò immagino che i Warrender rimasti, sempre che ce ne fossero, se ne siano andati definitivamente. Al suo posto un ricco vittoriano di nome Starke fece costruire una casa. Una casa orribile ma molto confortevole, si dice, con le stanze da bagno e tutto il resto. Ormai sono *queste* le cose che contano.»

«Davvero insolito che qualcuno le scriva per domandarle della tomba di una bambina» osservò Tuppence. «Era un parente, forse?»

«Il padre» rispose il parroco. «Una tragedia di guerra, immagino. Il marito sotto le armi all'estero, la giovane moglie che rompe il matrimonio e scappa con un altro. Lei mette al mondo una bambina, una bambina che il marito non ha mai visto. Ormai dev'essere grande, sempre che sia ancora viva. Saranno passati almeno vent'anni.»

«Ce ne ha messo di tempo per decidersi a cercarla.»

«Sembra che abbia saputo solo di recente della sua esistenza, e per puro caso. Che storia curiosa.»

«Cosa gli fa pensare che la bambina sia sepolta qui?»

«Se ho ben capito, durante la guerra qualcuno gli aveva riferito che la moglie viveva a Sutton Chancellor. Succede, sa? Incontri una persona, un amico o un conoscente che non vedi da anni, e scopri cose che non avresti potuto sapere in altro modo. Ma oggi lei non vive qui, questo è certo. Da quando sono arrivato, nessun Waters ha mai abitato nel villaggio o nei dintorni, per quanto ne sappia. Naturalmente è possibile che la madre usasse un altro nome, ma sembra che il padre abbia assunto una squadra di avvocati e investigatori privati. Prima o poi scopriranno la verità, ma ci vorrà del tempo.»

«*Era sua quella povera creatura?*» mormorò Tuppence.

«Domando scusa, mia cara?»

«Nulla» rispose Tuppence. «L'altro giorno un'anziana signora mi ha rivolto questa domanda di punto in bianco: "Era sua quella povera creatura?". Piuttosto inquietante, ma dubito che fosse completamente lucida.»

«Non me ne parli. Capita spesso anche a me. Dico certe cose senza sapere cosa significano. Una vera seccatura.»

«Scommetto che invece sa tutto degli *attuali* abitanti di Sutton Chancellor.»

«Non ce ne sono tanti, comunque sì. Perché? Cerca notizie su qualcuno in particolare?»

«Mi domandavo se una certa signora Lancaster avesse mai vissuto qui.»

«Lancaster? No, è un nome che non mi sembra di ricordare.»

«C'è una casa... Poco fa stavo girando in auto, senza una meta particolare, mi limitavo a seguire le stradicciole...»

«So cosa intende. Le strade qui intorno sono molto gradevoli. E vi si trovano specie rarissime. Specie botaniche, intendo. Nelle siepi. Nessuno coglie mai i fiori, qui non abbiamo turisti. Sì, mi è capitato di trovare specie rarissime. Il geranio stellato, per esempio...»

«C'è una casa sul canale» insistette Tuppence, stroncando sul nascere la digressione botanica. «Vicino a un ponticello a schiena d'asino. Tre chilometri circa da qui. Chissà come si chiama?»

«Mi faccia pensare. Il canale... il ponte a schiena d'asino... be', ci sono parecchie case con queste caratteristiche. Come la fattoria Merricot.»

«Non era una fattoria.»

«Allora doveva essere la casa dei Perry, Amos e Alice Perry.»

«Esatto» disse Tuppence. «Il signore e la signora Perry.»

«Una donna singolare, non trova? L'ho sempre trovata interessante. Molto interessante. Ha un che di medievale, quel volto. Farà la strega nella recita che stiamo allestendo con gli scolari. Somiglia a una strega, vero?»

«Sì» rispose Tuppence. «Una strega buona.»

«Ha perfettamente ragione, mia cara. Una strega buona.»

«Quanto a lui...»

«Già, poveretto» la interruppe il parroco. «Non è del tutto *compos sui*, ma è assolutamente innocuo.»

«Sono stati molto cordiali. Mi hanno invitato a prendere il tè» spiegò Tuppence. «Ma quello che mi interessa è il *nome* della casa. Ho dimenticato di chiederglielo. Se non sbaglio, ne occupano solo metà.»

«Proprio così. Le vecchie cucine. Loro la chiamano Waterside, se ben ricordo, ma il nome originario era Watermead. Un nome più gradevole, secondo me.»

«E l'altra parte della casa? A chi appartiene?»

«Be', in origine l'intera casa era dei Bradley. Parlo di molti anni fa. Sì, almeno trenta o quaranta. In seguito cambiò proprietario per due volte, quindi rimase vuota a lungo. Quando sono arrivato qui, veniva usata come alloggio per il fine settimana. Da un'attrice: la signorina Margrave, se ben ricordo. Non la vedevamo spesso, si fermava solo ogni tanto. Non l'ho mai conosciuta, non veniva in chiesa. A volte la vedevo in lontananza. Una splendida creatura. Davvero splendida.»

«Ma a chi appartiene *oggi*?» insistette Tuppence.

«Non ne ho idea. Forse ancora a lei. I Perry sono in affitto.»

«Ho riconosciuto la casa appena l'ho vista. Possiedo un quadro che la ritrae.»

«Oh, davvero? Dev'essere di Boscombe. O forse si chiamava Boscobel? Un nome simile. Era un artista della Cornovaglia, piuttosto famoso. Ormai sarà morto. Sì, veniva spesso da queste parti. Amava fare schizzi del paesaggio. E anche qualche dipinto a olio. Alcuni erano davvero notevoli.»

«Il quadro che possiedo era stato regalato a una vecchia zia, morta circa un anno fa, da una certa signora Lancaster. Ecco perché le ho domandato se la conosceva.»

Ancora una volta il parroco scosse la testa.

«Lancaster? Lancaster. No, non mi sembra. Ma aspetti, sta arrivando la persona che fa per lei. La nostra cara signorina Bligh. Una donna quanto mai operosa, per lei la parrocchia non ha segreti. Gestisce tutto lei: l'Istituto delle donne, i boy-scout, le Giovani esploratrici, tutto. Chieda a *lei*. È una donna operosa, operosissima.»

Il parroco sospirò. L'operosità della signorina Bligh sembrava turbarlo. «Nellie Bligh, la chiamano al villaggio. A volte i ragazzi intonano una cantilena quando passa: "Nellie Bligh, Nellie Bligh". Ma non si chiama così. Il suo vero nome è Gertrude, o forse Geraldine.»

La signorina Bligh, la donna vestita di tweed che Tuppence aveva visto dentro la chiesa, si stava avvicinando a passi rapidi con un piccolo annaffiatoio in mano. Osservando Tuppence con aria profondamente incuriosita, accelerò il passo e cominciò a parlare prima ancora di raggiungerli.

«Ho finito» esclamò allegra. «Che giornata, oh, che giornata! Come ben sa, reverendo, al mattino mi occupo della chiesa, ma oggi abbiamo avuto la riunione d'emergenza in parrocchia e sapesse che *discussioni*! Non la finivano più. A volte ho il sospetto che la gente faccia polemica solo per il gusto di farla. La signora Parrington in particolare era insopportabile. Pretendeva di scendere nei dettagli e sosteneva che non abbiamo chiesto abbastanza preventivi a ditte diverse. Ma dico io, il costo complessivo è talmente basso, che differenza potrà mai fare una manciata di scellini qui e là? Senza contare che Burkenheads si è sempre dimostrato così affidabile. Sa, padre, fossi in lei non starei seduta su quella lapide.»

«Forse mi trova un tantino irriverente?»

«Oh no, no, nemmeno per *sogno*, reverendo. Parlo della *pietra*, sa, con i suoi reumatismi l'umidità non le fa bene...» Gli occhi della donna scivolarono su Tuppence.

«Mi permetta di presentarle la signorina Bligh» disse il parroco. «E questa è... questa è...» esitò.

«La signora Beresford» disse Tuppence.

«Oh, certo» disse la signorina Bligh. «L'ho vista poco fa in chiesa o sbaglio? Sarei venuta da lei a mostrarle un paio di dettagli interessanti, ma avevo fretta di finire il mio lavoro.»

«Al contrario, avrei dovuto darle una mano io» replicò Tuppence nel tono più cortese. «Ma temo che non le sarei stata di grande aiuto, avevo l'impressione che sapesse perfettamente dove andava ogni fiore.»

«Be', è molto gentile, ma in effetti è così. Mi occupo dei fiori in chiesa da... oh, non ricordo più *quanti* anni. Per le festività lasciamo che siano gli scolari a comporre i vasi con i fiori di campo, ma naturalmente non sanno da che parte cominciare, povere creaturine. Qualche nozione *di base* ci vorrebbe, ma la signorina Peake è irremovibile, dice che soffocherebbe il loro spirito d'iniziativa. Si ferma qui a Sutton Chancellor?»

«Sono diretta a Market Basing. A proposito, mi saprebbe consigliare un alberghetto tranquillo?»

«Temo che rimarrà delusa. Sa, non è che una cittadina di mercato completamente sprovvista di attrattive per i turisti in automobile. Il Blue Dragon ha due stelle, ma a volte ho l'impressione che quelle stelle non significhino *assolutamente nulla*. Penso che preferirebbe il Lamb, è più tranquillo. Si trattiene per molto?»

«Oh, no, appena un giorno o due» rispose Tuppence. «Il tempo di dare un'occhiata ai dintorni.»

«Non c'è molto da vedere, ahimè. Nessun reperto antico o cose del genere. Siamo un semplice distretto rurale e agricolo» spiegò il parroco. «Ma se è in cerca di tranquillità, ne abbiamo in abbondanza. Oltre ad alcuni interessanti fiori di campo, come dicevo.»

«Oh, certo,» disse Tuppence «ne ho sentito parlare e non vedo l'ora di raccogliere qualche esemplare tra una sosta e l'altra per visionare le case.»

«Oh, cielo, questa sì che è una notizia» disse la signorina Bligh. «Ha intenzione di trasferirsi in questa zona?»

«Be', io e mio marito non abbiamo ancora scelto una zona in particolare» rispose Tuppence. «E non abbiamo fretta perché gli mancano diciotto mesi alla pensione. Ma vale sempre la pena di guardarsi intorno. Personalmente, mi piace fermarmi quattro o cinque giorni in un'area, raccogliere un elenco di piccole proprietà e andare a visitarle. Arrivare da Londra in giornata per vedere una singola casa sarebbe davvero sfiancante.»

«Ha proprio ragione. Dunque è qui in auto?»

«Sì» rispose Tuppence. «Domattina ho appuntamento con un agente immobiliare a Market Basing. Non ci sono possibilità di alloggiare qui al villaggio, vero?»

«Certo che sì, c'è la signora Copleigh» disse la signorina Bligh. «D'estate affitta camere ai turisti. La casa è immacolata, dalla prima all'ultima stanza. Naturalmente offre solo l'alloggio e la colazione, magari una cena leggera. Non sono certa, però, che accetti ospiti prima di luglio o agosto.»

«Potrei andare a domandarglielo» disse Tuppence.

«È una bravissima donna» disse il parroco. «Ma sapesse che lingua lunga. Mai che chiuda la bocca, nemmeno per un istante.»

«Nei piccoli villaggi come questo i pettegolezzi e le chiacchiere sono all'ordine del giorno» spiegò la signorina Bligh. «Mi piacerebbe dare una mano alla signora Beresford. Potrei accompagnarla dalla signora Copleigh per vedere cosa le risponde.»

«È davvero gentile» disse Tuppence.

«Allora si va» tagliò corto la signorina Bligh. «Arrivederci, reverendo. Sta ancora cercando? Una missione ingrata, con scarsissime probabilità di successo. Che richiesta *oltremodo* irragionevole, quella che le hanno fatto.»

Tuppence salutò il parroco e si dichiarò pronta ad aiutarlo, per quanto potesse.

«Potrei esaminare le lapidi per una o due ore. Ho un'ottima vista per la mia età. Il nome Waters è l'unico elemento che ha a disposizione?»

«No» rispose il parroco. «Credo che il dato fondamentale sia l'età. Si tratta di una bambina, forse sui sette anni. Il maggiore Waters è convinto che la moglie potrebbe aver cambiato nome, forse dandolo anche alla figlia. Ma non ha idea di quale possa essere, il che rende tutto più difficile.»

«Mi creda, non ha alcuna speranza» disse la signorina Bligh. «Non avrebbe dovuto accettare, reverendo. La sola idea è mostruosa.»

«Quel poveretto sembrava sconvolto» spiegò il parroco. «È una storia così triste. Ma non voglio trattenervi.»

Per quanto fondate potessero essere le voci sulla signora Copleigh, a Tuppence sembrava impossibile che avesse la lingua più lunga della signorina Bligh. Dalle labbra di quest'ultima, mentre le faceva da cicerone, scaturì un profluvio di dichiarazioni fulminee quanto perentorie.

Ampio e gradevole, il cottage della signora Copleigh

aveva un bel giardino fiorito che lo separava dalla strada, un gradino imbiancato all'ingresso e una maniglia di ottone ben lucidato. La stessa signora Copleigh sembrava un personaggio uscito dalle pagine di Dickens: piccola e rotonda, più che camminare sembrava rotolare come una palla di gomma. Aveva due occhietti vispi e luccicanti, un gomitolo di boccoli biondi sulla testa e un'aria straordinariamente energica. All'inizio mostrò una certa titubanza: «Be', non è mia abitudine, sa. No. Io e mio marito diciamo sempre: "I turisti d'estate sono un'altra storia". Li ospitano tutti, se appena possono. E il più delle volte devono. Ma in questo momento dell'anno non lo facciamo. Non prima di luglio. Tuttavia, se si tratta solo di qualche giorno e la signora si accontenta di un servizio alla buona, forse...».

Tuppence le assicurò che non aveva troppe pretese e la signora Copleigh, dopo averla esaminata attentamente senza fermare il fiume di parole, suggerì che forse la signora avrebbe desiderato salire a vedere la stanza, prima di prendere accordi.

A quel punto la signorina Bligh si congedò con un certo rammarico, non essendo riuscita a carpire da Tuppence tutte le informazioni desiderate: da dove veniva, che lavoro faceva il marito, quanti anni aveva, se aveva figli e altre questioni non meno rilevanti. Il fatto era che doveva tornare a casa per presiedere a una riunione, e l'idea che qualcuno le soffiasse l'ambito ruolo la terrorizzava.

«Si troverà benissimo con la signora Copleigh,» rassicurò Tuppence «si prenderà cura di lei, ne sono certa. E la sua auto?»

«Oh, vado subito a prenderla» rispose Tuppence. «La signora Copleigh mi dirà dove posso lasciarla. E se la mettessi qui fuori? La strada non mi sembra troppo stretta.»

«Possiamo fare di meglio» rispose la signora Copleigh. «Dietro quel viottolo c'è un prato con una rimessa, mio marito gliela posteggerà lì.»

Risolte facilmente le questioni pratiche, la signorina Bligh corse via per arrivare in tempo al suo appuntamento. Ora andava affrontata la questione della cena. Tuppence domandò se al villaggio ci fosse un'osteria.

«Nulla di adatto a una signora come lei,» rispose la signora Copleigh «ma se si accontenta di un paio di uova con una fetta di prosciutto, magari accompagnati da pane e marmellata fatta in casa...»

Tuppence rispose che non chiedeva di meglio. La stanza era piccola ma allegra e gradevole, con la carta da parati a boccioli di rosa, un letto dall'aspetto comodo e un'aria di pulizia impeccabile.

«Sì, è una bella tappezzeria, signorina» osservò la signora Copleigh, che per qualche motivo aveva deciso di attribuire a Tuppence lo status di donna nubile. «L'abbiamo scelta pensando alle coppie di sposini in luna di miele che si sarebbero fermati da noi. È così romantica, se capisce cosa intendo.»

Tuppence si affrettò a riconoscere l'importanza del romanticismo.

«Oggigiorno non hanno più molto da spendere, gli sposini. Non come una volta, perlomeno. Quasi tutti, vede, mettono i soldi da parte per comprarsi una casa, sempre che non stiano già versando le prime rate. Oppure stanno acquistando i mobili e non gli resta nulla per una lussuosa luna di miele. I giovani sono coscienziosi, sa? Non buttano via i soldi.»

La padrona di casa tornò da basso ciabattando e parlando a raffica, e Tuppence si concesse un sonnellino di mezz'ora dopo la faticosa giornata. Riponeva grandi speranze nella signora Copleigh: dopo un buon sonno ristoratore, era certa di riuscire a portare la conversazione sugli argomenti più utili. Avrebbe scoperto tutto sulla casa vicino al ponte: chi ci aveva vissuto, chi abitava nei dintorni e quanto era rispettabile, gli eventuali scandali e via dicendo. Qualsiasi dubbio al riguardo venne spazzato via quando fece la conoscenza del signor Copleigh, un uomo che non apriva bocca quasi mai. La sua conversazione consisteva in una serie di cordiali grugniti perlopiù di natura affermativa, qui e là inframmezzati da sommessi cenni di dissenso.

Per quanto Tuppence potesse giudicare, era ben contento di lasciar parlare la moglie. La mente dell'uomo era rivolta, fra l'altro, ai piani per l'indomani, giorno di mercato.

Tuppence non poteva essere più soddisfatta della sistemazione. Tanto valeva che i signori Copleigh esponessero un'insegna all'ingresso: "Cercate informazioni? Noi le abbiamo". La signora era meglio della radio e della televisione: bastava girare la manopola per far uscire le parole, accompagnate da abbondanti gesti ed espressioni del viso. Non era solo la sagoma a ricordare una palla di gomma, anche il volto sembrava fatto di caucciù. I vari personaggi che citava prendevano quasi vita, in forma di caricatura.

Tuppence mangiò il bacon con le uova e qualche fetta di pane imburrato. Tessé le lodi della marmellata di more fatta in casa, che dichiarò essere la sua preferita (era vero), e fece del suo meglio per assorbire la messe di informazioni in modo da poterle annotare sul suo taccuino più tardi. Un panorama completo del passato di quel distretto rurale le si dispiegò davanti.

I racconti non rispettavano l'ordine cronologico, il che a volte la metteva in difficoltà. La signora Copleigh risaliva indietro nel tempo di quindici anni, saltava a due anni prima, poi al mese precedente e poi tornava a un momento imprecisato negli anni Venti. Una congerie di dati che andavano vagliati con cura, e Tuppence cominciava a dubitare di venirne a capo.

Il primo bottone premuto, quello della signora Lancaster, non ebbe alcun esito.

«Penso che fosse originaria di queste parti» disse Tuppence, badando a infondere una buona dose di vaghezza al proprio tono. «Aveva un quadro, uno splendido quadro di un pittore della zona. Credo che fosse famoso.»

«Come ha detto che si chiamava la signora?»

«Lancaster.»

«No, non ricordo nessun Lancaster da queste parti. Lancaster. Lancaster. Mi torna in mente un signore che ebbe un incidente stradale. No, ma si trattava dell'auto. Era una Lancaster. Nessuna signora Lancaster. Non è possibile che la signora si chiamasse Bolton? Ormai avrà sui settant'anni, e potrebbe aver sposato un signor Lancaster. Era partita per una serie di viaggi all'estero, e a quanto mi risulta si è sposata.»

«Il quadro che regalò a mia zia era di un certo signor Boscobel, se non sbaglio» disse Tuppence. «Questa marmellata è deliziosa.»

«Il segreto è non metterci la mela, come fanno quasi tutti. Si dice che la faccia gelificare meglio, ma toglie tutto il sapore.»

«È vero.»

«Come ha detto che si chiamava il pittore? Cominciava per B, ma mi è sfuggito il resto.»

«Boscobel, credo.»

«Oh, me lo ricordo bene il signor Boscowan. Vediamo, saranno passati almeno... quindici anni dalla prima volta che venne qui. Tornò per parecchi anni consecutivi. Gli piaceva il posto, così prese in affitto un cottage. Era uno dei cottage del contadino Hart, lo teneva per il suo bracciante, ma il comune ne costruì un altro. Quattro cottage nuovi, apposta per i braccianti.

«Era un pittore professionista, il signor B» continuò la signora Copleigh. «E indossava un buffo cappotto. Una specie di velluto, forse a coste. Aveva i buchi sui gomiti e portava camicie verdi e gialle. Era sempre molto colorato. Mi piacevano i suoi quadri, eccome. Un anno fece una mostra, attorno a Natale, se ben ricordo. Ma no, che dico, doveva essere estate. D'inverno non veniva mai. Sì, davvero graziosi. Nulla di straordinario, sia chiaro. Una casa con un paio di alberi, due mucche che guardano al di là di uno steccato. Ma erano graziosi, e usava colori tenui e gradevoli. Non come certi giovanotti di oggi.»

«Ci sono molti artisti qui?»

«Non direi, perlomeno nessuno che sia degno di nota. D'estate vengono un paio di signore a fare qualche schizzo, ma nulla di speciale. Un anno fa avevamo qui un giovanotto, un sedicente pittore che non si faceva nemmeno la barba. Non posso dire che i suoi quadri mi piacessero. Riempiva le tele di colori strani e spirali a casaccio. Nessun elemento riconoscibile. Ma di opere ne vendeva tante, e non costavano nemmeno poco.»

«Cinque sterline al massimo» disse il signor Copleigh intervenendo per la prima volta, talmente all'improvviso che Tuppence trasalì.

«Quello che intende dire mio marito» spiegò la signora Copleigh «è che nessun quadro dovrebbe costare più di cinque sterline. Nemmeno i colori costano tanto. È così che la pensi, vero, George?»

«Ah» fece George.

«Il signor Boscowan dipinse quella casa sul canale vicino al ponte. Waterside o Watermead, si chiama così, vero? Ci sono passata oggi.»

«Oh, ci è passata oggi? Non un granché come strada, vero? È strettissima. Una casa così isolata, *io* non ci vivrei mai. Troppo isolata. Non trovi, George?»

George emise un rumore di blando dissenso, forse misto a sdegno per la pusillanimità delle donne.

«È la casa di Alice Perry, quella» disse la signora Copleigh.

Tuppence accantonò le ricerche sul signor Boscowan

e si apprestò ad ascoltare un parere sui Perry. La signora Copleigh amava saltare di palo in frasca, e forse era meglio assecondarla.

«Che razza di coppia, quei due» continuò.

Da George arrivò un grugnito affermativo.

«Se ne stanno sempre per i fatti loro. Non amano socializzare, come si suol dire. E quella Alice Perry, sempre così in disordine.»

«È pazza» aggiunse il signor Copleigh.

«Be', forse non arriverei a definirla *pazza*, ma non c'è dubbio che lo *sembri*, con quella matassa di capelli arruffati e svolazzanti. Per non parlare degli abiti maschili e degli stivali di gomma che ha quasi sempre addosso. Dice cose strane, e a volte se le fai una domanda ti risponde tutt'altro. Ma non la definirei *pazza*. Un po' stramba, questo sì.»

«E la gente cosa dice di lei?»

«Non la conosce quasi nessuno, anche se abitano qui da un pezzo. Si raccontano storie di *ogni genere* sul suo conto, ma del resto quando mai non se ne raccontano?»

«Quali storie?»

Lungi dal risentirsi per le domande dirette, la signora Copleigh sembrava ansiosa di rispondere.

«Si dice che evochi gli spiriti, la notte. Seduta a un tavolo. E gira voce che di notte in quella casa si muovano strane luci. Pare che legga libri misteriosi, pieni di cerchi e stelle. Ma se vuole il mio parere, quello a cui manca una rotella è Amos Perry.»

«È solo un sempliciotto» disse il signor Copleigh con indulgenza.

«Può darsi, ma un tempo si raccontavano storie anche su di lui. È innamorato del suo giardino, ma non è una cima.»

«I Perry occupano solo metà della casa, vero?» chiese Tuppence. «La signora Perry è stata così gentile da invitarmi a entrare.»

«Ma davvero? Sul serio? Non so se io sarei entrata» disse la signora Copleigh.

«La loro parte è a posto» commentò il signor Copleigh.

«Perché, l'altra parte non lo è?» chiese Tuppence. «Quella anteriore che dà sul canale, intendo.»

«Be', giravano molte voci. È disabitata da anni, certo, ma si dice che abbia qualcosa di strano. Tante di quelle storie. Il problema è che nessuno se le ricorda più. Ne è passato di tempo. Fu costruita oltre un secolo fa da un gentiluomo di corte, così si narra, per una bella signora, che fu la prima ad abitarci.»

«La corte della regina Vittoria?» chiese Tuppence, interessata.

«Ne dubito. Quella *sì* che era un tipo curioso, la vecchia regina. Credo fosse ancora prima, all'epoca di uno dei tanti re Giorgio. Il gentiluomo veniva spesso a farle visita, e la storia vuole che una notte litigarono e lui la sgozzò.»

«Ma è terribile!» esclamò Tuppence. «E fu impiccato per l'omicidio?»

«Oh, no, niente affatto. Si racconta che per sbarazzarsi del corpo la murò dentro il camino.»

«Dentro il camino!»

«Stando a certe versioni della storia, lei era una suora fuggita da un convento, e per questo dovette essere murata. È così che fanno nei conventi.»

«Ma non furono le suore a murarla.»

«No, no, fu lui. L'amante che l'aveva uccisa. Infine, si narra che chiuse il camino con i mattoni e ci inchiodò sopra una grossa lamiera di ferro. Sta di fatto che nessuno vide più quella povera creatura con i suoi abiti eleganti. Naturalmente, ci fu chi disse che era scappata con lui in città o chissà dove. La gente sentiva rumori e vedeva luci in quella casa, e ancora oggi in molti preferiscono non avvicinarsi dopo il tramonto.»

«Ma cosa accadde dopo?» chiese Tuppence. Per trovare le risposte che voleva, forse, non occorreva risalire così indietro nel tempo, a prima ancora della regina Vittoria.

«Non molto, che io sappia. Se la memoria non mi inganna, quando la misero in vendita fu acquistata da un agricoltore di nome Blodgick, che però non ci rimase a lungo. Era uno di quelli che chiamavano signorotti di campagna. Forse questo spiega come mai gli piacesse la casa, ma il terreno non rendeva molto e non sapeva che farsene, così la rivendette. Da quel momento iniziò a passare di mano in mano, ed era sempre piena di operai che costruivano nuove stanze o facevano altre modifiche. A un certo punto finì a una coppia di allevatori di polli, ma ormai si era già guadagnata la reputazione di casa maledetta. Tutto questo, però, accadeva prima che io nascessi. Credo che lo stesso signor Boscowan avesse pensato di comprarla, nel periodo in cui la dipinse.»

«Quanti anni aveva il signor Boscowan?»

«Una quarantina o poco più, direi. A modo suo era un uomo attraente, nonostante qualche chilo di troppo. Ed era un farfallone.»

«Ah» fece il signor Copleigh. Stavolta si trattava di un grugnito d'avvertimento.

«Be', si sa come sono gli artisti» osservò la signora Copleigh, dando per scontato che Tuppence concordasse. «Appena possono se ne vanno in Francia e prendono le abitudini francesi.»

«Non era sposato?»

«All'epoca no. Si era preso una cotta per la figlia della signora Charrington, ma non ci furono sviluppi. Ragazza incantevole, ma troppo giovane per lui. Venticinque anni al massimo.»

«E chi era questa signora Charrington?» sospirò Tuppence, sopraffatta dalla quantità di nuovi personaggi che entravano in scena a ogni piè sospinto.

"Cosa diavolo ci faccio qui?" pensò all'improvviso,

sconfortata ed esausta. "Me ne sto seduta ad ascoltare una sfilza di pettegolezzi su questo e quello, immaginando omicidi che non sono mai avvenuti. *Guardiamo in faccia la realtà*: è cominciato tutto dai confusi ricordi di una vecchietta, simpatica ma un po' stordita, a proposito di una storia che il signor Boscowan... o qualcun altro che forse le aveva donato il quadro... le aveva raccontato sulla casa e le leggende che la circondavano, in particolare su una persona murata viva in un camino, e per qualche ragione la signora era convinta che fosse un bambino. E adesso eccomi qui, e non sto cavando un ragno dal buco. Tommy aveva perfettamente ragione: sono proprio una *sciocca*."

Decise di aspettare la prima interruzione in quel flusso ininterrotto di parole per alzarsi, augurare una cordiale buonanotte e andare a letto.

Ma la signora Copleigh era un fiume in piena.

«La signora Charrington? Oh, abitò a Watermead per un certo periodo. La signora Charrington e la figlia. Era così gentile, la signora Charrington. Vedova di un ufficiale dell'esercito, se ricordo bene. Navigavano in cattive acque, ma l'affitto era basso. Lei amava prendersi cura del giardino, ma in casa era un disastro. Un paio di volte andai a darle una mano, ma era troppo faticoso. Sa, dovevo fare il viaggio in bicicletta, sono più di tre chilometri e da quella strada non passavano pullman.»

«Per quanto tempo rimase a Watermead, la signora Charrington?»

«Due o tre anni al massimo. Forse si spaventò quando cominciarono ad arrivare i guai, senza contare che la figlia si era già messa nei guai per conto proprio. Si chiamava Lilian, mi sembra.»

Rinfrancandosi con un sorso del tè forte che accompagnava la cena, Tuppence decise di approfondire la questione prima di concedersi il meritato riposo.

«E chi era stato a mettere la figlia nei guai? Il signor Boscowan?»

«No, il signor Boscowan no. Lo escludo. Era stato l'altro.»

«Quale altro?» chiese Tuppence. «Un uomo che viveva da queste parti?»

«Non credo. L'aveva conosciuto a Londra, dove si trovava per studiare danza. O forse arte? Il signor Boscowan le aveva consigliato una scuola. La Slate, se non sbaglio.»

«La Slade?» suggerì Tuppence.

«Può darsi, un nome simile. In ogni caso, fu là che lei conobbe quel tipo, chiunque fosse. La madre era contraria e le proibì di vederlo. Povera illusa, per certi versi era così sciocca. Al pari di tante mogli degli ufficiali dell'esercito. Dava per scontato che le ragazze ubbidissero agli ordini. Non era al passo coi tempi, questa è la verità. Era stata in India, ma se c'è di mezzo un bel giovanotto e tu smetti di tenere d'occhio la ragazza, è inutile sperare che lei ti ubbidisca. Infatti non ubbidì. Ogni tanto lui veniva a trovarla e si incontravano fuori casa.»

«E fu allora che la mise nei guai, vero?» chiese Tuppence, ricorrendo al ben noto eufemismo nella speranza di non offendere il senso del decoro del signor Copleigh.

«Credo proprio di sì. Non poteva essere più evidente. Me ne accorsi io ben prima della madre. Era una splendida creatura, sua figlia, alta e incantevole. Ma dubito che fosse in grado di affrontare la situazione. Si disperava e andava in giro tutta scarmigliata, parlando da sola. Secondo me quel tipo l'aveva maltrattata, piantandola in asso appena scoperto l'accaduto. Certo, una madre degna di questo nome sarebbe andata da lui costringendolo ad affrontare le sue responsabilità, ma la signora Charrington non aveva il coraggio. Perlomeno ebbe il buonsenso di portare via la ragazza e sbarrare la casa, che poi fu messa in vendita. In seguito tornarono a prendere le loro cose, credo, ma non vennero al villaggio e non parlarono con nessuno. Nessuna delle due si fece più vedere. Ormai giravano troppe voci, e non ho mai scoperto se ci fosse qualcosa di vero.»

«Cosa non si inventa certa gente» intervenne all'improvviso il signor Copleigh.

«È vero, George, ma ciò non toglie che quelle voci potrebbero essere vere. Sono cose che capitano, e come dici tu la ragazza dava l'impressione di non essere a posto con la testa.»

«Quali voci?» domandò Tuppence.

«Be', in realtà preferirei non parlarne. È passato tanto tempo e non mi piace dire cose di cui non sono certa. Fu Louise, la figlia della signora Badcock, a metterle in giro. Piccola bugiarda, quante ne raccontava. E che fantasia.»

«Ma cosa raccontava?» insistette Tuppence.

«Che la giovane Charrington aveva ucciso la bambina e si era tolta la vita. Che la madre, impazzita per il dolore, era stata ricoverata in una casa di cura dai familiari.»

Ancora una volta, Tuppence si sentì travolgere dalla confusione. Aveva quasi la sensazione di oscillare sulla sedia. Possibile che la signora Charrington fosse la signora Lancaster? Magari aveva cambiato nome e, ossessionata dallo sciagurato destino della figlia, aveva perso qualche rotella. La voce della signora Copleigh continuava inesorabile.

«Io non ho mai creduto a una sola parola. La piccola Badcock le sparava grosse. E poi all'epoca non si dava molta retta a voci e dicerie, avevamo ben altro di cui preoccuparci. Qui in campagna eravamo tutti terrorizzati dalle cose che succedevano... cose *vere*...»

«Come? Quali cose?» chiese Tuppence, stupita da quanto la vita del tranquillo villaggio di Sutton Chancellor sembrasse movimentata.

«Ne parlavano tutti i giornali, all'epoca. Vediamo, sarà passata una ventina d'anni. Ne avrà letto anche lei, sono sicura. Bambine assassinate. La prima aveva nove anni.

Un giorno non tornò da scuola. Si misero tutti a cercarla. La trovarono a Dingley Copse. Strangolata. Se ci penso mi vengono ancora i brividi. Quello fu il primo omicidio, il secondo arrivò tre settimane dopo. Dalla parte opposta di Market Basing, ma comunque dentro il distretto. Investita da un uomo in automobile, forse.

«E poi gli altri, a volte a distanza di uno o due mesi. A tre chilometri da qui, uno degli omicidi, praticamente nel villaggio.»

«E la polizia scoprì il colpevole?»

«Si impegnarono a fondo» rispose la signora Copleigh. «Ben presto fermarono un uomo dell'altra parte di Market Basing. Dicevano che stava collaborando alle indagini, e lei sa cosa significa. Pensavano di averlo preso, invece ne arrestarono un altro, e poi un altro ancora, ma dopo ventiquattr'ore li lasciavano andare. Non potevano essere stati loro, o non erano dei dintorni, oppure qualcuno gli aveva fornito un alibi.»

«Non si può mai dire, Liz» osservò il signor Copleigh. «Forse sapevano perfettamente chi era stato. Secondo me lo *sapevano*. Capita spesso, pare. La polizia sa chi è il colpevole ma non trova le prove.»

«E sempre per via della moglie» aggiunse la signora Copleigh. «La moglie, la madre o addirittura il padre. La polizia non ci può fare nulla. La madre dice: "Mio figlio era qui a cena quella sera"; la consorte giura che era al cinema con lei e non l'ha lasciata per un istante; e secondo il padre, il ragazzo era con lui nel campo a fare chissà cosa... be', a quel punto hanno le mani legate. Possono sospettare che il padre, la madre o la moglie stiano mentendo, ma finché non arriva nessun altro a dichiarare di aver visto altrove il ragazzo, l'uomo o chiunque sia, non c'è molto che possano fare. Fu un periodo atroce. Avevamo tutti i nervi a fior di pelle. Ogni volta che arrivavano notizie di una bambina scomparsa, si formavano le ronde.»

«È vero» disse il signor Copleigh.

«Ci si riuniva e ci si metteva in cerca. A volte la bambina veniva trovata subito, a volte passavano settimane. A volte era vicino a casa, in un punto dove pensavamo di aver già controllato. Un maniaco, ecco cosa doveva essere. È terribile,» dichiarò perentoria la signora Copleigh «è terribile che esistano uomini del genere. Bisognerebbe spararagli. Bisognerebbe strangolarli. Lo farei io stessa con le mie mani, se solo mi lasciassero. Uno a uno, tutti quelli che ammazzano i bambini o li aggrediscono. A che serve rinchiuderli nei manicomi e trattarli come ospiti di riguardo? Tanto prima o poi li fanno uscire, li dichiarano guariti e li rispediscono a casa. È successo nel Norfolk, me l'ha raccontato mia sorella che ci abita. Un uomo appena tornato a casa, che due giorni dopo ha fatto fuori qualcuno. I medici sono pazzi a dichiarare guarito chi non lo è.»

«E non avete idea di chi fosse l'assassino delle bambine?» chiese Tuppence. «Pensate davvero che fosse uno sconosciuto?»

«Forse lo era per noi, ma doveva essere qualcuno che abitava nel raggio di... oh, una trentina di chilometri, direi. Non poteva essere del villaggio.»

«Ma se hai sempre pensato che lo fosse, Liz.»

«Tu ti agiti troppo» ribatté la signora Copleigh. «Credi che viva nei dintorni perché hai paura. Io la guardavo la gente, e anche tu, George. Ci chiedevamo se potesse essere questo o quello, qualcuno che magari negli ultimi tempi si comportava in modo strano.»

«Dubito che si comportasse in modo strano» disse Tuppence. «Probabilmente sembrava un uomo come tutti gli altri.»

«Sì, forse non ha tutti i torti. Ho sentito dire che riconoscere gli assassini è impossibile, che possono avere un'aria perfettamente normale, ma secondo altri hanno sempre un bagliore glaciale negli occhi.»

«Jeffreys, il sergente di polizia all'epoca,» spiegò il signor Copleigh «diceva sempre di essersi fatto un'idea precisa, ma non poteva dimostrare nulla.»

«E l'assassino non è mai stato preso?»

«No. Gli omicidi andarono avanti per oltre sei mesi, quasi un anno. Poi si interruppero all'improvviso. Io credo che fosse andato via. Ecco perché la gente pensa di sapere chi potrebbe essere.»

«Si riferisce agli abitanti che lasciarono il distretto?»

«Be', la gente parlava, è ovvio. Si diceva che l'assassino potesse essere questo o quello.»

Tuppence esitò a porre la domanda seguente, ma la lingua sciolta della signora Copleigh le tolse ogni scrupolo.

«E secondo *lei* chi era l'assassino?»

«Be', è passato tanto tempo, preferirei evitare l'argomento. Ma di nomi ne circolavano parecchi. Si discuteva del vicino di casa, lo si controllava. C'era chi pensava che l'assassino potesse essere il signor Boscowan.»

«Sul serio?»

«Sì, è risaputo che gli artisti sono gente strana. Così dicevano, ma io non ero d'accordo!»

«Erano più quelli convinti che fosse stato Amos Perry» disse il signor Copleigh.

«Il marito della signora Perry?»

«Sì. Un tipo strambo, sa, un sempliciotto. Insomma, quel genere di persona che ne sarebbe stata capace.»

«I Perry abitavano già qui all'epoca?»

«Sì, ma non a Watermead. Avevano un cottage a sette o otto chilometri di distanza. La polizia li teneva d'occhio, ne sono sicura.»

«Ma non trovarono nulla contro di lui» aggiunse la signora Copleigh. «Era sempre la moglie a parlare. Amos passava tutte le sere a casa con lei, diceva. Tutte. Il sabato sera qualche volta andava all'osteria, ma nessuno degli omicidi aveva avuto luogo il sabato sera. Alice Perry sapeva essere convincente, inoltre, mai che tentennasse o si rimangiasse la parola. Impossibile farla crollare. In ogni caso, l'assassino non era *lui*. Ne sono sempre stata convinta. So di non avere uno straccio di prova, ma se proprio devo fare un nome, d'istinto sceglierei Sir Philip.»

«Sir Philip?» Di nuovo Tuppence sentì girare la testa. L'ennesimo personaggio che entrava in scena. «E chi sarebbe?» domandò.

«Sir Philip Starke, vive a casa Warrender. Prima che l'incendio la radesse al suolo si chiamava Antico Convento, quando ancora ci abitavano i Warrender. Al camposanto ci sono le tombe della famiglia, in chiesa le targhe coi nomi. I Warrender abitano qui praticamente sin dai tempi di re Giacomo.»

«Sir Philip era loro parente?»

«No. Lui o il padre avevano fatto fortuna nel settore siderurgico. Strano tipo, Sir Philip. L'acciaieria era più a nord, ma lui abitava qui. Se ne stava sempre per i fatti suoi, come un ere... ere... come si dice?»

«Eremita» suggerì Tuppence.

«Esatto. Era così pallido, sa, tutto pelle e ossa. E amava i fiori, era un botanico. Collezionava fiorellini insignificanti di ogni genere, di quelli che noi non ci sogneremmo nemmeno di guardare. Ci scrisse persino un libro, se ben ricordo. Oh, sì, era un uomo intelligente, molto intelligente. E la moglie era una signora gentile e molto bella, ma mi dava l'impressione di essere triste.»

Il signor Copleigh emise uno dei suoi grugniti. «Pensare che il colpevole sia Sir Philip è una follia. Lui li adorava, i bambini. Ricordi le feste che organizzava?»

«È vero, dava sempre feste con bellissimi premi per i bambini. Le corse delle uova, le merende a base di fragole con panna. Non avendo figli suoi, regalava le caramelle a quelli che incontrava per strada, oppure mezzo scellino per comprarle. Ma non so, secondo *me* aveva un che di ossessivo. Era un uomo bizzarro, e quando la moglie lo piantò in asso da un giorno all'altro lo trovai molto strano.»

«Quando?»

«Circa sei mesi dopo l'inizio di quell'incubo. Erano già morte tre bambine. All'improvviso Lady Starke partì per il Sud della Francia e non tornò più. Non era da lei, era una donna mite e rispettabile. Non l'aveva lasciato per un altro, non ne sarebbe stata capace, e allora *perché* se ne andò? Ho sempre pensato che sapesse qualcosa... che avesse scoperto qualcosa...»

«Vive ancora qui, Sir Philip?»

«Non stabilmente. Viene una o due volte all'anno, ma la casa è quasi sempre sbarrata e sorvegliata da un custode. Un tempo la signorina Bligh era la sua segretaria, ancora oggi si occupa delle sue cose.»

«E la moglie?»

«È morta, povera donna. Poco dopo essere andata all'estero. C'è una targa in sua memoria dentro la chiesa. Dev'essere stato terribile per lei. Forse all'inizio non era sicura, poi ha cominciato a sospettare del marito e infine si è convinta. E non riuscendo a sostenere il peso è andata via.»

«Che fantasia, voi donne» disse il signor Copleigh.

«Dico solo che c'era qualcosa di *strano* in Sir Philip. Amava troppo i bambini, in una maniera innaturale.»

«Sciocchezze.»

La signora Copleigh si alzò e si mise a sparecchiare.

«Era ora» disse il marito. «Farai venire gli incubi alla signora se continui a blaterare di cose accadute anni fa che non hanno più nulla a che vedere con chi abita qui.»

«È stato molto interessante,» disse Tuppence «ma ora sono stanca. Sarà meglio che vada a letto.»

«Di solito noi ci corichiamo presto,» disse la signora Copleigh «e lei sarà a pezzi dopo una giornata così lunga.»

«Sì. Muoio dal sonno» sbadigliò Tuppence. «Buonanotte, e grazie di cuore.»

«Gradisce la sveglia e una tazza di tè domattina? Alle otto, o è troppo presto?»

«No, sarebbe perfetto» rispose Tuppence. «Ma non voglio disturbare.»

«Nessun disturbo.»

Tuppence si trascinò faticosamente in camera. Aprì la valigia, tirò fuori le poche cose di cui aveva bisogno, si svestì, si lavò e crollò sul letto. Non aveva esagerato con la signora Copleigh, era stanca morta. Le storie che aveva ascoltato le vorticavano in testa come un caleidoscopio di figure e fantasie terrificanti. Bambine morte: troppe bambine morte. Tuppence ne cercava una sola, dietro un camino. Un camino che forse aveva a che fare con Waterside. La bambola di una bambina. Una bambina uccisa da una giovane mentecatta, depredata delle già labili facoltà mentali dalla fuga dell'amante. "Santo cielo, quanto sono melodrammatica" pensò Tuppence. Che confusione... nessun ordine cronologico... ricostruire la sequenza degli eventi era impossibile.

Dopo essersi addormentata fece un sogno. C'era una specie di Dama di Shalott che guardava fuori dalla finestra della casa. Dal camino arrivavano dei rumori, come se qualcuno grattasse. Inchiodata sul camino c'era una grossa lamiera, dietro la quale si sentivano dei colpi. Erano martellate, *clang, clang, clang.* Tuppence si svegliò di soprassalto. La signora Copleigh stava bussando alla porta. Entrò allegramente, posò il tè accanto al letto, tirò le tende e si augurò che avesse dormito bene. Tuppence non aveva mai visto una persona più solare. Di incubi non doveva averne avuti, *lei*!

9

Una mattinata a Market Basing

«Bene, bene!» esclamò la signora Copleigh uscendo dalla stanza di gran carriera. «Comincia un'altra giornata. Lo dico sempre quando mi alzo.»

"Un'altra giornata?" pensò Tuppence sorseggiando il suo tè nero. "Mi starò rendendo ridicola? Forse... Oh, quanto vorrei che Tommy fosse qui con me. Sono ancora frastornata da ieri sera."

Prima di uscire dalla camera, Tuppence appuntò sul taccuino il fitto groviglio di episodi e nomi che aveva ascoltato la sera prima. Stanca com'era, le sarebbe stato impossibile farlo prima di andare a letto. Storie melodrammatiche e forse non prive di qualche granello di verità, ma perlopiù si trattava di voci, malignità, pettegolezzi e fantasticherie romantiche.

"Caspita," pensò Tuppence "mi sto facendo una cultura sulla vita amorosa di una quantità impressionante di persone del passato, fino al XVIII secolo, ma a cosa mi serve? E cosa sto cercando? Non lo so *più*. Ma il peggio è che ormai sono troppo coinvolta e non posso tirarmene fuori."

Temendo (non senza motivo) di veder riapparire da un momento all'altro la signorina Bligh, che aveva ormai identificato come il pericolo pubblico di Sutton Chancellor, Tuppence eluse ogni profferta d'aiuto partendo per Market Basing di gran carriera. Accostò solo quando si vide affiancare proprio dalla signorina Bligh, che strillando a pieni polmoni tentava di attirare la sua attenzione. Tuppence le spiegò che aveva un appuntamento urgente... A che ora sarebbe tornata? Tuppence rimase sul vago... Gradiva pranzare insieme a lei? Era molto gentile da parte della signorina Bligh, ma Tuppence temeva di non...

«La aspetto per il tè, allora. Alle quattro e mezzo.» Sembrava quasi un regio decreto. Tuppence sorrise, annuì, innestò la frizione e ripartì.

Se fosse riuscita a cavare qualcosa di interessante dagli agenti immobiliari di Market Basing, non era escluso che anche Nellie Bligh si potesse rivelare una fonte di informazioni utili. Era una di quelle donne che si vantano di sapere tutto di tutti. Il problema era che in cambio avrebbe voluto sapere tutto di lei, ma forse, ora del pomeriggio, Tuppence avrebbe recuperato le proprie doti di fantasiosa improvvisatrice.

«Attenta, signora Blenkinsop» disse, infilandosi in una siepe dopo una curva a gomito per evitare di essere schiacciata da un allegro trattore di dimensioni spaventose.

Arrivata a Market Basing, parcheggiò l'auto nella piazza, entrò nell'ufficio postale e trovò una cabina telefonica libera.

Le rispose la voce di Albert: il solito «Pronto?» venato di sospetto.

«Sarò a casa domani per cena, Albert, forse anche prima. Tornerà anche il signor Beresford, a meno che non lasci detto altrimenti. Va' a comprare qualcosa, magari del pollo.»

«Benissimo, signora. Ma dove si...»

Tuppence aveva già riappeso.

La vita di Market Basing sembrava ruotare attorno alla piazza principale: consultando un elenco per categorie all'ufficio postale, aveva scoperto che tre delle quattro agenzie immobiliari avevano sede proprio nella piazza, mentre la quarta si trovava in George Street.

Tuppence prese nota dei nomi e si mise in cerca.

Iniziò da Lovebody & Slicker, che sembrava l'agenzia più imponente.

Trovò ad accoglierla una ragazza foruncolosa.

«Vorrei avere informazioni su una casa.»

La ragazza avrebbe manifestato lo stesso interesse se Tuppence le avesse fatto una richiesta su un animale raro.

«Non posso aiutarla» disse, guardandosi attorno in cerca di colleghi a cui rifilare Tuppence.

«Su una *casa*» ribadì Tuppence. «Siete un'agenzia immobiliare o sbaglio?»

«Agenzia e banditori d'aste immobiliari. L'asta a Cranberry Court è il mercoledì, se è questo che le interessa, il catalogo viene due scellini.»

«Non mi interessano le aste. Cerco informazioni su una casa.»

«Arredata?»

«Non arredata. In vendita... o forse in affitto.»

La foruncolosa sollevò un sopracciglio.

«Sarà meglio che parli con il signor Slicker.»

Tuppence, che aveva ogni intenzione di parlare con il signor Slicker, fu prontamente pregata di accomodarsi in un ufficetto di fronte a un giovane vestito di tweed a scacchi, che si mise a mormorare fra sé, enumerando i particolari di una nutrita serie di residenze esclusive: «8 Mandeville Road... progettata da un architetto, tre letti, cucina all'americana... oh, no, è già venduta... Amabel Lodge... residenza caratteristica, quattro acri... sconto in caso di pagamento immediato...».

«Ho già visto una casa che mi piace» tagliò corto Tuppence. «A Sutton Chancellor, o meglio vicino a Sutton Chancellor, su un canale.»

«Sutton Chancellor.» Il signor Slicker sembrava dubbioso. «Al momento non disponiamo di proprietà in quell'area, temo. Come si chiama la casa?»

«Non ho visto insegne, ma potrebbe chiamarsi Waterside, Rivermead o forse Bridge House, un tempo. A quanto mi risulta,» proseguì Tuppence «è divisa in due parti. Una è affittata, ma gli inquilini non hanno saputo dirmi nulla dell'altra, che dà sul canale. È quella che mi interessa, e sembra che sia disabitata.»

Il signor Slicker rispose vagamente che non poteva esserle d'aiuto, ma si degnò di informarla che forse poteva rivolgersi a Blodget & Burgess. A giudicare dal tono della voce, sembrava considerare Blodget & Burgess un'agenzia di livello nettamente inferiore.

Tuppence si trasferì da Blodget & Burgess, sul lato opposto della piazza. La sede somigliava molto a quella di Lovebody & Slicker, e sulle finestre (piuttosto sudicie) campeggiavano annunci di vendite e aste dello stesso tipo. Ammesso che fosse un merito, la porta d'ingresso era stata da poco riverniciata in una sfumatura di verde bile.

L'accoglienza fu altrettanto scoraggiante. Tuppence venne indirizzata a un certo signor Sprig, un uomo anziano che sembrava in preda a un profondo sconforto, e per la seconda volta si trovò a illustrare i dettagli della propria richiesta.

Pur confessando di sapere della residenza in questione, il signor Sprig non si rivelò utile né si mostrò particolarmente interessato.

«Il proprietario non intende venderla, purtroppo.»

«E chi è il proprietario?»

«Temo di non saperlo, è passata di mano in mano tante di quelle volte. Tempo fa girava voce di un ordine di espropriazione.»

«E cosa mai avrebbe potuto farsene l'amministrazione di quella casa?»

«Mi creda, signora... ehm...» L'uomo sbirciò il nome che aveva annotato sul registro. «Signora Beresford, se lei sapesse rispondere a questa domanda oggigiorno avrebbe meno grattacapi di tanti altri. Le vie delle amministrazioni locali e delle società di pianificazione sono sempre avvolte nel mistero. La porzione posteriore della casa fu sottoposta ad alcune opere di restauro e data in affitto con un canone irrisorio a... ehm... Ah sì, a una coppia di nome Perry. Quanto all'attuale proprietario, vive all'estero e sembra aver perso ogni interesse per l'immobile. Presumo ci fosse sotto una questione di eredità percepita da un minorenne e amministrata dagli esecutori. Forse sono insorte difficoltà legali... la legge tende a costare cara, signora Beresford... il proprietario ha deciso che gli conveniva abbandonare la casa a se stessa: gli unici restauri effettuati sono quelli che hanno interessato la porzione occupata dai Perry. Non è escluso che il terreno possa acquistare valore in futuro, naturalmente, ma il restauro degli edifici in rovina di rado è redditizio. Se è interessata a una proprietà del genere, possiamo certamente offrirle qualcosa di più adeguato. Se posso permettermi, cosa l'ha colpita in particolare di quella casa?»

«Mi è piaciuta immediatamente» rispose Tuppence. «È così *graziosa*. La prima volta l'ho vista passando in treno.»

«Oh, capisco...» Per quanto si sforzasse di mascherarla, l'espressione del signor Sprig mostrava tutta la sua riprovazione per l'incredibile stupidità delle donne. «Fossi in lei lascerei perdere» aggiunse mellifluo.

«Immagino che per lei non sarebbe un problema scrivere al proprietario per domandargli se fosse disposto a vendere... oppure potrebbe darmi l'indirizzo...»

«Contatteremo gli avvocati del proprietario, se insiste, ma non posso offrirle speranze significative.»

«Oggigiorno bisogna rivolgersi agli avvocati per qualsiasi cosa.» Il tono di Tuppence era infantile e piagnucoloso. «E gli avvocati sono sempre così *lenti*.»

«Eccome. La legge è foriera di ritardi.»

«Proprio come le *banche*!»

«Le banche...» Il signor Sprig sembrava vagamente sorpreso.

«C'è tanta gente che ti dà l'indirizzo di una *banca*, una vera seccatura.»

«Sì... certo... ha ragione... ma oggi la gente è così agitata, non sta mai ferma... tutti che se ne vanno all'estero.» L'uomo aprì un cassetto della scrivania. «Ho qui una proprietà, Crossgates... tre chilometri da Market Basing... ottime condizioni... un bel giardino...»

Tuppence si alzò in piedi.

«No, la ringrazio.»

Congedatasi con decisione dal signor Sprig, uscì sulla piazza.

La terza agenzia, alla quale fece una breve visita, sembrava specializzata nella vendita di bestiame, allevamenti di polli e fattorie in condizioni pietose.

Infine passò da Roberts & Wiley in George Street. Malgrado le dimensioni ridotte, si trattava di una società agguerrita e ansiosa di soddisfare i clienti, ma sostanzialmente disinteressata a Sutton Chancellor, di cui peraltro sapeva poco o nulla. Cercavano viceversa di piazzare residenze ancora da completare a prezzi esorbitanti: Tuppence rabbrividì osservando un'illustrazione. Vedendo la potenziale cliente ferma sulle proprie posizioni, il solerte giovanotto fu costretto a riconoscere l'esistenza di un luogo chiamato Sutton Chancellor.

«Se le interessa Sutton Chancellor, le consiglio di provare da Blodget & Burgess, in piazza. Gestiscono alcune proprietà in quella zona... ma sono tutte in pessime condizioni... praticamente in rovina...»

«C'è una bella casa, sulla riva di un canale attraversato da un ponte. L'ho vista dal treno. Perché non ci vuole abitare nessuno?»

«Oh! Conosco quel posto. Riverbank, se ben ricordo. Nessuno si sognerebbe di andare a viverci, si dice che sia infestata.»

«Dai fantasmi?»

«Così pare. Girano tante voci. Rumori notturni. E gemiti. Se vuole il mio parere, è il paradiso dei vermi.»

«Santo cielo» disse Tuppence. «Sembrava così gradevole e isolata.»

«Fin troppo isolata, direbbero in molti. Pensi alle alluvioni d'inverno.»

«Dovrò rifletterci a fondo» sospirò Tuppence.

Avviandosi verso il Lamb and Flag, dove intendeva concedersi un buon pranzo, iniziò a mormorare fra sé.

«Dovrò rifletterci a fondo: alluvioni, vermi, fantasmi, tintinnio di catene, proprietari assenti, avvocati, banche... una casa che nessuno vuole né ama... nessuno tranne *me*, forse... Oh, al diavolo, quello che voglio ora è del *cibo*.»

Al Lamb and Flag servivano ottime e generose porzioni da contadini, niente a che vedere con i ridicoli menu francesi per i turisti di passaggio: minestra densa e saporita, cosciotto di maiale con salsa di mele, formaggio Stilton o, per chi preferiva (Tuppence non era fra questi), torta alle prugne e crema.

Dopo una passeggiata senza meta, Tuppence riprese l'auto e si riavviò verso Sutton Chancellor. Per quanto si sforzasse, non riusciva a considerarla una mattinata fruttuosa.

Superata l'ultima curva, vide la chiesa e il parroco che usciva dal camposanto. Sembrava a pezzi, così Tuppence accostò.

«Sta ancora cercando quella tomba?» gli chiese.

Il parroco si premette una mano sulle reni.

«Povero me,» disse «non ci vedo più bene, e parecchie iscrizioni sono quasi completamente erose. Per non parlare della schiena. Molte delle pietre sono coricate a terra in orizzontale. Ogni volta che mi piego ho paura di non rialzarmi più.»

«Fossi in lei mi metterei il cuore in pace» disse Tuppence. «Se ha controllato il registro della parrocchia, non c'è altro che possa fare.»

«Lo so, il fatto è che quel pover'uomo sembrava così ansioso e impaziente. Sono quasi certo che non servirà a nulla, ma lo ritengo mio dovere. Mi manca ancora un breve tratto, dal tasso al muro là in fondo, anche se le lapidi sono quasi tutte del XVIII secolo. E tuttavia preferirei finire il lavoro, per non avere nulla da rimproverarmi. Ci penserò domani.»

«E fa bene» annuì Tuppence. «Non deve affaticarsi troppo. Anzi, mi è venuta un'idea: dopo aver preso il tè con la signorina Bligh andrò io a controllare. Dal tasso al muro, ha detto?»

«Oh, ma non potrei mai chiederle di...»

«Insisto, lo farò più che volentieri. Trovo molto interessante girare per i campisanti, le iscrizioni più antiche offrono uno spaccato sulla gente che un tempo abitava qui. Sarà un piacere, mi creda. Vada a riposarsi, ora.»

«Be', in effetti ho il sermone da preparare per stasera. Signora Beresford, lei è una vera amica. Una *vera* amica.»

Dopo averle rivolto un sorriso radioso, entrò nella casa parrocchiale. Tuppence guardò l'ora. «Sarà meglio togliermi il pensiero» sospirò avviandosi verso la casa della signorina Bligh. La porta era aperta, e la signorina Bligh stava giusto entrando nel soggiorno con un vassoio di *scones* appena sfornati.

«Oh! Eccola qui, cara signora Beresford, sono *così* felice di vederla. Il tè è quasi pronto, il bollitore è già sul fuoco e devo solo riempire la teiera. Spero che sia soddisfatta delle sue compere» aggiunse, lanciando un'occhiata plateale alla borsa deplorevolmente vuota che penzolava dal braccio di Tuppence.

«In realtà non ho avuto molta fortuna» rispose Tuppence, dando sfogo al suo talento di attrice. «Sa com'è, ci sono giorni in cui l'articolo o il colore che cerchi sembrano introvabili. Ma visitare posti nuovi è sempre piacevole, anche quando non sono particolarmente interessanti.»

L'acuto fischio del bollitore richiamò l'attenzione della signorina Bligh, che si precipitò in cucina facendo cadere dal tavolino nell'atrio un gruppo di lettere che aspettavano di essere spedite.

Tuppence si chinò a raccoglierle, e rimettendole sul tavolino notò che la prima era indirizzata a una certa signora Yorke presso Rosetrellis Court, una residenza per anziane signore nel Cumberland.

"Certo che le case di riposo spuntano come funghi in questo paese!" pensò. "Da un momento all'altro ci finiremo anche io e Tommy!"

Soltanto qualche giorno prima, un'amica ansiosa di mostrarsi premurosa le aveva scritto per consigliarle un'incantevole residenza nel Devon per coppie sposate, perlopiù agenti segreti in pensione. La cucina era ottima, e gli ospiti potevano portare con sé mobili ed effetti personali.

La signorina Bligh tornò con la teiera e le due donne si sedettero a prendere il tè.

La conversazione della signorina Bligh, meno melodrammatica e maliziosa rispetto a quella della signora Copleigh, mirava a ottenere informazioni più che a darne.

Tuppence ricordò sommariamente gli anni trascorsi in missione all'estero per conto dei servizi segreti, enumerò le difficoltà della vita domestica in Inghilterra, si dilungò a raccontare dei figli sposati e dei nipotini e con grande tatto spostò la conversazione sulle attività della signorina Bligh a Sutton Chancellor, che erano le più svariate: l'Istituto delle donne, le Giovani esploratrici, i boy-scout, l'Unione conservatrice femminile, l'arte greca, la preparazione di marmellate, le composizioni floreali, il club della pittura, gli Amici dell'archeologia... la salute del parroco, che spesso e volentieri dimenticava di prendersi cura di sé... le spiacevoli divergenze di opinioni tra i sagrestani...

Tuppence le fece i complimenti per gli *scones*, ringraziò per l'ospitalità e si alzò, pronta ad andarsene.

«Lei ha un'energia straordinaria, signorina Bligh» disse. «Non ho idea di come riesca a fare tutto. Confesso che dopo una giornata di compere io non vedo l'ora di stendermi sul letto e chiudere gli occhi, anche solo per mezz'ora. E ho un bel letto comodo che mi aspetta: non so come ringraziarla per avermi consigliato la signora Copleigh.»

«Quella donna è una garanzia, anche se parla troppo...»

«Be', ho trovato molto divertenti le sue storie.»

«Già, ma nella metà dei casi non sa di cosa sta parlando! Si trattiene qui per molto?»

«Oh, no, domani torno a casa. Che delusione non aver trovato nemmeno una piccola proprietà... speravo tanto in quella casa così pittoresca sul canale...»

«Meglio così, mi creda. È in pessimo stato, e i proprietari sono all'estero. Una vera indecenza.»

«Non sono nemmeno riuscita a scoprire a chi appartiene, ma immagino che *lei* lo sappia. Sembra sempre al corrente di tutto...»

«Quella casa non mi è mai interessata più di tanto. Non fa che passare di mano in mano, tenere il conto dei proprietari è impossibile. Una metà è abitata dai Perry, l'altra è abbandonata e in rovina.»

Tuppence si congedò e tornò dalla signora Copleigh. La casa era silenziosa e sembrava deserta. Salì in camera, depositò la borsa vuota, si lavò la faccia e si incipriò il naso, quindi uscì in punta di piedi e guardò su e giù per la strada. Lasciando l'auto dov'era, girò rapidamente l'angolo per imboccare un sentiero che tagliava il campo dietro il villaggio e terminava davanti a un cavalcasiepe, dal quale si accedeva al camposanto.

Godendosi il silenzio e il sole della sera, come aveva promesso cominciò a esaminare le tombe. Non aveva secondi fini né si aspettava di scoprire alcunché: la sua era pura e semplice cortesia. L'anziano parroco era un uomo adorabile, e voleva aiutarlo a sentirsi in pace con la sua coscienza. Si era portata un taccuino e una matita, casomai avesse trovato qualcosa di interessante da annotare. Quella che doveva cercare, o almeno così pensava, era la lapide di una bambina di una certa età. Gran parte delle tombe erano troppo vecchie, però, e non molto interessanti. Inoltre, non erano abbastanza antiche per essere caratteristiche e per recare iscrizioni tenere o commoventi. Perlopiù appartenevano a persone anziane, ma Tuppence si tratteneva comunque a osservarle, disegnando ritratti mentali. Jane Elwood, scomparsa il 6 gennaio all'età di quarantacinque anni. William Marl, scomparso il 5 gennaio, profondamente compianto. Mary Treves, cinque anni. 14 marzo 1835. Troppo indietro nel tempo. «Gioia piena nella tua presenza.» Che fortuna, la piccola Mary Treves.

Ormai era quasi arrivata al muro. Le ultime tombe erano trascurate e coperte dalle erbacce: quell'area del camposanto sembrava completamente abbandonata. Parecchie lapidi erano cadute a terra; il muro era sgretolato e a tratti era stato abbattuto.

Trovandosi dietro la chiesa, quel punto non era visibile dalla strada, e i ragazzini ne approfittavano senza dubbio per venire a far danni. Tuppence si chinò sopra una delle pietre. L'iscrizione originale era erosa e illeggibile, ma sollevandola di lato si intravedevano alcune lettere, tracciate alla meglio e semicoperte dalla vegetazione.

Le seguì con il polpastrello, cogliendo una parola qui e là.

"Chi... scandalizzato... uno di questi piccoli... Macina... Macina... Macina..." e sotto, incise a lettere grossolane da una mano inesperta, le parole:

QUI RIPOSA LILY WATERS

Tuppence inspirò a fondo e avvertì un'ombra alle sue spalle. Prima che potesse voltarsi, un colpo alla nuca la scaraventò sopra la tomba, precipitandola nel buio e nel dolore.

Libro terzo

LA MOGLIE SCOMPARSA

10
Dopo la conferenza

I

«Ebbene, Beresford» disse il maggior generale Sir Josiah Penn, K.M.G., C.B., D.S.O., scandendo le parole con la solennità che si addiceva all'impressionante sfilza di lettere che seguivano il suo nome. «Ebbene, cosa ne pensa di tutte quelle chiacchiere?»

A giudicare da quelle parole il vecchio Josh, come veniva irrispettosamente chiamato a sua insaputa, non doveva essere entusiasta dei risultati del ciclo di conferenze a cui avevano assistito.

«Chi va piano va sano e va lontano» continuò Sir Josiah. «Tutto fumo e niente arrosto. Appena qualcuno si azzarda a dire qualcosa di sensato, ecco che quattro bellimbusti saltano in piedi e lo mettono a tacere. Non so proprio cosa ci facciamo qui. O quantomeno, so cosa ci faccio *io*. Non ho nient'altro da fare. Se non partecipassi a queste pagliacciate, dovrei starmene a casa. E sa cosa mi succede a casa? Mi trattano a pesci in faccia, Beresford. Tutti quanti, dalla governante al giardiniere, un anziano scozzese che non mi permette nemmeno di sfiorare le mie pesche. E dunque eccomi qui, a spadroneggiare e fingere di svolgere chissà quale funzione fondamentale per la sicurezza del paese! Che mucchio di scempiaggini. E lei? Cosa spinge un uomo relativamente giovane a sprecare il suo tempo in questo modo? Nessuno la ascolterà, nemmeno se dice qualcosa di interessante.»

Vagamente divertito dal fatto che il maggior generale Sir Josiah Penn lo considerasse un giovanotto nonostante l'età, che ormai riteneva avanzata, Tommy scosse la testa. Il generale doveva avere superato gli ottant'anni da un pezzo, era sordo e soffriva di una bronchite acuta, ma non era mica fesso.

«Non si riuscirebbe a combinare nulla se lei non fosse qui, Sir» disse Tommy.

«Mi piace pensarlo» ammise il generale. «Sono un bulldog senza denti, ma abbaio ancora. Come sta la signora? Non la vedo da un'eternità.»

Tommy rispose che Tuppence era in ottima forma e attiva come una ragazzina.

«Lo è sempre stata. A volte mi faceva pensare a una libellula, pronta com'era a volare dietro alle sue idee apparentemente assurde che poi non si rivelavano tali. Che spasso!» annuì il generale. «Niente a che vedere con le seriosissime signore di mezza età di oggi, perennemente dedite alle loro Cause con la C maiuscola. Quanto alle ragazze...» scosse la testa. «Tutt'altra cosa rispetto a quelle dei miei tempi. Erano belle come quadri. Quei vestiti di mussola! Ci fu un periodo in cui indossavano persino i cappelli a *cloche*. Si ricorda? No, probabilmente all'epoca andava ancora a scuola. Per vedere il volto bisognava guardare sotto la tesa. Era irresistibile, e loro lo sapevano! Me ne torna in mente una... vediamo... una sua parente... una zia, se non sbaglio... Ada. Ada Fanshawe.»

«Zia Ada?»

«La giovane più incantevole che abbia mai visto.»

Tommy riuscì a contenere la sorpresa. Che qualcuno potesse aver considerato incantevole zia Ada gli pareva inconcepibile. Il vecchio Josh era tutto emozionato.

«Sì, bella come un quadro. E quanto era allegra e vivace! Mi faceva impazzire. Ah, ricordo ancora l'ultima volta che la vidi. Ero un ufficiale subalterno in partenza per l'India. Un picnic di mezzanotte sulla spiaggia... io e lei ci allontanammo insieme e ci sedemmo su uno scoglio davanti al mare.»

Tommy lo guardò con profondo interesse: il doppio mento, la testa pelata, le sopracciglia folte, la pancia smisurata. Quindi pensò a zia Ada: i baffetti incipienti, il sorriso arcigno, i capelli grigio ferro, lo sguardo maligno. Cosa non faceva il tempo! Si sforzò invano di immaginare un giovane ufficiale subalterno e una bella ragazza al chiaro di luna.

«Ha idea di quanto fosse romantico?» sospirò Sir Josiah. «Quella notte avrei voluto chiederle di sposarmi, ma in quanto ufficiale subalterno guadagnavo troppo poco per potermelo permettere. Avremmo dovuto aspettare cinque anni, una durata improponibile per un fidanzamento. Be', così è la vita! Partii per l'India e passò molto tempo prima che tornassi a casa in licenza. Per un certo periodo ci scrivemmo, ma poi i contatti si diradarono, come sempre capita. Non la rividi più, eppure non l'ho mai dimenticata e penso spesso a lei. Ricordo che una volta, anni dopo, fui sul punto di scriverle. Avevo saputo che si trovava nel mio quartiere, ospite di certe persone. Volevo chiederle il permesso di farle visita, ma poi pensai: "Non fare l'idiota. Ormai sarà un'altra donna". Alcuni anni più tardi sentii un tizio parlare di lei. Diceva che era una delle donne più brutte che avesse mai visto. Sul momento non potevo crederci, ma ora penso che forse non vederla più è stata una fortuna. Cosa fa adesso? È ancora viva?»

«È morta due o tre settimane fa» rispose Tommy.

«Sul serio? Già, potevo immaginarlo. Quanti anni aveva, settantacinque o settantasei? Forse qualcuno in più.»

«Ottanta.»

«Pensa un po'. Quella scatenata moretta di Ada. E dove è morta? In una casa di riposo, oppure viveva con una dama di compagnia? O forse... non si è mai sposata, vero?»

«No» rispose Tommy. «Non si è mai sposata. Abitava in una casa di riposo per signore, peraltro di ottimo livello. Si chiama Sunny Ridge.»

«Sì, ne ho sentito parlare. Sunny Ridge. Se ben ricordo, mia sorella conosceva una delle ospiti. Una certa signora... come si chiamava... Carstairs, forse? L'ha mai incontrata?»

«No, non parlavo con nessun altro o quasi. In genere si fa visita solo al proprio familiare.»

«E non è facile, per giunta. Non si sa mai cosa dire.»

«Zia Ada era particolarmente ostica» disse Tommy. «Sa, era proprio intrattabile.»

«Non stento a crederlo» ridacchiò il generale. «Da giovane sapeva essere un vero demonio, quando voleva.»

Sospirò.

«Che supplizio, la vecchiaia. Un'amica di mia sorella si inventava le cose, povera cara. Diceva di aver ucciso qualcuno.»

«Mio Dio!» esclamò Tommy. «Ed era vero?»

«Oh, ne dubito. Nessuno sembrava crederci. E tuttavia» disse il generale, valutando l'idea con attenzione «non lo ritengo impossibile. Se continui a ripetere allegramente cose del genere, finirà che *nessuno* ti crede, vero? In ogni caso è divertente, non trova?»

«Chi sosteneva di aver ucciso?»

«Magari lo sapessi. Il marito, forse? Non ho idea di chi fosse, lei era vedova quando la conoscemmo. Be',» sospirò «mi dispiace sapere di Ada. Non l'ho letto sul giornale, altrimenti avrei mandato dei fiori. Un mazzo di boccioli di rosa, qualcosa del genere. Li indossavano le ragazze sui vestiti da sera. Un mazzo di boccioli sulla spallina, era davvero grazioso. Ricordo un vestito di Ada, una specie di color ortensia, direi malva. Malva tendente al blu, e lei ci aveva applicato sopra i boccioli. Una volta me ne regalò uno. Non erano veri, naturalmente. Artificiali. Lo conservai a lungo, per anni. Lo so,» aggiunse, incrociando lo sguardo di Tommy «l'idea fa sorridere, ma mi creda, ragazzo mio, quando si diventa vecchi e rimbambiti come me si torna a essere romantici. Be', ora sarà meglio che vada, l'ultimo atto di questa ridicola sceneggiata sta per cominciare. Porti i miei saluti alla signora T. quando torna a casa.»

L'indomani, sul treno, Tommy ripensò alla conversazione con un sorriso, sforzandosi nuovamente di immaginare la formidabile zia e l'implacabile maggior generale nel fiore degli anni.

«Questa devo proprio raccontarla a Tuppence. Si farà certe risate» disse. «Chissà cosa ha combinato mentre ero via?»

Continuava a sorridere.

II

Il fido Albert aprì la porta con un raggiante sorriso di benvenuto.

«Lieto di rivederla, *sir*.»

«Lieto di essere tornato» replicò Tommy consegnandogli la valigia. «Dov'è la signora Beresford?»

«Non è ancora tornata, *sir*.»

«Vuoi dire che è uscita?»

«È via da tre o quattro giorni, ma tornerà stasera per cena. Ha chiamato ieri per avvisare.»

«Cosa sta combinando, Albert?»

«Non saprei, *sir*. Ha preso l'auto, ma anche varie guide ferroviarie. Potrebbe essere ovunque, per così dire.»

«Già» annuì Tommy, pensieroso. «Potrebbe essere a John o' Groats come a Land's End, e scommetto che ha perso la coincidenza alla palude di Tentenny sulla via del ritorno. Dio benedica le ferrovie inglesi. Ha detto da dove telefonava?»

«Nossignore.»

«Che ore erano?»

«Poco prima di pranzo. Si è limitata ad assicurarmi che andava tutto bene, ha promesso che oggi sarebbe tornata ben prima di cena, pur non essendo certa dell'ora esatta, e mi ha suggerito di preparare del pollo. È d'accordo, *sir*?»

«Sì,» rispose Tommy guardando l'ora «ma è già tardi, dovrà sbrigarsi se vuole rincasare per cena.»

«Terrò a bada il pollo.»

Tommy sorrise. «Bravo,» disse «prendilo per la coda. Come te la passi, Albert? A casa tutto bene?»

«Temevamo un caso di morbillo in famiglia, ma era un falso allarme. Il medico ci ha detto che era solo uno sfogo.»

«Meglio così» disse Tommy, quindi salì al primo piano fischiettando una canzone. Entrò in bagno, si fece la barba, si lavò e si trasferì in camera da letto, guardandosi intorno. Possedeva quella curiosa aria deserta che hanno certe camere quando sono disabitate da giorni. L'atmosfera era fredda e inospitale, ogni cosa immacolata e perfettamente in ordine. Tommy si sentiva mogio come un fido cagnolone. Era come se Tuppence non fosse mai esistita: niente cipria sparsa, niente libri gettati a terra aperti con il dorso incavato.

«Sir.»

Era Albert, sulla soglia.

«Sì?»

«Comincio a preoccuparmi per il pollo.»

«Oh, al diavolo il pollo» sbuffò Tommy. «È proprio un'ossessione, la tua.»

«Be', ero convinto che lei e la signora non vi sareste messi a tavola dopo le otto.»

«Ne ero convinto anch'io» disse Tommy guardando l'ora. «Mio Dio, sono davvero le otto e trentacinque?»

«Sissignore. Quanto al pollo...»

«Oh, insomma, tiralo fuori dal forno e ce lo mangeremo noi alla faccia di Tuppence. Così impara a promettere che tornerà ben prima di cena!»

«È pur vero che certa gente cena tardi» ammise Albert. «Una volta sono stato in Spagna e mi creda, cenare prima delle dieci era impossibile. Le dieci di sera, perdio! Che selvaggi!»

«Già» replicò distrattamente Tommy. «A proposito, hai idea di dove sia stata in questi giorni?»

«La signora? No, *sir*. Qui e là, direi. Se ho ben capito, la sua intenzione originaria era spostarsi in treno. Non faceva che consultare guide e orari.»

«Be',» rifletté Tommy «ognuno si diverte a modo proprio. A Tuppence piace viaggiare in treno. Ma dove sarà ora? Seduta nella sala d'aspetto per signore alla palude di Tentenny, ci scommetto.»

«Però sapeva che lei sarebbe tornato oggi, vero, *sir*?» chiese Albert. «In qualche modo arriverà, ne sono certo.»

Tommy ebbe la sensazione che il domestico gli volesse offrire una sponda. I due uomini erano legati dalla disapprovazione per il comportamento di Tuppence, che preferiva trastullarsi con le ferrovie inglesi piuttosto che rincasare in tempo per accogliere come si conveniva il marito di ritorno.

Albert andò a salvare il pollo da un probabile destino di cremazione.

Tommy era sul punto di seguirlo, ma si fermò a guardare il caminetto. Lentamente si avvicinò, gli occhi puntati sul quadro appeso alla parete. Buffo, come Tuppence fosse convinta di avere già visto proprio quella casa. Tommy era quasi sicuro di *non* averla vista. Si trattava di una casa piuttosto comune, chissà quante ne esistevano di quel genere.

Si alzò in punta di piedi per osservare la tela da vicino, ma non ci arrivava, così la staccò dal chiodo e la accostò a una lampadina. Era una casa tranquilla e gradevole. Il nome del pittore cominciava per B, ma non riusciva a decifrare il resto: Bosworth? Bouchier? Avrebbe controllato con una lente d'ingrandimento. Dall'atrio arrivò un allegro scampanio: Albert adorava i campanacci svizzeri che Tommy e Tuppence gli avevano portato da Grindelwald. Era diventato quasi un virtuoso. La cena era pronta, così Tommy andò in sala da pranzo. Davvero strano che Tuppence non fosse ancora tornata. Se pure aveva bucato, il che era probabile, come mai non aveva chiamato per avvisare e scusarsi del ritardo?

«Lo sa che mi preoccupo» si disse Tommy. Non che si preoccupasse *sul serio*, ovviamente, quantomeno non per Tuppence. Tuppence se la cavava sempre. Ma l'ansia di Albert non era d'aiuto.

«Speriamo che non abbia avuto un incidente» disse, servendo un piatto di cavoli a Tommy e scuotendo la testa desolato.

«Portali via, lo sai che odio i cavoli. Un incidente? E perché mai? Sono appena le nove e mezzo.»

«Oggigiorno mettersi in strada è un suicidio» disse Albert. «Gli incidenti possono capitare a chiunque.»

Squillò il telefono. «È lei» disse Albert. Depositando frettolosamente il piatto di cavoli sulla credenza, uscì di corsa. Tommy si alzò, abbandonò il suo pollo e lo seguì. «Rispondo io» disse, ma Albert lo aveva preceduto.

«Sissignore, il signor Beresford è in casa. Glielo passo immediatamente.» Si voltò verso Tommy. «È un certo dottor Murray, *sir*.»

«Dottor Murray?» Tommy si concentrò. Il nome non gli era nuovo, ma non riusciva a ricordarsi chi fosse. Tuppence... Un incidente... Poi, con un sospiro di sollievo, gli sovvenne che il dottor Murray era un medico che si occupava delle anziane ospiti di Sunny Ridge. Forse doveva parlargli dei documenti per il funerale di zia Ada. Autentico figlio del suo tempo, Tommy concluse immediatamente che il motivo della telefonata fosse un qualche modulo che lui o il dottor Murray dovevano firmare.

«Pronto?» disse. «Parla Beresford.»

«Oh, che sollievo trovarla in casa. Si ricorda di me, vero? Avevo in cura sua zia, la signorina Fanshawe.»

«Certo che mi ricordo. Come posso esserle utile?»

«Ci terrei molto a scambiare due parole con lei. Possiamo incontrarci uno dei prossimi giorni, magari in città?»

«Senz'altro, ma... ehm... si tratta di qualcosa di cui non può parlare al telefono?»

«Preferirei di no. Non c'è fretta e non fingerò che ci sia, ma vorrei comunque parlarle di persona.»

«Qualche problema?» disse Tommy, meravigliandosi della propria domanda. Che problemi avrebbero potuto esserci?

«Niente affatto. Probabilmente sto facendo di una mosca un elefante, ma ci sono stati alcuni sviluppi decisamente curiosi a Sunny Ridge.»

«Nulla a che fare con la signora Lancaster, vero?»

«La signora Lancaster?» Il medico sembrava sorpreso. «Oh, no. Se n'è andata da tempo, prima che sua zia morisse. Si tratta di qualcosa di completamente diverso.»

«Sono appena rientrato dopo aver trascorso alcuni giorni fuori casa. Posso richiamarla domattina per prendere un appuntamento?»

«D'accordo, le do il mio numero. Sarò in ambulatorio fino alle dieci.»

«Cattive notizie?» domandò Albert quando Tommy tornò in sala da pranzo.

«Per l'amor di Dio, piantala di fare l'uccello del malaugurio, Albert» sbottò Tommy. «Non c'è nessuna cattiva notizia.»

«Pensavo che magari la signora...»

«La signora se la caverà, come sempre. La conosci, starà rincorrendo chissà quale oscuro indizio. Non ho intenzione di preoccuparmi. Porta via questo pollo, diventa immangiabile quando lo tieni al caldo nel forno. Voglio solo un caffè, poi me ne andrò a letto.

«Domattina troveremo una lettera, probabilmente arrivata in ritardo, sai bene quanto sono efficienti le nostre poste. Oppure manderà un telegramma, o chiamerà.»

Ma l'indomani non arrivarono lettere, né telefonate, né telegrammi.

Tenendo d'occhio Tommy, Albert aprì e richiuse la bocca più volte, intuendo a ragion veduta che ulteriori sinistri presagi da parte sua non sarebbero stati bene accetti.

Alla fine Tommy ebbe pietà di lui. Inghiottendo l'ultimo boccone di toast con la marmellata, lo mandò giù con un sorso di caffè e parlò.

«Va bene, Albert, lo dico io. *Che fine ha fatto?* Cosa le è successo? E soprattutto, cosa dobbiamo fare?»

«Avvertire la polizia, *sir*?»

«Non ne sono convinto. Sai...» Tommy si interruppe.

«Se ha avuto un incidente...»

«Aveva con sé la patente e vari altri documenti personali. In questi casi, gli ospedali sono molto solleciti a contattare i familiari. Non voglio essere precipitoso, forse... forse preferisce non coinvolgerci. Non hai un'idea, per quanto vaga, di dove fosse diretta, Albert? Non ha detto nulla di preciso? Un luogo particolare, una contea... nessun nome?»

Albert scosse la testa.

«Di che umore era? Felice? Emozionata? Triste? Preoccupata?»

Albert rispose senza esitare.

«Felice ed emozionata come una ragazzina. Non stava più nella pelle.»

«Come un segugio che ha fiutato la pista.»

«Esatto, *sir*. Quando ci si mette...»

«Aveva in mente qualcosa. Ma cosa?» rifletté Tommy.

Tuppence doveva aver trovato un indizio e, come Tommy aveva appena detto, si era affrettata a seguirne la scia al pari di un segugio. Due giorni prima aveva chiamato per avvisare che sarebbe tornata: perché non lo aveva fatto? "In questo preciso momento" pensò Tommy "potrebbe essere seduta in mezzo ad altra gente e talmente concentrata a raccontare frottole da dimenticarsi di tutto il resto!"

Se era sulle tracce di qualcuno, si sarebbe infuriata se Tommy fosse corso alla polizia gridando ai quattro venti che sua moglie era scomparsa. Già la sentiva: "Come hai potuto essere così sciocco? So badare *perfettamente* a me stessa. Ormai dovresti averlo imparato!". (Ma era vero che sapeva badare a se stessa?)

Era impossibile prevedere dove l'immaginazione avrebbe potuto portare Tuppence.

Verso il *pericolo*? Sino a quel momento, la faccenda non sembrava in alcun modo pericolosa: se non, come già detto, nella mente di Tuppence.

Se fosse andato alla polizia per denunciare il mancato ritorno della moglie, era probabile che gli agenti, con un certo tatto ma forse reprimendo un sorrisetto, gli avrebbero domandato quali amici *maschi* la moglie fosse solita frequentare.

«La troverò da solo» dichiarò Tommy. «In qualche posto dovrà pur *essere*. Nord, sud, est o ovest? Non ne ho idea. Che sciocca è stata a non lasciare detto dove si trovava.»

«Forse l'hanno rapita...» disse Albert.

«Oh, non fare il bambino, Albert!»

«Che intenzioni ha, *sir*?»

«Me ne vado a Londra» rispose Tommy guardando l'ora. «Innanzitutto pranzerò al club con il dottor Murray, che ieri sera al telefono mi ha comunicato di avere qualcosa da dirmi a proposito degli affari della mia defunta zia.

Forse potrà darmi qualche utile indizio: dopotutto, questa faccenda è cominciata a Sunny Ridge. E porterò con me il quadro appeso sopra il caminetto.»

«A Scotland Yard?»

«No» rispose Tommy. «In Bond Street.»

11
Bond Street e il dottor Murray

I

Tommy saltò giù dal taxi, pagò l'autista e si allungò dentro la vettura a recuperare il quadro, maldestramente avvolto nella carta. Tenendolo con qualche difficoltà sotto il braccio, entrò alla New Athenian, una delle più antiche e prestigiose gallerie d'arte di Londra.

Non era un mecenate, ma aveva deciso di portare il quadro alla New Athenian perché aveva un amico che vi ufficiava.

"Ufficiare": non esisteva verbo più adatto. L'atmosfera di devoto interesse, i toni sommessi e i sorrisi benevoli avevano un che di profondamente ecclesiastico.

Un giovane biondo gli venne incontro, il volto illuminato da un sorriso.

«Ciao, Tommy» disse. «È un pezzo che non ti fai vedere. Cos'hai lì sotto il braccio? Non ti sarai messo a dipingere alla tua veneranda età! Un mucchio di gente lo fa, con risultati quasi sempre deplorevoli.»

«L'arte non è mai stata il mio forte» disse Tommy. «Ma devo confessarti che l'altro giorno sono rimasto affascinato da un libriccino che spiegava in termini semplicissimi come un bambino di cinque anni può imparare a dipingere ad acquerello.»

«Che Dio ci aiuti se tu dovessi cimentarti nella pittura. Una Grandma Moses al maschile.»

«A dire il vero, Robert, sono qui perché ho bisogno del tuo autorevole parere su questo.»

Robert prese il quadro e lo sfilò dal precario imballo con l'esperta agilità di chi è abituato a impacchettare e spacchettare opere d'arte di ogni forma e dimensione. Lo sistemò su una sedia, lo esaminò con attenzione, poi indietreggiò di cinque o sei passi e si voltò verso Tommy.

«Ebbene,» disse «cosa vuoi sapere? Ti interessa venderlo?»

«No,» rispose Tommy. «Non voglio venderlo, Robert. Sono solo in cerca di informazioni. Chi l'ha dipinto, per cominciare.»

«È un peccato, perché potrebbe fruttarti una bella sommetta. Dieci anni fa non sarebbe stato così, ma oggi Boscowan sta tornando di moda.»

«Boscowan?» ripeté Tommy guardando l'amico con aria interrogativa. «È così che si chiama il pittore? L'iniziale della firma era chiaramente una B, ma non riuscivo a decifrare il resto.»

«È certamente un Boscowan. Un pittore molto in voga venticinque anni fa. Vendeva bene, esponeva spesso e la gente comprava i suoi quadri. Dal punto di vista tecnico, un pittore assai valido. Poi, come sempre accade, passò di moda. Quasi nessuno chiedeva più le sue opere, ma di recente ha conosciuto un revival insieme a Stitchwort e Fondella. Stanno tutti risalendo.»

«Boscowan» ripeté ancora Tommy.

«B-o-s-c-o-w-a-n» scandì Robert.

«Dipinge ancora?»

«No, è morto qualche anno fa. Aveva un'età ragguardevole, sessantacinque anni, se non sbaglio. Era un pittore prolifico, ci sono parecchie sue tele in circolazione. Noi stessi stiamo progettando una mostra di Boscowan tra quattro o cinque mesi. Prevedo un buon successo. Perché ti interessa tanto?»

«È una lunga storia» rispose Tommy. «Uno di questi giorni ti invito a pranzo e ti racconto tutto. Una storia lunga, complicata e decisamente ridicola. Per il momento volevo solo chiederti di questo Boscowan. Sai per caso dove si trova la casa qui raffigurata?»

«Purtroppo no. È un soggetto tipico dell'autore: una casetta di campagna, generalmente in posizione isolata, a volte una fattoria, magari una o due vacche. In certe opere c'è anche un carretto, ma è sempre in lontananza, sullo sfondo. Tranquille scene rurali, nulla di bozzettistico o caotico. A volte la superficie sembra quasi smaltata: era una tecnica particolare, apprezzata dal pubblico. Amava andare in Francia per dipingere, specie in Normandia. Ho un suo quadro con una chiesa, se aspetti un attimo vado a prenderlo.»

Si avvicinò alle scale e diede una voce a qualcuno al piano di sotto. Poco dopo tornò con una piccola tela e la posizionò su di un'altra sedia.

«Ecco qui» disse. «Chiesa in Normandia.»

«Già» disse Tommy. «È molto simile. Secondo mia moglie, la casa nel quadro è sempre stata disabitata. Ora capisco cosa intendeva. Guardando quella chiesa, si ha la sensazione che nessuno vi sia mai andato a messa.»

«Forse tua moglie non ha tutti i torti. Costruzioni tranquille e silenziose, non occupate dagli uomini. Sai, Boscowan non dipingeva spesso soggetti umani. A volte nel paesaggio si scorgono una o due figure, ma è raro. Per certi versi, credo che sia questo a rendere così affascinanti le sue opere. Una sorta di isolazionismo emotivo. Sembrava quasi convinto che la presenza umana rischiasse di contaminare la pace agreste. Ora che ci penso, forse è stato proprio questo a riportarlo in auge. Oggigiorno ci sono troppe persone, troppe automobili, troppi rumori in strada, troppa confusione. Boscowan cercava la pace, la pace assoluta, e la trovava nella Natura.»

«Può darsi. Che tipo era?»

«Non lo conoscevo di persona, era molto più vecchio di me. Era un artista pieno di sé che probabilmente sopravvalutava il proprio talento. Si dava delle arie, ma era un tipo simpatico e gradevole. E aveva un debole per il gentil sesso.»

«Non hai idea di dove si trovi questo particolare paesaggio? Ha tutta l'aria di essere inglese.»

«Penso anch'io. Vuoi che lo scopra?»

«Potresti?»

«Credo che la cosa migliore sarebbe domandare alla moglie, o meglio alla vedova. È la famosa scultrice Emma Wing, non molto prolifica ma autrice di opere di grande intensità. Potresti chiederglielo di persona, vive a Hampstead. Di recente ci siamo scambiati varie lettere a proposito della mostra di Boscowan che vorremmo allestire. Esporremo anche qualche piccola scultura della moglie. Vado a prendere l'indirizzo.»

Robert andò alla scrivania, sfogliò un registro, annotò qualcosa su un biglietto e lo portò a Tommy.

«Ecco qui» disse. «Cosa c'è sotto? Sei sempre pieno di misteri, tu. Quello che hai qui è un pregevole esempio dell'arte di Boscowan, potrebbe tornarci utile per la mostra. Ti manderò un promemoria per tempo.»

«Conosci per caso una certa signora Lancaster?»

«Non mi pare. Si tratta di un'artista?»

«Ne dubito. È solo un'anziana signora che ha trascorso gli ultimi anni in una casa di riposo. Questo quadro apparteneva a lei prima che lo donasse a mia zia.»

«Be', non credo di averla mai sentita nominare. Sarà meglio che tu vada a parlare con la signora Boscowan.»

«Che tipo è?»

«Penso che fosse molto più giovane di lui. È un vero

personaggio.» Robert annuì un paio di volte. «Sì, un vero personaggio. Te ne accorgerai.»

Poi prese il quadro e lo passò a qualcuno giù per le scale, dando istruzioni di riavvolgerlo nella carta.

«Non dev'essere male avere tanta gente ai tuoi ordini» disse Tommy.

Per la prima volta si guardò intorno.

«E questo cos'è?» chiese disgustato.

«Paul Jaggerowski, un giovane slavo molto interessante. Si dice che produca le sue opere sotto l'effetto della droga. Non ti piace?»

Tommy si ritrovò a fissare una grossa borsa a rete che sembrava essersi avviluppata in un campo verde metallico pieno di mucche deformate.

«Francamente no.»

«Filisteo» disse Robert. «Andiamo a mangiare un boccone insieme.»

«Non posso, ho appuntamento con un medico al mio club.»

«Non sarai malato, vero?»

«Macché, sono in ottima forma. La mia pressione è così perfetta che i medici rimangono regolarmente delusi.»

«E allora perché hai appuntamento con un medico?»

«Oh,» rispose Tommy con allegria «dobbiamo solo parlare di un corpo. Grazie di cuore per l'aiuto, arrivederci.»

II

Tommy salutò il dottor Murray con una certa curiosità. Immaginava che si trattasse di una questione burocratica riguardante il decesso di zia Ada, ma non aveva idea di cosa avesse spinto il medico a rifiutarsi di parlarne al telefono.

«Perdoni il ritardo,» disse il dottor Murray dandogli la

mano «ma c'era molto traffico e non sono pratico di questa zona di Londra.»

«Be', è un peccato che abbia fatto tanta strada. Avrei potuto raggiungerla in un luogo più comodo.»

«Ha del tempo a disposizione, in questo periodo?»

«Al momento sì. Sono appena stato via per una settimana.»

«Sì, me l'hanno detto quando ho chiamato.»

Tommy indicò una sedia, propose di ordinare e posò accanto al dottor Murray sigarette e fiammiferi. Quando si furono messi comodi, il medico ruppe il ghiaccio.

«Sono certo di aver suscitato la sua curiosità,» disse «ma il fatto è che abbiamo qualche piccolo grattacapo a Sunny Ridge. È una questione complessa e imbarazzante che non la riguarda in alcun modo, e non mi sognerei mai di importunarla se non pensassi che forse lei mi può essere d'aiuto.»

«Farò tutto il possibile, naturalmente. Ha a che fare con mia zia, la signorina Fanshawe?»

«Non direttamente, ma in un certo senso c'entra anche lei. Posso parlarle in confidenza, signor Beresford?»

«Sì, certo.»

«A dire il vero, qualche giorno fa un nostro comune amico mi ha raccontato alcune cose su di lei. Se ho ben capito, durante la guerra rivestiva un incarico piuttosto delicato.»

«Oh, nulla di serio» disse Tommy, sforzandosi di rimanere sul vago.

«Naturalmente, mi rendo conto che si tratta di una questione top secret.»

«Dubito che abbia importanza, ormai. Ne è passato di tempo, mia moglie e io eravamo giovani.»

«In ogni caso, non è di questo che volevo parlarle: sono semplicemente lieto di potermi rivolgere a lei in tutta franchezza, sapendo che non rivelerà ad altri quanto sto per dirle, sebbene non sia escluso che in seguito la questione possa essere resa pubblica.»

«Qualche piccolo grattacapo a Sunny Ridge, diceva?»

«Sì. Non molto tempo fa, una delle nostre ospiti è morta. Una certa signora Moody. Non so se la conoscesse o se sua zia le parlasse mai di lei.»

«Signora Moody?» rifletté Tommy. «No, non mi sembra. Non che io ricordi, almeno.»

«Non era fra le ospiti più anziane: aveva meno di settantacinque anni e non soffriva di malattie gravi. Il tipico caso di donna senza parenti prossimi e senza nessuno che potesse prendersi cura di lei. Era una di quelle che mi diverto a chiamare chiocce, donne che invecchiando finiscono per somigliare sempre più alle galline. Perennemente preoccupate, si fanno mille problemi e si agitano per un nonnulla, quando invece ne hanno ben poco motivo. In senso stretto, il loro non è nemmeno un disturbo mentale.»

«Insomma, chiocciano e basta» suggerì Tommy.

«Esattamente. E la signora Moody era una chioccia di prima categoria. Le infermiere le erano molto affezionate, ma sapesse quanto le faceva penare. Aveva l'abitudine di dimenticarsi dei pasti consumati: non faceva in tempo a finire una cena ottima e abbondante che già si lamentava di non aver mangiato.»

«Oh,» si illuminò Tommy «la signora Cioccolata.»

«Chiedo scusa?»

«Mi perdoni, è un soprannome che le avevamo dato io e mia moglie. Un giorno, in corridoio, la trovammo che urlava dietro all'infermiera Jane, accusandola di non averle servito la sua cioccolata. Una donnina graziosa e svitata: ci fece ridere, così cominciammo a chiamarla signora Cioccolata. Dunque è morta.»

«La sua morte non mi ha sorpreso più di tanto» continuò il dottor Murray. «Prevedere il decesso delle donne anziane è praticamente impossibile. Ci sono signore in pessime condizioni di salute, alle quali non daresti un anno di vita dopo averle visitate, che invece resistono per altri dieci, restando aggrappate alla vita con una tenacia che la disabilità fisica non è in grado di fiaccare. E poi ce ne sono altre, talmente in salute da darti l'impressione di poter campare cent'anni, che non trovano la forza per riprendersi da una banale bronchite o influenza e muoiono con sorprendente rapidità. Dunque, in quanto assistente medico presso una casa di riposo per signore, ribadisco che le morti impreviste non mi sorprendono. Il caso della signora Moody, però, è diverso. È morta nel sonno senza aver mostrato alcun sintomo, e non ho potuto fare a meno di considerarla una morte assolutamente imprevista. Per citare un brano del *Macbeth* di Shakespeare che mi ha sempre incuriosito, "più tardi doveva morire".[4] Mi sono sempre chiesto cosa intenda Macbeth con queste sue parole a proposito della moglie.»

«Sì, è capitato anche a me di domandarmi cosa intendesse dire Shakespeare» annuì Tommy. «Non ricordo che produzione fosse, ma allestimento e recitazione suggerivano chiaramente che, rivolgendosi al medico, Macbeth volesse insinuare che era meglio sbarazzarsi di lei. Un suggerimento che, probabilmente, il medico prende alla lettera. È a quel punto che Macbeth, sicuro che la moglie non potrà più tormentarlo con la sua mancanza di tatto e la sua mente sempre più malata, esprime il proprio dolore e affetto sincero: "Più tardi doveva morire".»

«Esatto» disse il dottor Murray. «Ed è quello che ho pensato a proposito della signora Moody: avrebbe dovuto morire più tardi, non tre settimane fa senza cause evidenti...»

Senza replicare, Tommy fissò il medico con aria interrogativa.

«La vita del medico non è sempre facile. Se hai dei dubbi in merito alla morte di un paziente, esiste un solo modo

[4] William Shakespeare, *Macbeth*, V, 5, v. 17.

per levarteli. Eseguire un'autopsia, una soluzione tutt'altro che apprezzata dai familiari del defunto. Non solo: se dall'autopsia risulta che la morte è avvenuta per cause naturali (il che è perfettamente possibile) oppure in seguito a una malattia che non sempre presenta segni o sintomi superficiali, la carriera del medico rischia di essere gravemente compromessa per aver formulato una diagnosi discutibile...»

«Mi rendo conto della difficoltà.»

«Nel caso specifico i familiari sono lontani cugini, e mi sono preoccupato di ottenere il loro consenso, poiché scoprire la causa della morte della signora Moody era una questione di interesse medico: le morti nel sonno sono un'ottima occasione per arricchire la nostra esperienza. Naturalmente ho badato a indorare la pillola, senza essere troppo esplicito. Per mia fortuna, e con mio grande sollievo, erano completamente disinteressati. Se l'autopsia non avesse rivelato sorprese, avrei potuto compilare il certificato di morte senza rimorsi. "Attacco cardiaco" è una categoria abbastanza ampia e sommaria da potervi far rientrare pressoché ogni genere di decesso. Il cuore della signora Moody, però, era in condizioni ottime per la sua età. Soffriva di artrite, reumatismi e qualche disturbo al fegato, ma nulla che giustificasse una morte nel sonno.»

Il dottor Murray si interruppe. Tommy aprì le labbra e le richiuse subito. Il medico annuì.

«Sì, signor Beresford. Ha capito dove voglio arrivare. La morte è stata provocata da un'overdose di morfina.»

«Mio Dio!» si lasciò sfuggire Tommy sgranando gli occhi.

«Proprio così. Per quanto sembrasse incredibile, le analisi non lasciavano dubbi. La domanda è: come le era stata somministrata? Non soffrendo di disturbi dolorosi, la paziente non era sotto morfina. Le possibilità, ovviamente, sono tre. Potrebbe averla assunta per sbaglio. Improbabile. Potrebbe essersi impadronita per errore della dose di un'altra paziente, ma nemmeno questo è verosimile. Non lasciamo la morfina a disposizione delle pazienti e non accettiamo morfinomani che potrebbero averne una scorta con sé. Potrebbe essersi suicidata, ma ho forti dubbi al riguardo. Pur essendo costantemente agitata, la signora Moody era una persona gioviale e sono certo che non avesse alcuna intenzione di togliersi la vita. Infine, l'overdose fatale potrebbe esserle stata somministrata da qualcuno. Ma da chi, e perché? Naturalmente, in quanto infermiera professionista e direttrice della casa di riposo, la signorina Packard ha a disposizione alcune dosi di morfina e altri farmaci, che tiene sotto chiave in un armadio. In caso di sciatica o artrite reumatoide, il dolore può essere così intenso e insopportabile da richiederne l'uso. Ci auguravamo di trovare documentazione di una circostanza in cui la signora Moody potesse averne assunta una dose pericolosa: qualcuno che gliel'avesse somministrata per sbaglio, oppure poteva averla presa da sola, illudendosi che servisse a curare un'indigestione o l'insonnia. Non abbiamo trovato nulla. A quel punto, su suggerimento della signorina Packard... io ero d'accordo... abbiamo esaminato attentamente i fascicoli relativi ai decessi avvenuti a Sunny Ridge negli ultimi due anni. Sono lieto di poter dire che non erano molti: sette in totale, se non sbaglio, un dato che rientra nella media per quella fascia d'età. Due pazienti morte di bronchite, assolutamente nella norma, due di influenza, che nei mesi invernali può rivelarsi fatale per le fragili difese di una donna anziana. Più altre tre.»

Dopo una pausa, il dottor Murray aggiunse: «Signor Beresford, queste tre morti, o quantomeno due di esse, non mi convincono. Erano assolutamente probabili e tutt'altro che impreviste, ma mi azzardo a definirle *sospette*. Dopo aver esaminato con cura i tre casi, non posso dirmi pienamente convinto. Per quanto sembri inverosimile, non possiamo escludere che a Sunny Ridge ci sia un assassino, forse malato di mente. Un assassino del tutto insospettabile.»

Seguì un breve silenzio. Tommy sospirò.

«Non metto in dubbio le sue parole, ma francamente lo trovo inconcepibile. Cose del genere non possono succedere.»

«Oh, succedono eccome» ribatté il dottor Murray, scuro in volto. «Basta pensare ad alcuni casi patologici. Una domestica aveva preso servizio in una casa dopo aver lavorato come cuoca presso varie altre famiglie. Una donna affabile, premurosa e piacevole. Fedele ai suoi datori di lavoro, cucinava magnificamente e apprezzava la loro compagnia. Eppure, a un certo punto, accadeva qualcosa. Di solito un vassoio di panini, a volte un cestino per il picnic. Senza una ragione evidente, ecco che veniva aggiunto dell'arsenico: due o tre panini avvelenati in mezzo agli altri. Sarebbe stato il caso, o almeno così sembrava, a decidere chi li avrebbe mangiati. A volte non c'erano tracce di animosità personale, né tragedie precedenti che potessero spiegare l'accaduto. La stessa donna aveva lavorato per tre o quattro mesi in un altro contesto senza mostrare segni di squilibrio. Nulla. Poi la donna cambiava lavoro, e nel giro di tre settimane due membri della famiglia morivano dopo aver fatto colazione con il bacon. I vari episodi avevano luogo a intervalli irregolari in parti diverse dell'Inghilterra, e la polizia tardava a mettersi sulle sue tracce. Senza contare che ogni volta, naturalmente, lei usava un nome diverso. C'erano talmente tante cuoche brave e gentili di mezza età che rintracciarla non era facile.»

«Perché lo faceva?»

«Credo che nessuno l'abbia mai capito davvero. Varie teorie sono state formulate, soprattutto dagli psicologi. Era una donna profondamente religiosa, forse addirittura una fanatica, e non è escluso che eliminando quelle persone fosse convinta di ubbidire a un ordine divino, ma il fatto è che non sembrava serbare alcun rancore nei loro confronti. C'era poi quella donna francese, Jeanne Gebron, passata alle cronache come l'Angelo della Misericordia. Quando i bambini dei vicini si ammalavano, era talmente sconvolta che correva ad accudirli, rimanendo devotamente seduta accanto al letto. Anche in questo caso, passò del tempo prima che ci si accorgesse che i bambini che accudiva *non guarivano mai*. Anzi, *morivano tutti*. Come mai? Va detto che, da giovane, anche lei aveva perso un bambino e sembrava distrutta dal dolore. Forse era quella la causa della sua carriera criminale. Se il *suo* bambino era morto, dovevano morire anche quelli delle altre donne. O forse, come sostenevano alcuni, anche il suo bambino era fra le vittime.»

«Mi sta facendo accapponare la pelle» disse Tommy.

«Sto solo citando i casi più drammatici» spiegò il medico. «A volte la dinamica degli omicidi è molto più semplice. Ricorda la vicenda di Armstrong? Tutte le persone che lo offendevano, o dalle quali riteneva di essere stato offeso, venivano immediatamente invitate a casa sua a prendere il tè accompagnato da panini all'arsenico. Una sorta di permalosità esasperata. I suoi primi crimini, invece, erano chiaramente dettati dal tornaconto personale: un'eredità, l'eliminazione di una moglie per poter sposare un'altra donna.

«E poi c'era l'infermiera Warriner, direttrice di una casa di riposo per anziani. Quale che fosse l'entità dei loro averi, gli ospiti glieli cedevano, e in cambio lei garantiva loro una vecchiaia confortevole fino al giorno della morte. Il problema era che il giorno della morte non tardava mai ad arrivare. Morfina, anche in questo caso: una donna davvero servizievole, ma priva di scrupoli. Sono convinto che si considerasse una benefattrice.»

«Se la sua ipotesi sulle morti sospette a Sunny Ridge è corretta, ha idea di chi possa essere stato?»

«No. Non sembrano esserci indizi di alcun tipo. Posto che l'assassino è probabilmente un pazzo, in certi casi la pazzia può essere molto difficile da riconoscere. Qualcuno che disprezza gli anziani, forse? Qualcuno che è stato... o pensa di essere stato... danneggiato o rovinato da una persona anziana? O forse abbiamo a che fare con un assassino benefattore, convinto che tutti gli ultrasessantenni vadano misericordiosamente sterminati? Potrebbe essere stato chiunque. Una paziente? Un membro del personale, magari un'infermiera o un'inserviente? Ne ho discusso a lungo con Millicent Packard, la direttrice. È una donna di grande competenza, avveduta, efficiente e attentissima nel sovrintendere alle ospiti e al personale. Mi ha assicurato di non avere alcun sospetto o indizio, e io le credo senza riserve.»

«Capisco, ma perché si è rivolto a me? Che cosa posso fare?»

«Sua zia, la signorina Fanshawe, ha vissuto a Sunny Ridge per alcuni anni. Per quanto non di rado desse mostra del contrario, era nel pieno delle sue facoltà mentali. Curiosamente si divertiva a fingere di essere affetta da demenza senile, ma in realtà era perfettamente lucida. Quello che vorrei chiedere a lei e a sua moglie, signor Beresford, è uno sforzo di memoria. La signorina Fanshawe ha mai detto o lasciato intendere qualcosa che potrebbe esserci utile? Può darsi che avesse notato, o sentito dire, qualcosa di strano. Le anziane signore notano molte cose, ed è sorprendente scoprire fino a che punto una donna acuta come la signorina Fanshawe possa essere al corrente di ciò che accade in un posto come Sunny Ridge. Non avendo nulla da fare, le nostre ospiti hanno tutto il tempo che vogliono per guardarsi intorno, ragionare e giungere a conclusioni che possono sembrare fantasiose, ma che a volte, alla prova dei fatti, si rivelano incredibilmente azzeccate.»

Tommy scosse la testa.

«Capisco cosa vuol dire, ma non mi viene in mente nulla.»

«Se anche lei non ha ricordi particolari, pensa che sua moglie potrebbe averne? Se ho ben capito, in questi giorni si trova fuori casa.»

«Glielo chiederò, ma ne dubito.» Dopo un attimo di esitazione, Tommy si decise. «In realtà, era preoccupata per una delle vostre ospiti, una certa signora Lancaster.»

«La signora Lancaster? Sì?»

«Si era messa in testa che fosse stata portata via all'improvviso da alcuni sedicenti familiari. La signora Lancaster aveva regalato un quadro a mia zia e mia moglie si sentiva in dovere di restituirglielo, così ha provato a mettersi in contatto con lei per domandarle se lo rivoleva.»

«Davvero premurosa, la signora Beresford.»

«Solo che non ci è riuscita. Si è fatta dare l'indirizzo dell'albergo dove sembrava che la signora Lancaster alloggiasse con i familiari, ma non risultavano clienti né prenotazioni a quel nome.»

«Davvero? Strano.»

«Già. Anche Tuppence lo trovava strano. E a Sunny Ridge non avevano lasciato alcun recapito. Abbiamo fatto vari tentativi di entrare in contatto con la signora Lancaster e con questa signora... Johnson, se non ricordo male, ma è stato inutile. I conti erano pagati da un avvocato, che gestiva i rapporti con la signorina Packard. Siamo riusciti a rintracciarlo, ma l'unico indirizzo che ha potuto darmi era quello di una banca. E le banche» concluse Tommy sarcastico «non danno mai informazioni.»

«Non se i loro clienti glielo proibiscono, lo so.»

«Mia moglie ha scritto alla signora Lancaster tramite la banca, e anche alla signora Johnson, ma non ha mai avuto risposta.»

«Sembra piuttosto insolito. Comunque, non sempre le persone rispondono alle lettere. Forse sono andate all'estero.»

«Infatti. Io non ero preoccupato, ma mia moglie sì. Sembrava convinta che fosse accaduto qualcosa alla signora Lancaster. Non solo: prima che partissi mi ha detto che voleva indagare. Non so con esattezza quali fossero le sue intenzioni, forse recarsi di persona all'albergo o alla banca, oppure chiedere all'avvocato. In ogni caso, voleva cercare altre informazioni.»

Il dottor Murray gli rivolse uno sguardo cortese ma velato di noia paziente.

«Cosa aveva in mente, di preciso?»

«Era convinta che la signora Lancaster fosse in pericolo, sempre che non le fosse già accaduto qualcosa.»

Il medico sollevò le sopracciglia.

«Sul serio? Mi sembra alquanto improbabile che...»

«Le sembrerà una sciocchezza,» lo interruppe Tommy «ma vede, mia moglie ha chiamato per avvisare che sarebbe tornata ieri sera, invece *non è tornata*.»

«Era *sicura* che sarebbe tornata?»

«Sì. Sapendo che ieri sarei rientrato anch'io dalla mia conferenza, ha avvisato Albert, il nostro maggiordomo, che sarebbe tornata per cena.»

«E non è da lei comportarsi così?» chiese Murray, che ora guardava Tommy con un certo interesse.

«Assolutamente no. Se fosse stata in ritardo o avesse cambiato i suoi piani, avrebbe chiamato di nuovo o inviato un telegramma.»

«È preoccupato?»

«Sì.»

«Hmm... Ha avvisato la polizia?»

«No» rispose Tommy. «Cosa potrebbero pensare? Non ho alcuna ragione concreta per ritenere che sia nei guai o in pericolo. Voglio dire, se avesse avuto un incidente o fosse in ospedale, qualcuno mi avrebbe avvertito subito, non le pare?»

«Direi di sì. Sempre che fosse identificabile.»

«Doveva avere la patente, probabilmente alcune lettere e varie altre cose.»

Il dottor Murray sembrava perplesso.

Tommy si affrettò a continuare: «E adesso arriva lei, con queste notizie su Sunny Ridge. Una serie di morti sospette. Ammettiamo che quella vecchietta avesse visto o sospettato qualcosa, e magari avesse cominciato a parlare. In un modo o nell'altro andava zittita, così decidono di prelevarla in tutta fretta per portarla in un luogo dove sia irreperibile. Non posso fare a meno di pensare che sia tutto legato...».

«È strano. È certamente strano. Cosa pensa di fare?»

«Condurrò anch'io qualche indagine. Comincerò dagli avvocati: forse sono in buonafede, ma vorrei guardarli negli occhi e poter trarre le mie conclusioni.»

12
Tommy incontra un vecchio amico

I

Dalla parte opposta della strada, Tommy osservava la sede dello studio legale Partingdale, Harris, Lockeridge e Partingdale.

Aveva un'aria assolutamente rispettabile e antiquata. La targa d'ottone era consumata ma lucidata a dovere. Tommy attraversò la strada, varcò la porta a battente e fu accolto dal tenue ticchettio delle macchine per scrivere.

Uno sportello aperto alla sua destra recava l'insegna INFORMAZIONI.

Al di là c'era uno stanzino con tre donne che battevano a macchina e due impiegati chini sulle scrivanie a trascrivere documenti.

L'aria sapeva vagamente di muffa, il tipico aroma legale.

Una donna sui trentacinque anni, portamento austero, capelli biondo chiaro e pince-nez sul naso, si alzò dalla macchina per scrivere e raggiunse lo sportello.

«Posso esserle utile?»

«Vorrei parlare con il signor Eccles.»

L'austerità della donna raddoppiò.

«Ha un appuntamento?»

«Purtroppo no, sono di passaggio a Londra.»

«Temo che il signor Eccles sia molto occupato stamattina. Magari un altro membro dello studio.»

«Ho bisogno di parlare proprio con il signor Eccles. Ci siamo già scambiati alcune lettere.»

«Capisco. Il suo nome, prego?»

Tommy diede nome e indirizzo, la bionda si ritirò per comunicare al telefono sulla scrivania. Terminata la discreta conversazione, tornò allo sportello.

«L'impiegato la accompagnerà nella sala d'aspetto. Il signor Eccles la riceverà tra una decina di minuti.»

Nella sala d'aspetto c'erano una libreria piena di antichi e massicci tomi legali e un tavolo rotondo coperto di giornali finanziari. Tommy si sedette e ripassò mentalmente il piano d'azione. Che tipo sarebbe stato il signor Eccles? Quando finalmente l'avvocato lo ricevette e si alzò dalla scrivania, per qualche ragione che non riusciva a spiegare Tommy decise che il signor Eccles non gli piaceva. Come mai? Non sapeva rispondere. Era un uomo tra i quaranta e i cinquant'anni con i capelli tendenti al grigio, leggermente diradati sulle tempie. Aveva una faccia lunga e triste con un'espressione oltremodo legnosa, due occhi penetranti e un sorriso gradevole che di tanto in tanto mitigava inaspettatamente la malinconia complessiva del suo aspetto.

«Il signor Beresford?»

«Sì. Mi dispiace disturbarla per una faccenda di poco conto, ma mia moglie è piuttosto preoccupata. Mi risulta che tempo fa le abbia scritto o forse telefonato per chiederle l'indirizzo di una certa signora Lancaster.»

«Signora Lancaster» ripeté il signor Eccles mantenendo tutta la sua imperscrutabilità. Non era nemmeno una domanda, si era limitato a lasciare il nome sospeso nell'aria.

"Quanta circospezione," pensò Tommy "ma a ben vedere è naturale che un avvocato sia circospetto. È una dote che io stesso apprezzerei nei miei legali."

«Fino a poco tempo fa risiedeva a Sunny Ridge, una prestigiosa casa di riposo per signore. Tra le altre ospiti c'era una mia zia, che era estremamente soddisfatta della sistemazione.»

«Oh, sì, ma certo. La signora Lancaster. Sbaglio o non risiede più a Sunny Ridge?»

«Esatto.»

«Al momento non ricordo i dettagli della vicenda,» continuò l'avvocato allungando una mano verso il telefono «lasci che mi rinfreschi la memoria.»

«Le spiegherò in poche parole di cosa si tratta» disse Tommy. «Mia moglie cercava l'indirizzo della signora Lancaster perché è entrata in possesso di un oggetto che le apparteneva, per la precisione un quadro che la signora Lancaster aveva regalato a mia zia, la signorina Fanshawe. Di recente mia zia è morta, e i suoi pochi effetti personali, tra i quali il dipinto ricevuto dalla signora Lancaster, sono finiti nelle nostre mani. A mia moglie piace molto, ma immaginando che la signora Lancaster potesse tenerci particolarmente si sente in dovere di restituirglielo.»

«Capisco» disse il signor Eccles. «Davvero scrupolosa, sua moglie.»

«Non si sa mai,» sorrise affabilmente Tommy «spesso le persone anziane sono legate ai loro oggetti. Probabilmente alla signora Lancaster aveva fatto piacere donarlo a mia zia, che lo ammirava molto, ma dal momento che mia zia è morta poco dopo averlo ricevuto non ci sembrava giusto che finisse nelle mani di una coppia di sconosciuti. La tela non ha titolo, rappresenta una casa di campagna. Per quanto ne so, potrebbe essere una casa di famiglia della signora Lancaster.»

«Certo, certo,» disse il signor Eccles «e tuttavia dubito che...»

Qualcuno bussò alla porta. Un impiegato entrò e andò a posare un foglio davanti al signor Eccles, che abbassò lo sguardo.

«Ah, certo, certo, ora ricordo. Sì, la signora...» l'avvocato lanciò un'occhiata al biglietto da visita di Tommy sulla scrivania «Beresford mi ha telefonato per sottopormi la questione. Le ho consigliato di rivolgersi alla Southern Counties Bank, filiale di Hammersmith. È l'unico recapito che ho. Tutte le lettere indirizzate presso la banca all'attenzione della signora Johnson, moglie del signor Richard Johnson, venivano reinoltrate. Credo che la signora Johnson sia nipote o lontana parente della signora Lancaster: fu lei a prendere accordi con me per il trasferimento della signora Lancaster a Sunny Ridge. Poiché ne aveva sentito parlare solo brevemente da un'amica, mi chiese di informarmi sull'istituto. E noi ci informammo, mi creda, con la massima attenzione. Si diceva che fosse un'eccellente casa di riposo, e credo che la parente della signora Johnson, la signora Lancaster, vi abbia trascorso parecchi anni sereni.»

«Salvo però andarsene da un giorno all'altro» osservò Tommy.

«Sì, ricordo anch'io. La signora Johnson tornò piuttosto inaspettatamente dall'Africa orientale, come del resto fanno in tanti. Se non sbaglio lei e il marito avevano vissuto in Kenya per diversi anni, e in seguito si erano trovati nelle condizioni di poter badare personalmente all'anziana congiunta. Purtroppo non ho idea di dove si trovi la signora Johnson al momento. Tempo fa mi ha scritto per ringraziarmi e saldare alcuni conti, e poiché non avevano ancora deciso dove stabilirsi mi pregava di contattarla presso la banca se avessi avuto bisogno. Temo di non sapere altro, signor Beresford.»

I modi dell'avvocato erano cortesi ma decisi. Nessuna traccia d'imbarazzo né irritazione, ma il tono era perentorio. A quel punto, però, si rilassò un poco.

«Fossi in lei non mi preoccuperei, signor Beresford» lo rassicurò. «O meglio, non permetterei a sua moglie di preoccuparsi. La signora Lancaster è molto anziana, è naturale che la sua memoria vacilli. È probabile che ormai si sia dimenticata di quel quadro. Credo che abbia settantacinque o settantasei anni, e a quell'età è facile dimenticarsi le cose.»

«La conosceva personalmente?»

«No, non l'ho mai incontrata.»

«Però conosceva la signora Johnson?»

«La vedevo ogni tanto, quando passava da me a discutere degli accordi da prendere. Sembrava una donna piacevole ed efficiente, che sapeva il fatto suo.» Il signor Eccles si alzò in piedi. «Sono davvero spiacente di non poterla aiutare, signor Beresford.»

Un commiato cortese ma deciso.

Tommy uscì in Bloomsbury Street e si guardò intorno in cerca di un taxi. L'imballo che trasportava non era pesante, ma le dimensioni lo rendevano poco maneggevole. Per un attimo si voltò a guardare l'edificio. Uno studio di specchiata reputazione, affermato da lungo tempo. Nulla da eccepire, nessuna riserva nei confronti dei signori Partingdale, Harris, Lockeridge e Partingdale, né del signor Eccles: nessun segno di timore o sconforto, nessuna evasività o inquietudine. Se fosse stato un romanzo, pensò Tommy sconsolato, alla prima menzione della signora Lancaster o della signora Johnson l'avvocato avrebbe sussultato lanciandogli un'occhiata furtiva, segno che quei nomi non gli erano nuovi, che qualcosa non quadrava. Ma nella vita reale non funzionava così. Il signor Eccles gli aveva dato l'impressione di essere un uomo troppo educato per rinfacciargli il tempo che gli aveva fatto perdere.

"Eppure" pensò Tommy *"il signor Eccles non mi piace."* Gli tornarono in mente altre persone che, per un motivo o per l'altro, non gli erano piaciute. Più di una volta quelle sensazioni – perché di pure sensazioni si trattava – si erano rivelate giustificate, ma forse la questione era più semplice. Chi nella vita ha avuto rapporti con persone di vario genere sviluppa una sorta di sesto senso, proprio come l'antiquario che, affidandosi al gusto, alla vista e al tatto, riconosce un falso d'istinto prima ancora di effettuare le minuziose verifiche del caso. Molto semplicemente, quell'oggetto ha qualcosa che *non va*. Lo stesso vale per i quadri. E probabilmente per i cassieri che si trovano fra le mani una banconota contraffatta a regola d'arte.

"Dice cose normali" rifletté Tommy. "Ha un aspetto normale e parla in modo normale, eppure..." Si sbracciò per richiamare l'attenzione di un tassista, che per tutta risposta gli lanciò una gelida occhiata e tirò dritto accelerando. "Maledetto" pensò.

I suoi occhi perlustrarono la strada da una parte all'altra, in cerca di una vettura più servizievole. Sul marciapiede c'era parecchia gente: chi andava di fretta, chi passeggiava, un uomo che fissava una targa d'ottone dall'altra parte della carreggiata. Quando ebbe finito di esaminarla si voltò, e Tommy spalancò gli occhi. Conosceva quel volto. Lo vide arrivare in fondo alla strada, fermarsi e fare dietrofront. In quel momento, qualcuno uscì dall'edificio alle spalle di Tommy. L'uomo sull'altro marciapiede aumentò leggermente il passo, per non perdere di vista quello che era uscito dalla sede di Partingdale, Harris, Lockeridge e Partingdale. Osservandone la figura che si allontanava, Tommy fu quasi certo di riconoscere in quest'ultimo il signor Eccles. Proprio allora un taxi gli passò davanti, lento e suadente. Tommy sollevò la mano, il tassista accostò per consentirgli di aprire la portiera e salire.

«Dove la porto?»

Tommy esitò per un istante, osservando il suo imballo. Stava per dare un indirizzo, ma all'ultimo secondo cambiò idea: «14 Lyon Street».

Un quarto d'ora dopo era arrivato a destinazione. Dopo aver pagato il tassista, suonò il campanello e chiese del signor Ivor Smith. Fu accompagnato in una stanza al secondo piano, dove un uomo seduto a un tavolo di fronte alla finestra si voltò e disse con aria blandamente stupita: «Ciao, Tommy, che sorpresa. Ne è passato di tempo. Cosa ci fai qui? Te ne vai in giro a cercare vecchi amici?».

«Nulla di così piacevole, Ivor.»

«Sei di ritorno dalla conferenza?»

«Sì.»

«La solita montagna di chiacchiere, vero? Nessuna conclusione, nessun intervento utile.»

«Esatto. Un'autentica perdita di tempo.»

«Giorni e giorni ad ascoltare il vecchio Bogie Waddock che le spara una più grossa dell'altra. Una noia mortale. Ogni anno è peggio.»

«Oh, be'...»

Tommy si accomodò sulla sedia che gli veniva offerta, accettò una sigaretta e disse: «Mi domandavo se per puro caso avessi informazioni che potrebbero gettare discredito su un certo signor Eccles, avvocato dello studio Partingdale, Harris, Lockeridge e Partingdale».

«Bene, bene, bene» replicò l'uomo di nome Ivor Smith inarcando le sopracciglia. Erano perfette per essere inarcate: le estremità interne salivano e quelle esterne scendevano fino a farle diventare quasi verticali. Al minimo stimolo dava l'impressione di aver subito un grave shock, ma in realtà quel gesto gli era abituale. «Sei andato a sbattere contro Eccles?»

«Il problema è che non so nulla di lui.»

«E vorresti saperne qualcosa?»

«Sì.»

«Hmm. Cosa ti porta qui?»

«Ho visto Anderson fuori. Ne è passato di tempo dall'ultima volta, ma l'ho riconosciuto. Stava pedinando un uomo. Chiunque fosse, era appena uscito dall'edificio nel quale mi trovavo fino a poco prima. È la sede di due studi legali e uno studio di ragionieri iscritti all'albo. Certo, poteva trattarsi di un membro qualunque di uno qualunque dei tre studi, ma guardando in fondo alla strada ho visto un uomo che mi sembrava Eccles, così mi sono domandato se, per una fortunata coincidenza, l'oggetto delle attenzioni di Anderson fosse proprio lui.»

«Hmm» fece Ivor Smith. «Be', Tommy, hai sempre avuto un ottimo intuito.»

«Insomma, *chi è* questo Eccles?»

«Non lo sai? Non ne hai idea?»

«Non ne ho la più pallida idea» rispose Tommy. «Per farla breve, mi ero rivolto a lui per avere informazioni su un'anziana signora che di recente ha lasciato una casa di riposo. La persona incaricata di provvedere a lei era proprio il signor Eccles, che sembra aver ottemperato alla richiesta con la massima discrezione ed efficienza. Cercavo l'attuale indirizzo della donna, ma lui dice di non averlo. Il che è assolutamente plausibile, eppure non sono convinto... Eccles è la mia unica possibilità di scoprire dove si trova quella signora.»

«E tu lo vuoi scoprire?»

«Sì.»

«Temo che non potrò esserti di grande aiuto. Eccles è un onesto e illustre avvocato che vanta un sostanzioso reddito e una clientela vasta e prestigiosa: piccola nobiltà terriera, professionisti, soldati e marinai a riposo, generali e ammiragli. Gente di un certo livello, insomma. È la responsabilità fatta persona. Stando a quanto mi dici, ha agito nell'assoluto rispetto della legge.»

«Eppure tu... tu ti interessi a lui» insinuò Tommy.

«Sì, siamo molto interessati al signor James Eccles» sospirò l'altro. «È da almeno sei anni che ci interessiamo a lui, ma non abbiamo fatto molti progressi.»

«Molto interessante» disse Tommy. «Ripeto la domanda: *chi è* esattamente il signor Eccles?»

«Vuoi sapere di cosa lo sospettiamo? Be', per farla breve sospettiamo che sia una delle menti criminali più raffinate di questo paese.»

«Menti criminali?» ripeté Tommy, sorpreso.

«Esatto. Niente attività cospirative, niente spionaggio o controspionaggio. No: pura e semplice strategia criminale. A quanto ci risulta, non ha mai commesso un reato in vita sua. Non ha mai rubato né contraffatto nulla, nessuna appropriazione indebita. Non troviamo uno straccio di prova contro di lui, ma ogni volta che ha luogo una rapina in grande stile, ecco che sullo sfondo spunta il signor Eccles con la sua vita irreprensibile.»

«Sei anni» rifletté Tommy.

«Forse anche di più. Ci è voluto del tempo per accorgerci dello schema. Banche rapinate a mano armata, furti di gioielli privati. Colpi redditizi di ogni genere, e tutti seguivano uno schema ricorrente: impossibile non pensare che dietro ci fosse la stessa mente. Il piano non era mai opera dei capi delle bande né degli esecutori materiali, che si limitavano a obbedire agli ordini e andare dove gli veniva indicato. Non dovevano pensare, c'era qualcuno che pensava al posto loro.»

«E cosa vi ha portato a Eccles?»

Ivor Smith scosse la testa, pensieroso. «È una storia troppo lunga. Ti basti sapere che è un uomo con molte conoscenze e molti amici. Compagni di golf, addetti alla manutenzione dell'auto, mediatori di borsa al suo servizio. Ha interessi commerciali, peraltro perfettamente legali, condotti da varie compagnie. Il quadro generale comincia a essere chiaro, ma non il suo ruolo, salvo il fatto che in certe occasioni sparisce platealmente dalla circolazione. C'è una grossa rapina in banca, organizzata nei minimi dettagli e senza badare a spese per garantire una fuga sicura, e lui dove si trova? A Monte Carlo o a Zurigo, magari persino in Norvegia a pescare salmoni. Non troverai mai il signor Eccles a meno di cento chilometri dalla scena del crimine.»

«Però sospettate di lui.»

«Oh, sì. Io non ho dubbi, ma non so se riusciremo mai a incastrarlo. L'uomo che ha aperto una galleria nel pavimento della banca, quello che ha messo al tappeto la guardia notturna, il cassiere complice della banda, il direttore che ha fatto la soffiata: nessuna di queste persone conosce Eccles, probabilmente non lo hanno mai visto. C'è una lunga catena che li separa da lui, ma sembra che tutti conoscano solo l'anello più vicino.»

«La cara e vecchia cellula criminale, insomma.»

«Grosso modo, ma con qualche elemento di novità. Un giorno ci riusciremo. Troveremo qualcuno che in teoria non dovrebbe sapere *nulla* e invece sa *qualcosa*. Magari una sciocchezza di nessun conto, che però, curiosamente, potrebbe costituire la prova che cerchiamo.»

«È sposato? Ha famiglia?»

«No, non ha mai corso rischi del genere. Vive da solo con una governante, un giardiniere e un maggiordomo. Organizza tranquille e piacevoli serate domestiche, e sono pronto a scommettere che nessuno degli ospiti che entrano in casa sua sia sospettabile.»

«E i soldi dove finiscono?»

«Ottima domanda, Thomas. I soldi dovranno *pur* finire da qualche parte. Ci deve *pur* essere qualcuno che diventa ricco, ma questa parte del sistema è architettata con grande maestria. Grosse vincite alle corse, investimenti in titoli e azioni: tutte attività regolari, abbastanza rischiose da essere molto redditizie e apparentemente legittime. Ci sono montagne di denaro depositate all'estero, in vari paesi e vari luoghi. È una gigantesca macchina da soldi, soldi che sono sempre in movimento da un posto all'altro.»

«Be',» disse Tommy «buona fortuna. Ti auguro di prendere il tuo uomo.»

«Un giorno ce la farò. Basterebbe riuscire a strapparlo dalla sua routine.»

«In che modo?»

«Dandogli la sensazione di essere in pericolo» rispose Ivor. «Facendolo sentire braccato. Innervosendolo. Il nervosismo può portare a commettere sciocchezze. Ed errori. È così che si catturano i sospetti, sai? Prendi l'uomo più intelligente, uno stratega infallibile che non fa mai un passo falso. Dagli fastidio e vedrai che si tradirà. O almeno così spero. E adesso sentiamo la tua storia, potresti sapere qualcosa di utile.»

«Solo quisquilie, purtroppo, nulla di interessante dal punto di vista criminale.»

«Be', sentiamo comunque.»

Senza scusarsi per l'irrilevanza della propria storia, Tommy cominciò a raccontare. Sapeva che Ivor non disdegnava l'irrilevanza, infatti arrivò dritto al motivo della missione di Tommy.

«E così tua moglie è scomparsa?»

«Non è da lei.»

«La faccenda è seria.»

«Lo è senz'altro per me.»

«Immagino. L'ho incontrata una volta sola, la tua signora. Una donna molto acuta.»

«Quando fiuta una pista, diventa come un segugio» disse Thomas.

«Sei stato alla polizia?»

«No.»

«Perché?»

«Be', in primo luogo non ho motivo di credere che le sia successo qualcosa. A Tuppence non succede mai nulla. È solo che non sa resistere, appena vede una lepre le corre dietro. Forse non ha avuto il tempo di mettersi in contatto con me.»

«Hmm. Sento puzza di bruciato. Stava cercando una casa, hai detto? La questione *potrebbe* interessarci, perché tra le varie piste che abbiamo seguito, peraltro senza grandi risultati, ce n'è una che passa per una serie di agenti immobiliari.»

«Agenti immobiliari?» chiese Tommy, sorpreso.

«Sì. Cortesi, semplici e insignificanti agenti immobiliari in cittadine di provincia sparse per l'Inghilterra, ma mai troppo lontano da Londra. Lo studio del signor Eccles lavora spesso con e per loro. A volte Eccles rappresenta i venditori e a volte gli acquirenti, e spesso, per ragioni che ci sfuggono, si rivolge alle agenzie immobiliari per conto dei clienti. Nessuna delle transazioni che conduce sembra essere particolarmente fruttuosa.»

«Ma tu sei convinto che ci sia sotto qualcosa.»

«Ricordi il sensazionale colpo alla London Southern Bank qualche anno fa? Il covo dei rapinatori era una casetta solitaria in campagna. Non dava nell'occhio, e fu lì che nascosero il bottino. Gli abitanti dei dintorni cominciarono a insospettirsi: chi erano quelle persone che andavano e venivano a orari così inconsueti? Cosa trasportavano le auto che arrivavano e ripartivano nel cuore della notte? In campagna c'è molta curiosità fra i vicini. Poco dopo la polizia fece irruzione nella casa, recuperò parte della refurtiva e arrestò tre uomini, uno dei quali venne riconosciuto e identificato.»

«E questo non servì a far progredire le indagini?»

«No, perché gli arrestati si rifiutavano di parlare. Avevano ottimi avvocati, e nonostante le lunghe condanne nel giro di un anno e mezzo erano già tornati a piede libero. Un salvataggio in grande stile.»

«Ricordo di aver letto qualcosa in proposito. Se non sbaglio, uno degli uomini scomparve dal tribunale penale dove due guardie lo avevano portato.»

«Esatto. Un'organizzazione perfetta e un'ingente quantità di denaro speso per l'evasione. E tuttavia siamo convinti che la mente dell'operazione, chiunque fosse, si fosse resa conto di aver commesso un errore usando la stessa casa per troppo tempo, perché così facendo aveva attirato l'attenzione della gente del posto. A quel punto, forse, qualcuno pensò che fosse meglio sistemare una serie di persone di fiducia in varie case, diciamo almeno *trenta*, in luoghi *diversi*. Ecco dunque che la casa viene acquistata, da una madre vedova con figlia, per esempio, o da un militare a riposo con la moglie. Gente silenziosa e cordiale che fa qualche restauro, trova un costruttore locale e dà una sistemata all'impianto idraulico, magari chiama un'impresa da Londra per le decorazioni, e poi, dopo un anno o un anno e mezzo, sorgono circostanze impreviste che li portano a vendere la casa e trasferirsi all'estero. Lo schema è grosso modo questo, nulla di straordinario o misterioso, ma forse, mentre ci abitavano, la casa è stata usata a scopi poco ortodossi. Solo che nessuno sospetta nulla. Gli amici vengono a trovarli, non spesso, una volta ogni tanto. Una sera, magari, danno una festa per l'anniversario di una coppia anziana, oppure per un giovane che ha raggiunto la maggiore età. Ed ecco spuntare un mucchio di auto che vanno e vengono. Immaginiamo che nel giro di sei mesi abbiano luogo cinque grandi rapine, e che ogni volta il bottino venga depositato temporaneamente o nascosto non in una sola di queste case, ma in cinque case diverse in altrettante zone di campagna. Per ora è una semplice ipotesi, mio caro Tommy, ma ci stiamo lavorando. Supponiamo che la tua anziana signora si liberi di un quadro raffigurante una certa casa, e supponiamo che non si tratti di una casa *qualsiasi*. Supponiamo che la signora abbia riconosciuto quella casa e si sia precipitata a fare indagini, e supponiamo che qualcuno non voglia che su quella casa si facciano indagini... Questo potrebbe spiegare tutto.»

«Mi sembra piuttosto inverosimile.»

«Oh, certo, sono d'accordo. Ma inverosimili sono anche i tempi in cui viviamo. E a questo mondo accadono le cose più assurde.»

II

Tommy si trascinò giù dal quarto taxi della giornata e si guardò attorno incuriosito. Si trovava in un vicolo cieco che si insinuava timidamente in una delle propaggini di Hampstead Heath. Il vicolo sembrava il risultato di uno sviluppo architettonico quasi artistico. Le case erano straordinariamente diverse l'una dall'altra, e quella che cercava era formata da un ampio studio dotato di lucernari con attaccato (sembrava quasi un ascesso gengivale) un grappolo di tre stanze. Lungo l'esterno saliva una scala di legno verniciata di un verde acceso. Tommy aprì il piccolo cancello, percorse un vialetto e non trovando un campanello afferrò il batacchio. Nessuno rispose. Dopo qualche istante riprovò, appena più forte.

La porta si aprì talmente all'improvviso che per poco non cadde all'indietro. Sulla soglia c'era una donna, tra le più brutte che Tommy avesse mai visto. Volto largo e piatto, gli occhi enormi di colori incredibilmente diversi, uno verde e uno castano, la fronte spaziosa dalla quale spuntava una zazzera folta e arruffata. Indossava una tuta viola macchiata d'argilla, e Tommy notò che la struttura della mano che teneva aperta la porta era meravigliosamente armoniosa.

«Oh» fece la donna. La voce era profonda e suadente. «Cosa c'è? Ho da fare.»

«La signora Boscowan?»

«Sì. Cosa vuole?»

«Mi chiamo Beresford, desidererei parlarle per qualche minuto.»

«Non saprei, è davvero necessario? Di cosa si tratta, di un quadro?» domandò lei adocchiando la sagoma sotto il braccio di Tommy.

«Sì. Un quadro di suo marito.»

«Vuole venderlo? Ne ho già fin troppi, dei suoi quadri,

non ne voglio altri. Lo porti a una galleria, stanno cominciando a comprarli. Lei non ha l'aria di uno che ha bisogno di vendere quadri.»

«Oh, no, non voglio vendere nulla.»

Tommy trovava estremamente difficile parlare con quella donna. Gli occhi erano davvero belli, per quanto diversi l'uno dall'altro, e ora erano puntati sulla strada dietro di lui, come se in lontananza avessero scorto qualcosa di particolarmente interessante.

«La prego» insistette Tommy. «Mi faccia entrare. È complicato da spiegare in due parole.»

«Se è un pittore, non voglio parlare con lei» disse la signora Boscowan. «I pittori mi annoiano.»

«Non sono un pittore.»

«Be', in effetti non ne ha l'aria.» Lo soppesò con gli occhi da capo a piedi. «Sembra più un funzionario pubblico» aggiunse con sdegno.

«Posso entrare, signora Boscowan?»

«Non lo so. Un momento.»

Ciò detto chiuse bruscamente la porta, e Tommy rimase ad aspettare. Dopo quattro o cinque minuti la porta si riaprì.

«D'accordo, entri.»

La donna fece strada per una stretta scala che saliva al grande studio. In un angolo Tommy vide una statua con accanto vari strumenti, martelli e scalpelli. C'era anche una testa di argilla. Sembrava che il locale fosse stato messo a soqquadro da una banda di vandali.

«Non c'è mai posto per sedersi quassù» disse la signora Boscowan.

Dopo aver gettato via numerosi oggetti da uno sgabello, glielo porse.

«Ecco. Si sieda e mi dica tutto.»

«È stata molto gentile a farmi entrare.»

«È vero, ma aveva un'aria così preoccupata. C'è qualcosa che la preoccupa, vero?»

«Sì.»

«Lo immaginavo. Di cosa si tratta?»

«Di mia moglie» rispose Tommy, sorpreso dalle sue stesse parole.

«Sua moglie, eh? Be', non ci vedo nulla di strano. Le mogli fanno preoccupare sempre gli uomini. Cos'è successo, è scappata con un altro? Fa i capricci?»

«No. Nulla del genere.»

«Sta morendo, forse? Di cancro?»

«No» rispose Tommy. «È solo che non ho idea di dove sia finita.»

«E pensa che ce la possa avere io? Come si chiama? Sarà meglio che mi dia qualche dettaglio, se vuole che gliela ritrovi. E badi, non sono certa di volerla aiutare.»

«Grazie a Dio,» disse Tommy «parlare con lei è più facile di quanto credessi.»

«E cosa c'entra il quadro? Dev'essere un quadro, a giudicare dalla forma.»

Tommy scartò l'imballo.

«È firmato da suo marito. Vorrei che lei mi dicesse tutto ciò che sa di questo quadro.»

«Capisco. Cosa vuole sapere, esattamente?»

«Quando è stato dipinto e dove si trova questa casa.»

Per la prima volta, un barlume di interesse illuminò lo sguardo della signora Boscowan.

«Be', non è difficile» disse. «Posso dirle tutto di questo quadro. Risale a una quindicina di anni fa. No, mi correggo, è ancora più vecchio. È uno dei primi. Avrà vent'anni, suppergiù.»

«E lei sa dove si trova questo posto?»

«Oh, certo, lo ricordo molto bene. Un quadro niente male, mi è sempre piaciuto. Il ponte a schiena d'asino, la casa... il nome della località è Sutton Chancellor, una decina di chilometri da Market Basing. La casa si trova a tre chilometri dal vero e proprio villaggio. Bel posto, piuttosto appartato.»

Si avvicinò al quadro, si chinò e lo esaminò attentamente.
«È strano» disse. «Sì, è davvero strano. Questa poi.»
Tommy non le fece caso.
«Come si chiama la casa?» domandò.
«Non ricordo, ha cambiato vari nomi. Non so come mai. Se la memoria non mi inganna, vi accaddero un paio di tragedie, e chi veniva ad abitarci la ribattezzava ogni volta: Canal House, o forse Canal Side, e poi Bridge House, Meadowside, Riverside.»
«Chi ci abitava o ci abita? Lo sa?»
«Nessuno che io conosca. La prima volta che la vidi ci vivevano un uomo e una ragazza. La usavano nel fine settimana. Credo che non fossero sposati. Lei era una ballerina, o forse un'attrice... no, penso che fosse una ballerina. Bellissima, ma stupida e dura di comprendonio. Ricordo che William aveva un debole per lei.»
«Le fece il ritratto?»
«No. Dipingeva di rado le persone. A volte diceva di voler fare degli schizzi, ma non si decideva mai. E faceva sempre il cascamorto.»
«Erano loro gli abitanti della casa quando suo marito la dipinse?»
«Credo di sì, almeno saltuariamente. Arrivavano nel fine settimana. Poi ci fu una lite violenta e lui la piantò in asso, o viceversa. Io non c'ero, all'epoca mi trovavo a Coventry per lavorare a un gruppo scultoreo. Dopodiché in casa rimasero solo una governante e una bambina. Non so chi fosse quella bambina o da dove venisse, ma immagino che la governante si prendesse cura di lei. Poi, se non sbaglio, alla bambina accadde qualcosa. La governante la portò via, o forse la piccola morì. Perché ci tiene tanto a sapere chi abitava in quella casa vent'anni fa? Che assurdità.»
«Voglio sapere tutto il possibile su quella casa» rispose Tommy. «Vede, mia moglie è partita per andare a cercarla. Diceva di averla vista da un treno.»

«Esatto,» disse la signora Boscowan «dall'altra parte del ponte c'è la ferrovia. Immagino che da quel punto la casa si veda molto bene.» Poi aggiunse: «Come mai voleva trovare la casa?».

Tommy le spiegò la vicenda per sommi capi. La donna sembrava molto scettica.

«È sicuro di non essere uscito da un manicomio?» gli chiese. «Libertà sulla parola, o come diavolo si dice?»

«Mi rendo conto di poter dare questa impressione,» rispose Tommy «ma la questione è molto semplice. Mia moglie voleva indagare su quella casa, perciò si è messa a viaggiare in treno nella speranza di ritrovare il punto da cui l'aveva vista. Be', penso che ci sia riuscita e che sia arrivata a... come ha detto che si chiama? Chancellor e poi?»

«Sutton Chancellor. Al tempo era un posto insignificante, ma per quanto ne so oggi potrebbe essere diventato un complesso urbano o una di quelle nuovissime città dormitorio.»

«Già» annuì Tommy. «Mia moglie aveva telefonato per avvisare che sarebbe tornata, ma non lo ha fatto, e io voglio scoprire cosa le è successo. Credo che abbia cominciato a indagare su quella casa e forse... forse si è messa in pericolo.»

«Che tipo di pericolo?»

«Non lo so» rispose Tommy. «E non lo sapeva nemmeno lei. Io pensavo che non ci fosse nulla di pericoloso in quella casa, ma mia moglie non era d'accordo.»

«Sesto senso?»

«Può darsi. Le capita spesso di avere intuizioni. Ha mai sentito parlare o conosciuto una certa signora Lancaster, all'epoca o di recente?»

«Signora Lancaster? No, non credo. È un nome che ricorderei. Perché me lo chiede?»

«Il quadro apparteneva a lei, prima che lo regalasse a una mia zia. Poi, da un giorno all'altro, alcuni familiari l'hanno portata via dalla casa di riposo. Ho provato a rintracciarla, ma non è facile.»

«Chi è quello pieno di immaginazione, lei o sua moglie? Ha una bella fantasia, e se posso permettermi, mi sembra molto agitato.»

«Può dirlo forte. Molto agitato senza alcun motivo. È questo che intendeva, vero? Probabilmente ha ragione.»

«No» rispose la signora Boscowan. Il tono della voce era lievemente cambiato. «Credo che la sua agitazione non sia ingiustificata.»

Tommy la guardò con aria interrogativa.

«C'è qualcosa di strano in questo quadro» continuò la signora Boscowan. «Molto strano. Me lo ricordo perfettamente, sa? William ha dipinto così tanti quadri, ma li ricordo quasi tutti.»

«Ricorda se fu venduto, e a chi?»

«Penso che fosse stato venduto, ma non ricordo a chi. Ci fu una mostra durante la quale vendette un gruppo di quadri che andavano da tre o quattro anni prima a un paio d'anni dopo questo. Ne vendette parecchi, quasi tutti, ma al momento non ricordo chi fu a comprare questo. Mi chiede troppo.»

«Le sono davvero grato per tutti i suoi ricordi.»

«Non vuole sapere cosa c'è di strano in questo quadro?»

«Non è di suo marito? L'ha dipinto qualcun altro?»

«Oh, no, è proprio di William. *Casa sul canale,* se ben ricordo il titolo sul catalogo era questo. Solo che è stato modificato.»

«Modificato?»

La signora Boscowan allungò un dito sporco di argilla e toccò un punto della tela, sotto il ponte.

«Ecco» disse. «Vede? C'è una barca ormeggiata sotto il ponte, non è vero?»

«Sì» disse Tommy, perplesso.

«Be', l'ultima volta che l'ho visto quella barca non c'era.

Non è stato William a dipingerla. Quando il quadro venne esposto *non c'era nessuna barca.*»

«Intende dire che è stata aggiunta in seguito da qualcun altro?»

«Sì. Curioso, vero? Non me lo spiego. La barca mi ha colpito subito perché in quel punto non c'era, e poi mi sono resa conto che non è stato William a dipingerla. Non l'ha aggiunta *lui*, nemmeno in seguito. È stato qualcun altro. Ebbene, chi sarà stato?» La signora guardò Tommy. «E perché?»

Non sapendo rispondere, Tommy si limitò a restituire lo sguardo alla signora Boscowan. Zia Ada l'avrebbe definita una svitata, ma lui non la vedeva in quel modo. Era una donna evasiva e aveva l'abitudine di saltare bruscamente di palo in frasca: difficile cogliere il nesso tra le cose che diceva. Era una di quelle persone che probabilmente sanno molto più di quanto lasciano intendere. Aveva amato il marito? Era gelosa di lui? Lo disprezzava? Capirlo dai suoi modi, o dalle sue parole, era impossibile, e tuttavia Tommy aveva la sensazione che quella barchetta ormeggiata sotto il ponte l'avesse messa a disagio. Quella barca, in quel punto, proprio non le piaceva. D'istinto, si domandò se avesse detto la verità. Possibile che dopo tanti anni ricordasse ancora se Boscowan aveva o no dipinto una barca sotto il ponte? A prima vista era un elemento insignificante. Un conto sarebbe stato se avesse visto il quadro un anno prima, ma sembrava che fosse passato molto più tempo. E la signora Boscowan era a disagio. Tommy si accorse che lo stava guardando, ma con occhi pensierosi, non spavaldi. Molto, molto pensierosi.

«E adesso che intenzioni ha?» gli chiese.

A Tommy non fu difficile rispondere.

«Me ne torno a casa, a vedere se mia moglie ha dato notizie. In caso contrario, domattina partirò per questo posto. Sutton Chancellor. Spero di trovarla.»

«Dipende.»

«E da cosa?» chiese bruscamente Tommy.

La signora Boscowan si accigliò, quindi, quasi fra sé, mormorò: «Che fine avrà fatto?».

«Che fine avrà fatto chi?»

La signor Beresford aveva distolto lo sguardo. Lo riportò su di lui.

«Oh» fece. «Parlavo di sua moglie. Spero che stia bene.»

«E perché non dovrebbe stare bene? Mi dica, signora Boscowan, questo posto, Sutton Chancellor, ha qualcosa di strano?»

«Sutton Chancellor? Il posto?» rifletté lei. «No, non direi. Non ha nulla di strano, il *posto*.»

«Intendevo la casa» spiegò Tommy. «La casa sul canale, non il villaggio.»

«Oh, la casa» disse la signora Boscowan. «Era una bella casa. Perfetta per una coppia di innamorati.»

«Ed era abitata da una coppia di innamorati?»

«A volte. Non troppo spesso, in realtà. Se una casa è perfetta per due innamorati, dovrebbe essere abitata da due innamorati.»

«E non usata per altri scopi.»

«È un tipo sveglio, lei» disse la signora Boscowan. «Ha capito al volo, vero? Alle case non piace essere usate per scopi diversi da quelli per i quali sono nate.»

«Sa qualcosa delle persone che ci hanno abitato negli ultimi anni?»

Lei scosse la testa. «No. No. Non so assolutamente nulla della casa. Sa, non me ne è mai importato nulla.»

«Però ha in mente qualcosa, vero? O forse qualcuno?»

«Sì» ammise la signora Boscowan. «Ha ragione. Stavo pensando a... una persona.»

«Non può dirmi di chi si tratta?»

«Non c'è nulla da dire. Sa com'è, a volte ci si domanda che fine ha fatto una certa persona, cosa le è successo e come si è... evoluta. Si ha quasi la sensazione...» La donna scacciò il pensiero agitando le mani. «Gradisce un'aringa affumicata?» chiese all'improvviso.

«Un'aringa affumicata?» ripeté Tommy, stupito.

«Si dà il caso che ne abbia qui due o tre. Pensavo che volesse mettere qualcosa nello stomaco prima di prendere il treno. La stazione giusta è Waterloo. Per andare a Sutton Chancellor, intendo. Un tempo si cambiava a Market Basing, immagino lo si debba fare ancora.»

Era un invito a congedarsi. Tommy lo accettò.

13
Gli indizi di Albert

I

Tuppence batté le palpebre. Aveva la vista annebbiata. Provò a sollevare la testa dal cuscino, ma una fitta di dolore la costrinse a desistere. Chiuse gli occhi, li riaprì, li strizzò di nuovo.

Poco alla volta, si rese conto di dove si trovava. "È una corsia d'ospedale" pensò. Soddisfatta della scoperta, evitò di affaticare oltre la mente. Una corsia d'ospedale, un dolore lancinante alla testa. Cosa le era successo? Perché era finita in ospedale? Non ne era sicura. "Un incidente?" pensò.

Attorno al letto si muovevano delle infermiere. Naturale. Tuppence chiuse gli occhi e azzardò una cauta riflessione. La vaga figura di un uomo anziano in abito ecclesiastico balenò sullo schermo della sua mente. «Papà?» mormorò, dubbiosa. «Mio padre?» Non riusciva a ricordare, ma aveva quell'impressione.

"Ma cosa ci faccio in un letto d'ospedale?" pensò. «Voglio dire, io sono un'infermiera, dovrei essere in uniforme. L'uniforme del Voluntary Aid Detachment. Oh, povera me» disse.

All'improvviso comparve un'infermiera accanto al letto.

«Si sente meglio, cara?» le chiese con un'affabilità di circostanza. «È buona, vero?»

A Tuppence sembrò di capire che si riferisse a una tazza di tè. Non era sicura di trovarla buona.

«A quanto pare sono una paziente» sospirò. Immobile nel letto, lasciava che pensieri e parole sconnesse riaffiorassero alla mente. «Soldati» disse. «VAD. Ma certo, sono una VAD.»

L'infermiera le portò del tè in un bicchiere con il beccuccio e la aiutò a bere. Il dolore tornò a spaccarle la testa. «Una VAD, ecco cosa sono» ripeté.

Perplessa, l'infermiera la guardò.

«Mi fa male la testa» disse Tuppence, e quantomeno di questo era sicura.

«Passerà presto.»

L'infermiera ritirò il bicchiere e raggiunse la caposala. «La numero 14 è sveglia, ma mi sembra un po' confusa.»

«Ha parlato?»

«Dice di essere una VIP.»

La caposala espresse con un lieve sbuffo la sua opinione sui pazienti irrilevanti che si dichiaravano VIP.

«Ce ne occuperemo» disse. «E ora si dia una mossa, infermiera, pensa forse di rimanere impalata lì tutto il giorno con quel bicchiere in mano?»

Tuppence era ancora mezza assopita, in preda all'incontrollabile e caotico vortice di pensieri che le infuriava nella mente.

Aveva la sensazione che accanto a sé avrebbe dovuto avere qualcuno, qualcuno che conosceva molto bene. C'era qualcosa di strano in quell'ospedale. Non era l'ospedale che ricordava, quello in cui aveva fatto l'infermiera. «Tutti soldati» mormorò. «Reparto chirurgia, io mi occupavo delle file A e B.» Sollevò le palpebre e diede un'altra occhiata intorno. No: quell'ospedale non l'aveva mai visto e tra i ricoverati non c'erano pazienti chirurgici, militari o no.

"Dove mi trovo?" si chiese. Provò a ricordare, ma gli unici nomi che le venivano in mente erano Londra e Southampton.

La caposala si avvicinò al letto. «Mi auguro che si senta meglio ora» disse.

«Abbastanza» rispose Tuppence. «Cosa mi è successo?»

«Un colpo alla testa. Immagino che le faccia male.»

«Sì. Dove mi trovo?»

«Al Market Basing Royal Hospital.»

Tuppence si concentrò. Quel nome non le diceva nulla.

«Un vecchio sacerdote» disse.

«Chiedo scusa?»

«Oh, nulla. Io...»

«Dobbiamo ancora scrivere il suo nome sulla dieta» disse la caposala.

Porse la biro a Tuppence, osservandola.

«Il mio nome?»

«Sì» rispose la caposala. «Per i registri» aggiunse con pazienza.

Tuppence rimase in silenzio. Il suo nome. Come si chiamava? "Che sciocca," si disse "credo di averlo dimenticato. Eppure un nome devo pur averlo." All'improvviso avvertì un confuso senso di sollievo. Il volto dell'anziano sacerdote le era balenato davanti agli occhi.

«Ma certo. Prudence» disse con decisione.

«P-r-u-d-e-n-c-e?»

«Esatto.»

«E il cognome?»

«Cowley. C-o-w-l-e-y.»

«Molto bene» disse la caposala, per poi allontanarsi con l'aria di chi ha smesso di preoccuparsi dei registri.

Tuppence provava una vaga soddisfazione. Prudence Cowley. Prudence Cowley del VAD, e suo padre era pastore alla... alla casa parrocchiale di vattelappesca e c'era la guerra e... «Strano,» sussurrò «qualcosa non quadra. Ho la sensazione che tutto questo sia accaduto tanto tempo fa.» Poi, all'improvviso: «Era sua quella povera creatura?». Era stata lei o qualcun altro a parlare?

La caposala era tornata.

«Il suo indirizzo» disse. «Signorina... signorina Cowley, o forse signora? Ha parlato di una creatura?»

«Era sua quella povera creatura? Me l'ha detto qualcuno o lo sto dicendo io?»

«Se fossi in lei proverei a dormire, cara.»

La caposala si allontanò per riferire l'informazione ottenuta a chi di dovere.

«Sembra avere ripreso i sensi» osservò «e dice di chiamarsi Prudence Cowley, ma non ricorda il suo indirizzo. E ha detto qualcosa a proposito di una creatura.»

«Be',» replicò il dottore con la consueta indifferenza «le daremo altre ventiquattr'ore. Si sta riprendendo piuttosto bene dalla commozione cerebrale.»

II

Tommy si mise ad armeggiare con la chiave. Prima che potesse usarla, la porta fu aperta da Albert.

«Ebbene,» disse Tommy «è tornata?»

Albert scosse lentamente la testa.

«Non una parola, non una telefonata, non una lettera o un telegramma?»

«Nulla, signore. Nulla di nulla. Se ne stanno zitti e nascosti, ma l'hanno presa. Mi dia retta: l'hanno presa.»

«Cosa diavolo vorresti dire?» sbottò Tommy. «Tu e i tuoi libri. Chi l'avrebbe presa?»

«Sa perfettamente cosa voglio dire. La banda.»

«Quale banda?»

«Una di quelle bande che girano armate di coltello a serramanico, forse. Oppure una banda internazionale.»

«Basta con le sciocchezze. Sai cosa penso?»

Albert lo guardò incuriosito.

«Penso che sia una vera incosciente a non inviarci nemmeno una parola.»

«Oh,» fece Albert «capisco cosa intende. Mettiamola pure *così*, se la fa sentire meglio» aggiunse inopportunamente, quindi prese l'imballo dalle braccia di Tommy. «Vedo che ha riportato il quadro.»

«Sì, ho riportato questo maledetto quadro» disse Tommy. «Si è rivelato davvero utile.»

«Non ha scoperto nulla?»

«Non proprio» rispose Tommy. «*Qualcosa* ho scoperto, ma non ho idea se mi servirà. Per caso hanno telefonato il dottor Murray o la signorina Packard dalla casa di riposo di Sunny Ridge? Qualcun altro?»

«Ha chiamato solo il fruttivendolo per farci sapere che aveva delle belle melanzane. Sa che la signora ama le melanzane, perciò la avvisa sempre. Gli ho detto che non poteva rispondere.» Poi aggiunse: «Le ho preparato il pollo per cena».

«È davvero straordinario come tu non sappia pensare ad altro che ai polli» disse Tommy, sarcastico.

«Stavolta però si tratta di un galletto giovane» spiegò Albert.

«Va bene, va bene.»

Squillò il telefono. Tommy balzò in piedi e si precipitò a rispondere.

«Pronto... pronto?»

La voce all'altro capo era debole e lontana. «Il signor Thomas Beresford? Accetta una telefonata personale da Invergashly?»

«Sì.»

«Attenda in linea, prego.»

Tommy aspettò. L'agitazione stava calando. Passò un certo tempo prima che sentisse una voce nota, asciutta e seria. La voce di sua figlia.

«Ciao papà, sei tu?»
«Deborah!»
«Sì! Sembri senza fiato, hai corso?»
Le figlie, pensò Tommy. Non te ne lasciano passare una.
«A una certa età il respiro diventa affannoso» disse. «Come stai, Deborah?»
«Io sto bene. Senti, papà, ho trovato una notizia sul giornale. Forse l'hai letta anche tu. Mi ha lasciato perplessa, parlava di una donna finita in ospedale dopo un incidente.»
«Ebbene? Non credo di averla letta, o quantomeno non ricordo. Perché?»
«Be', in realtà la... la situazione non sembrava troppo grave. Probabilmente si è trattato di un incidente stradale. Diceva che la donna era anziana e sosteneva di chiamarsi Prudence Cowley, ma non sono riusciti a trovare il suo indirizzo.»
«Prudence Cowley? Vuoi dire...»
«Sì. Cioè... ero solo... be', perplessa. È il nome di mamma, vero? Voglio dire, *era* il suo nome.»
«Certamente.»
«Mi dimentico sempre che si chiama Prudence. Per noi... per me, te e Derek... non è mai stata Prudence.»
«È vero» ammise Tommy. «Non è un nome che verrebbe naturale associare a tua madre.»
«Lo so. È solo che lo trovavo... molto strano. Non potrebbe essere una sua parente?»
«Immagino di sì. Dov'è successo?»
«All'ospedale di Market Basing, se ben ricordo l'articolo diceva così. Stavano cercando ulteriori informazioni su di lei. Mi chiedevo solo... be', so che è stupido, chissà quante Prudence e quante Cowley esistono, ma ho pensato di chiamarti lo stesso per sapere se mamma sta bene ed è a casa.»
«Capisco» disse Tommy. «Capisco.»
«Insomma, papà, va' avanti: è a casa?»

«No,» rispose Tommy «non è a casa e non so se stia bene.»

«Come sarebbe a dire?» esclamò Deborah. «Cosa ha fatto mamma negli ultimi giorni? Scommetto che tu eri a Londra a divertirti con quelle cariatidi dei tuoi amici dei servizi segreti, fingendo di ascoltare quella montagna di ridicole chiacchiere.»

«Esatto» rispose Tommy. «Sono tornato ieri sera.»

«E mamma non c'era? Sapevi che era via? Avanti, papà, sputa il rospo. Sei in pensiero, lo sento. Cosa ha fatto negli ultimi giorni? Ne ha combinata una delle sue? Quanto vorrei che imparasse a starsene tranquilla, alla sua età.»

«Era preoccupata» spiegò Tommy. «Per una questione legata alla morte di tua prozia Ada.»

«Quale questione?»

«L'ultima volta che abbiamo fatto visita alla zia, tua madre ha conosciuto un'altra ospite della casa di riposo, che le ha detto qualcosa di inquietante. Quando siamo tornati a controllare gli effetti personali di zia Ada, abbiamo chiesto di poter parlare di nuovo con l'anziana signora, ma ci hanno informato che se n'era andata all'improvviso.»

«Be', non ci vedo nulla di strano.»

«Dei parenti erano andati a prenderla.»

«Anche questo lo trovo normale» disse Deborah. «Per quale motivo mamma si è preoccupata?»

«Si è messa in testa che alla signora fosse successo qualcosa.»

«Capisco.»

«Per dirla senza mezzi termini, sembra che sia scomparsa. E in maniera del tutto naturale, per giunta, attestata da avvocati, banche e così via. Il problema è che... non siamo riusciti a scoprire dove si trova.»

«Vorresti dire che mamma è andata a cercarla?»

«Sì. Aveva promesso di tornare due giorni fa, ma non lo ha fatto.»

«E da allora non hai sue notizie?»
«No.»
«Quando imparerai a occuparti di mamma come si deve?» lo rimproverò Deborah.
«Nessuno di noi è mai riuscito a occuparsi di lei come si deve» ribatté Tommy. «Nemmeno tu, Deborah. È come durante la guerra, quando partiva da casa per andare a ficcare il naso in ogni genere di faccende che non la riguardavano.»
«Non è la stessa cosa. Voglio dire, ormai mamma ha la sua *età,* dovrebbe stare a casa e prendersi cura di sé. Secondo me, sotto sotto, si annoiava.»
«L'ospedale di Market Basing, hai detto?» chiese Tommy.
«Melfordshire. Un'ora di treno da Londra, massimo un'ora e mezzo.»
«Esatto» disse Tommy. «E vicino a Market Basing c'è il villaggio di Sutton Chancellor.»
«Non ne avevo idea, ma cosa c'entra?»
«È una storia troppo lunga» rispose Tommy. «Ha a che fare con un quadro raffigurante una casa su un canale attraversato da un ponte.»
«Credo che la linea sia disturbata» disse Deborah. «Di cosa stai parlando?»
«Non importa. Chiamo subito l'ospedale di Market Basing per chiedere informazioni. Ho la sensazione che si tratti proprio di tua madre. Chi subisce una commozione cerebrale spesso ritrova la memoria a partire dai ricordi d'infanzia, per poi arrivare lentamente al presente. Cowley è il suo nome da signorina. Potrebbe essere stato davvero un incidente, ma non mi meraviglierei se qualcuno le avesse dato un colpo in testa. Succede a chi ficca il naso dove non dovrebbe. Ti farò sapere cosa scopro.»
Quaranta minuti dopo, Tommy Beresford guardò l'ora e sbatté il ricevitore sul telefono con un sospiro profondamente affranto. In quel momento comparve Albert.

«E la cena, *sir*? Non ha mangiato un boccone, e mi duole informarla che mi ero completamente dimenticato del pollo. Carbonizzato.»

«Non ho fame» disse Tommy. «Ho bisogno di un drink. Portami un doppio whisky.»

«Subito, *sir*.»

Tommy crollò sulla sua logora ma comoda poltrona. Qualche istante dopo Albert gli portò quanto richiesto.

«E ora,» disse Tommy «immagino di doverti spiegare tutto.»

«In verità, *sir*,» replicò Albert con un certo imbarazzo «so già tutto o quasi. Vede, poiché si trattava della signora mi sono preso la libertà di ascoltare dal telefono in camera da letto. Pensavo che mi avrebbe perdonato, *sir*, poiché si trattava della signora.»

«Infatti ti perdono, anzi, ti sono grato. La sola idea di dover raccontare tutto da capo...»

«Ha parlato con tutti, vero? L'ospedale, il medico, la direttrice dell'infermeria...»

«Non occorre che me lo ricordi» disse Tommy.

«L'ospedale di Market Basing» disse Albert. «La signora non l'ha mai nominato e non ha lasciato l'indirizzo.»

«Non prevedeva di finirci. Secondo me qualcuno le ha dato una bastonata in un luogo isolato. L'hanno scaricata dall'auto e poi sono ripartiti a tutta birra per farlo sembrare un comune incidente stradale. Domattina svegliami alle sei e mezzo» aggiunse Tommy. «Voglio mettermi in moto di buon'ora.»

«Mi rincresce aver bruciato il pollo un'altra volta. L'avevo messo in forno per tenerlo al caldo e me ne sono dimenticato.»

«Chi se ne importa dei polli! Stupidi pennuti, non fanno altro che correre sotto le auto, razzolare e chiocciare. Domattina potrai seppellire il cadavere e celebrare un degno funerale.»

«La signora non è in punto di morte, vero, *sir*?» chiese Albert.

«Spiacente di rovinare le tue fantasie melodrammatiche,» rispose Tommy «ma se avessi origliato con attenzione avresti sentito che ha ripreso conoscenza e sa come si chiama (o si chiamava) e dove si trova. Hanno promesso di non dimetterla fino al mio arrivo: guai se le permettessero di andarsene da sola per dedicarsi di nuovo alle sue indagini balorde.»

«A proposito di indagini» disse Albert, dando un esitante colpo di tosse.

«È un argomento che non ci tengo particolarmente ad affrontare» disse Tommy. «Lascia perdere, Albert. Iscriviti a un corso di contabilità, di composizione floreale o di quello che vuoi.»

«Be', stavo solo riflettendo... riguardo agli indizi, sa...»

«Gli indizi? Ebbene?»

«Ci ho pensato su.»

«L'origine di tutti i guai: il pensiero.»

«Gli indizi» ripeté Albert. «Quel quadro, per esempio. È un indizio o sbaglio?»

Tommy notò che Albert aveva appeso alla parete il quadro della casa sul canale.

«Se quel quadro è un indizio, è un indizio di cosa?» chiese il domestico, arrossendo lievemente per la goffaggine della domanda. «Voglio dire, cosa c'è sotto? Ci sarà pure sotto qualcosa. Stavo pensando, e spero che vorrà perdonarmi...»

«Continua, Albert.»

«Stavo pensando allo scrittoio.»

«Scrittoio?»

«Sì. Quello che i traslocatori hanno portato insieme al tavolino, alle due sedie e alle altre cose. Era un oggetto di famiglia, se ben ricordo.»

«Apparteneva a mia zia Ada» spiegò Tommy.

«Per l'appunto, *sir*. Quale luogo migliore per cercare indizi? Un vecchio scrittoio. Un pezzo d'antiquariato.»

«Può darsi.»

«So che non sono affari miei e forse non avrei dovuto, ma mentre lei era via, *sir*, non ho resistito. Ho dato un'occhiata.»

«Cosa? Nello scrittoio?»

«Sì, ero a caccia di indizi. Sa, gli scrittoi come quello hanno dei cassetti segreti.»

«È possibile» disse Tommy.

«Ebbene, eccoci qui. Potrebbe esserci un indizio lì dentro, chiuso nel cassetto segreto.»

«Idea interessante, ma non vedo perché zia Ada avrebbe dovuto nascondere qualcosa in un cassetto.»

«Le anziane signore amano nascondere le cose, come le taccole, o forse sono le gazze? In quel cassetto potrebbe esserci un testamento segreto o un messaggio scritto in inchiostro invisibile, magari persino un tesoro.»

«Mi dispiace, Albert, ma temo di doverti dare una delusione. Sono sicuro che non ci sia nulla del genere in quel grazioso vecchio scrittoio un tempo appartenuto a mio zio William, un uomo che la vecchiaia aveva reso scorbutico oltre che sordo come una campana.»

«Pensavo solo» insistette Albert «che tentare non nuoce. E in ogni caso aveva bisogno di una ripulita» aggiunse solennemente. «Sa come fanno le anziane signore con i vecchi mobili: non li svuotano mai, specie se soffrono di reumatismi e hanno difficoltà a muoversi.»

Tommy si fermò a riflettere. Insieme a Tuppence aveva controllato rapidamente i cassetti dello scrittoio, infilando il contenuto così com'era in due grosse buste. C'erano anche delle matasse di lana, due cardigan, una stola di velluto nero e, nei cassetti inferiori, tre eleganti federe, che avevano messo da parte insieme ad altri indumenti e oggetti vari da eliminare. Una volta rientrati a casa avevano aperto le poche lettere trovate nello scrittoio, ma non c'era nulla di particolarmente interessante.

«Abbiamo già svuotato lo scrittoio, Albert, e abbiamo dedicato due serate a valutarne il contenuto. Un paio di vecchie lettere interessanti, qualche ricetta per lessare il prosciutto e mettere in conserva la frutta, alcune tessere annonarie più dei buoni e altre cose risalenti alla guerra. Nel complesso, nulla di speciale.»

«Oh, certo,» replicò Albert «ma quelle sono solo scartoffie e cianfrusaglie, per così dire, oggetti di uso comune che la gente ficca nei cassetti. Io parlo di roba segreta, nel vero senso del termine. Sa, da ragazzo ho lavorato per sei mesi presso un antiquario. Spesso e volentieri lo aiutavo a produrre dei falsi. Ma così ho imparato i dettagli dei cassetti segreti. In genere seguono lo stesso schema e sostanzialmente ne esistono di tre o quattro tipi, con alcune varianti. Non crede di dover dare un'occhiata, *sir*? Naturalmente mi sono ben guardato dal prendermi questa libertà da solo, mentre lei era via» concluse con uno sguardo da cane implorante.

«E sia, Albert» si arrese Tommy. «Prendiamoci questa libertà.»

"Un mobile davvero pregevole" pensò Tommy ispezionando insieme al domestico la scrivania ereditata da zia Ada. "Ben conservato, perfettamente laccato: c'è tutta la maestria artigianale dei tempi che furono."

«Coraggio, Albert, divertiti pure. Ma fa' attenzione.»

«Oh, sono stato attentissimo, non l'ho incrinato né ho usato coltelli o altro per forzarlo. Per cominciare, facciamo scendere la ribalta e appoggiamola a queste due lastre estraibili. Proprio così, vede? La ribalta si apre in questo modo, ed è qui che sua zia Ada stava seduta. Nel cassetto di sinistra teneva un elegante contenitore in madreperla per la carta assorbente.»

«E questi cosa sono?» chiese Tommy.

Aveva estratto due sottili e raffinati cassetti verticali, sorretti da colonnine che sporgevano parzialmente dalla parete dello scrittoio.

«Oh, *sir*, in quelli si possono infilare dei fogli, ma non hanno nulla di segreto. La soluzione più comune è aprire lo stipetto nel mezzo, che di norma contiene una piccola cavità alla quale si accede facendo scivolare via il fondo. Ma esistono altre possibilità: gli scrittoi di questo tipo hanno una specie di pozzo nella parte inferiore.»

«Nemmeno questo mi pare granché come nascondiglio segreto. Basta far scivolare il pannello all'indietro e...»

«Il punto è che non sembrano essercene altri. Spingendo indietro il pannello si possono riporre nella cavità gli oggetti che vogliamo proteggere da altre mani. Eppure, come si suol dire, non è tutto qui. Vede questa specie di mensolina sul davanti? Si solleva.»

«Sì» rispose Tommy. «Lo vedo. Si solleva.»

«Ed ecco una cavità segreta, appena dietro la serratura centrale.»

«Ma è vuota.»

«Già» disse Albert. «Che delusione, vero? Senonché, infilandoci il dito troviamo due cassettini, uno a sinistra e uno a destra. C'è un piccolo semicerchio ricavato nella parte superiore, nel quale si può infilare il dito per tirare con delicatezza...» Albert muoveva il polso con la destrezza di un contorsionista. «A volte bisogna insistere un po'. Ecco... ecco... ecco che viene.»

Con l'indice ricurvo come un uncino, Albert trascinò qualcosa verso di sé, finché dall'apertura non cominciò a intravedersi il cassettino. Estraendolo dallo scrittoio, lo porse a Tommy con l'orgoglio di un cane che riporta l'osso al padrone.

«Un momento, *sir*. Qui dentro c'è una busta lunga e sottile. Diamo un'occhiata dall'altra parte.»

Albert cambiò mano e riprese le sue contorsioni. In pochi istanti, un secondo cassetto fu portato alla luce e deposto accanto al primo.

«C'è nascosto qualcosa anche qui» disse. «Un'altra busta sigillata. Non ho tentato di aprirle, non mi sarei mai sognato.» Il suo tono trasudava rettitudine da ogni sillaba. «Ho lasciato a lei l'incombenza, ma ho il sospetto che potrebbero essere *indizi*...»

Insieme al domestico, Tommy sfilò le buste dai polverosi cassetti. La prima era sigillata e arrotolata per il lungo, con attorno un elastico che si ruppe appena lo toccarono.

«Sembrerebbe qualcosa di prezioso» disse Albert.

Tommy osservò la busta, che recava la scritta "Strettamente personale".

«Visto?» disse Albert. «Strettamente personale. È un indizio.»

Tommy estrasse il contenuto dalla busta. Mezzo foglio di carta da lettere, con alcune righe scarabocchiate e sbiadite. Lo girò da una parte e dall'altra. Albert gli si allungò sopra la spalla, respirando con affanno.

«Crema di salmone della signora MacDonald» lesse Tommy. «Ricetta fornitami come favore particolare. Ingredienti: novecento grammi di trancio di salmone, mezzo litro di panna, un bicchiere di brandy e un cetriolo fresco.» Si interruppe. «È senz'altro un indizio, Albert. Un indizio su come diventare un cuoco sopraffino.»

Albert emise una serie di suoni per esprimere tutto il suo disgusto e la sua delusione.

«Poco male» continuò Tommy. «Ce n'è un'altra qui dentro.»

La seconda busta non sembrava altrettanto antica. Era chiusa da due sigilli grigio chiaro raffiguranti una rosa canina.

«Graziosa» disse Tommy «e piuttosto stravagante per zia Ada. Scommetto che è la ricetta della torta di carne.»

Aprì la busta e inarcò le sopracciglia. Dieci banconote da cinque sterline, piegate con cura, erano scivolate fuori.

«Lisce e sottili» disse. «Sono quelle vecchie, si usavano durante la guerra. Carta di buona qualità. Probabilmente non sono più in corso.»

«Soldi!» esclamò Albert. «A cosa le servivano tutti quei soldi?»

«Il classico gruzzolo di un'anziana signora» rispose Tommy. «Zia Ada era abituata a mettere da parte i suoi risparmi. Anni fa mi disse che ogni donna dovrebbe avere sempre a disposizione cinquanta sterline in pezzi da dieci, per quelle che chiamava emergenze.»

«Possono tornare utili» disse Albert.

«Non credo che siano troppo vecchie per essere cambiate in banca.»

«Un momento. Nel primo cassetto c'è un'altra busta...»

La terza busta era più voluminosa e chiusa da tre solenni sigilli rossi. Sull'esterno, con la stessa grafia spigolosa, c'era scritto:

> Dopo la mia morte, questa busta dovrà essere inviata ancora chiusa al signor Rockbury dello studio Rockbury & Tomkins, il mio avvocato, oppure a mio nipote Thomas Beresford. Nessun'altra persona è autorizzata ad aprirla.

Conteneva vari fogli di fitte righe manoscritte. La grafia era frettolosa, molto appuntita e qui e là quasi illeggibile. Tommy lesse ad alta voce con una certa difficoltà.

> Io, Ada Maria Fanshawe, desidero mettere per iscritto certe informazioni di cui sono venuta in possesso tramite alcune persone che risiedono in questa casa di riposo, Sunny Ridge. Non posso garantire sulla loro veridicità, ma sembrano esistere motivi per ritenere che in questo posto abbiano avuto o abbiano tuttora luogo attività sospette, forse criminali. Elizabeth Moody, una donna sciocca ma non necessariamente bugiarda, dichiara di avere riconosciuto qui dentro un noto criminale. Tra queste mura potrebbe aggirarsi un pericoloso avvelenatore. Personalmen-

te preferisco sospendere il giudizio, ma tengo comunque gli occhi aperti. Mi riprometto di annotare su queste pagine qualsiasi fatto di cui verrò a conoscenza. Il tutto potrebbe rivelarsi una fandonia, ma chiedo al mio avvocato o a mio nipote Thomas Beresford di indagare a fondo.

«Ecco» proclamò trionfale Albert. «Cosa le avevo detto? Questo sì che è un *indizio*!»

Libro quarto

ECCO UNA CHIESA, ECCO IL CAMPANILE APRITE LE PORTE ED ECCO I FEDELI

14
Un esercizio di riflessione

«Ora dobbiamo fermarci a riflettere.»

Dopo il lieto ricongiungimento in ospedale Tuppence era stata dimessa con onore, e ora marito e moglie si stavano scambiando le rispettive impressioni nel soggiorno della suite migliore del Lamb and Flag, a Market Basing.

«Vacci piano con le riflessioni» disse Tommy. «Ricordati cosa ha detto il medico prima di dimetterti. Niente preoccupazioni, niente sforzi mentali, pochissima attività fisica e massima tranquillità.»

«Non ti sembro tranquilla?» replicò Tuppence. «Ho i piedi sollevati e due cuscini dietro la testa. Quanto alla riflessione, non è necessariamente uno sforzo mentale. Non sto svolgendo operazioni matematiche, né studiando economia o calcolando le spese familiari: riflettere significa solo rilassarsi e tenere la mente aperta per non lasciarsi sfuggire nulla di interessante o importante. E poi, non sei contento che me ne stia qui a riflettere con i piedi sollevati e la testa sui cuscini? Preferiresti vedermi rientrare in azione?»

«La possibilità che tu rientri in azione *non esiste*» ribatté Tommy. «È chiaro? Almeno fisicamente, dovrai rimanere a riposo. Se possibile ti terrò sotto sorveglianza, non mi fido di te.»

«D'accordo, fine della lezione. E adesso riflettiamo insieme. Non badare a ciò che dicono i medici. Se sapessi la metà di quello che so io sul loro conto...»

«Lascia perdere i medici,» disse Tommy «tu farai come dico *io.*»

«D'accordo. Al momento l'attività fisica non mi manca affatto, credimi. Il punto è che dobbiamo scambiarci le informazioni. Abbiamo messo le mani su un mucchio di cose, è peggio di una vendita di beneficenza.»

«Quali cose?»

«Parlo di fatti, fatti di ogni genere. Troppi fatti. E non solo fatti: dicerie, ipotesi, leggende, pettegolezzi. È come una tinozza piena di pacchetti di vario tipo nascosti nella segatura.»

«Concordo sulla segatura» disse Tommy.

«Non sono certa se sia un insulto o una professione di modestia, in ogni caso credi anche tu che abbiamo a che fare con *troppe* cose, vero? Ci sono cose sbagliate e cose giuste, cose importanti e cose irrilevanti, e sono tutte mescolate. Non sappiamo da che parte cominciare.»

«Io lo so» disse Tommy.

«E va bene. Da dove cominciamo?»

«Dal colpo in testa.»

Tuppence ci pensò su. «Non è un buon punto di partenza. È l'ultima cosa successa, non la prima.»

«Per me è la prima» obiettò Tommy. «Non tollero che mia moglie venga aggredita, e per giunta è un punto di partenza *reale*. Non è frutto della mia fantasia, è una cosa *reale* ed è successa *davvero*.»

«Non potrei essere più d'accordo. È successa davvero ed è successa a me, non l'ho certo dimenticato. Anzi, ci ho pensato su dopo aver riacquistato le mie facoltà mentali.»

«Hai idea di chi sia il responsabile?»

«Purtroppo no. Ero china sopra una tomba e all'improvviso... *sbam!*»

«Ma chi può essere stato?»

«Probabilmente qualcuno di Sutton Chancellor, per quanto incredibile possa sembrare. Non ho parlato con nessuno o quasi.»

«Il parroco?»

«Impossibile» rispose Tuppence. «Primo, è un bravo vecchietto. Secondo, non è abbastanza forte. Terzo, soffre d'asma, e non avrebbe potuto avvicinarsi senza farsi sentire.»

«Allora, se escludi il parroco...»

«Perché, tu non lo escludi?»

«Be',» disse Tommy «sì. Come sai sono andato a parlargli: sono anni che fa il parroco qui, lo conoscono tutti. Immagino che un demonio in carne e ossa *saprebbe* fingersi un gentile parroco, ma non più a lungo di una settimana. Di certo non per dieci o dodici anni.»

«In questo caso,» continuò Tuppence «il prossimo sospetto è la signorina Bligh. Nellie Bligh. Ma Dio sa quale potrebbe essere stato il movente. Forse aveva paura che volessi trafugare la lapide? Impossibile.»

«Hai la sensazione che possa essere stata lei?»

«A dire il vero no, ma ciò non toglie che ne sarebbe stata *capace*: se avesse voluto, non avrebbe avuto difficoltà a seguirmi per controllare cosa stavo facendo e colpirmi alle spalle. Inoltre si trovava sul posto, proprio come il parroco. Era a Sutton Chancellor e continuava a entrare e uscire di casa per fare questo e quello: forse mi ha visto nel camposanto e si è incuriosita, si è avvicinata in punta di piedi, ha notato che stavo esaminando quella tomba e, chissà perché, mi ha colpito con uno dei vasi di metallo che usa per i fiori o qualsiasi altra cosa avesse a portata di mano. Però non chiedermi *come mai*. Non vedo una sola ragione possibile al mondo.»

«Chi altro c'è, Tuppence? La signora Cockerell, se ricordo bene il nome?»

«Copleigh» lo corresse Tuppence. «No, non può essere stata la signora Copleigh.»

«Come fai a esserne tanto sicura? Anche lei vive a Sutton Chancellor, avrebbe potuto seguirti quando ti ha visto uscire di casa.»

«Certamente, il punto è che quella donna parla troppo.»

«E con ciò?»

«Se avessi passato un'intera serata ad ascoltarla,» rispose Tuppence «ti saresti reso conto anche tu che una donna che parla così ininterrottamente non può essere una donna d'azione! L'idea che sia riuscita a tenere la bocca chiusa per il tempo necessario ad avvicinarsi di soppiatto è del tutto inconcepibile.»

Tommy si fece pensieroso.

«D'accordo» disse. «Tu hai occhio per queste cose. Escludiamo la signora Copleigh. Chi rimane?»

«Amos Perry» rispose Tuppence. «L'uomo che abita a Canal House. La chiamo così perché è il nome originario della casa: poi ne ha avuti molti altri, tutti insoliti. Amos è il marito della strega buona. C'è qualcosa di strano in lui. È un sempliciotto ma è grande e grosso, non avrebbe difficoltà a colpire qualcuno alla testa. Credo addirittura che ne sarebbe capace, in certe circostanze, ma non vedo perché prendersela proprio con *me*. Ciononostante lo ritengo più sospettabile della signorina Bligh: è solo una di quelle donne noiose ed efficientissime che badano alle parrocchie e ficcano il naso dappertutto. Una persona del genere non arriverebbe mai all'aggressione fisica, se non spinta da una collera irrefrenabile.» Con un lieve fremito, aggiunse: «Sai, Amos Perry mi ha fatto paura la prima volta che l'ho visto. Mi stava mostrando il suo giardino, e all'improvviso ho avuto la sensazione che... be', non avrei voluto farlo arrabbiare o incontrarlo di notte in una strada buia. Non credo che sia violento per natura, ma potrebbe diventarlo se qualcuno lo provoca».

«D'accordo» disse Tommy. «Amos Perry è il sospettato numero uno.»

«E poi c'è la moglie, la strega buona. È una donna gentile e gradevole, mi dispiacerebbe se fosse stata lei. In realtà ne dubito, ma temo che sia troppo immischiata in questioni che riguardano la casa. Perché vedi, Tommy, il punto è anche questo: non sappiamo ancora quale sia l'elemento centrale della vicenda, e comincio a domandarmi se tutto non ruoti proprio attorno alla *casa*. Per non parlare del quadro... quel quadro significa qualcosa, vero, Tommy? Dev'essere così.»

«Sì» annuì Tommy. «Dev'essere così.»

«Sono arrivata qui in cerca della signora Lancaster, ma sembra che nessuno l'abbia mai sentita nominare. Così ho cominciato a pensare di aver sbagliato approccio: forse la signora Lancaster era in pericolo (di questo sono ancora convinta) *proprio perché aveva quel quadro*. Dubito che sia mai stata a Sutton Chancellor di persona, ma doveva aver ricevuto o comprato un dipinto di quella casa. E quel dipinto significa *qualcosa*: per motivi che non conosciamo, rappresenta una minaccia per qualcuno.»

«La signora Cioccolata, la signora Moody, aveva confidato a zia Ada di avere riconosciuto a Sunny Ridge una persona coinvolta in "attività criminali". Sono convinto che queste attività siano legate al quadro e alla casa sul canale, e a una bambina che forse vi fu uccisa.»

«Zia Ada ammirava il quadro della signora Lancaster, che glielo regalò. Forse in quella occasione gliene parlò, raccontandole dove lo aveva preso o chi glielo aveva dato, dove si trovava la casa...»

«La signora Moody è stata eliminata perché aveva riconosciuto qualcuno che era "coinvolto in attività criminali", non c'è dubbio.»

«Parlami ancora della tua conversazione con il dottor Murray» disse Tuppence. «Dopo averti raccontato della signora Cioccolata, ti ha descritto certe categorie di assassini, facendoti esempi di casi reali. Tra questi c'era una donna che dirigeva una casa di riposo: ricordo vagamente di aver letto qualcosa in proposito, ma ho scordato il nome. Il succo, però, era che i pazienti le affidavano i loro risparmi e vivevano felici fino alla morte, ben nutriti, curati e senza preoccupazioni economiche. Ed erano *davvero* felici, soltanto che di solito morivano nel giro di un anno, spegnendosi tranquillamente nel sonno. Alla fine le sue attività cominciarono a destare sospetti: fu processata e accusata di omicidio, ma lungi dal provare alcun rimorso lei si difese giurando di aver agito per il bene dei suoi cari vecchietti.»

«Esatto» disse Tommy. «Nemmeno io ricordo come si chiamava.»

«Non ha importanza» continuò Tuppence. «Poi ha citato il caso di un'altra donna, una domestica... o forse una cuoca o una governante... che aveva prestato servizio presso varie famiglie. Talvolta non succedeva nulla di strano, ma in altre occasioni si verificavano delle intossicazioni collettive. Il sospetto era che avvelenasse il cibo. I sintomi non erano preoccupanti, e c'era anche chi guariva.»

«Preparava i panini per i picnic» continuò Tommy «e li avvolgeva in pacchetti. Era molto premurosa e devota, e a volte mostrava lei stessa i sintomi dell'avvelenamento. Probabilmente recitava, ma in ogni caso a quel punto si licenziava e si trasferiva da un'altra parte, in una regione lontana del paese. Andò avanti così per anni.»

«Già. E nessuno, che io sappia, ha mai scoperto *perché*. Era una specie di rito ossessivo? Lo faceva per puro divertimento? Non si sa. Per giunta, sembrava che non nutrisse alcun rancore personale verso le sue presunte vittime. Doveva mancarle qualche rotella.»

«Penso anch'io,» disse Tommy «ma immagino che torchiandola per bene uno strizzacervelli scoprirebbe che risale tutto a un canarino che aveva avuto da bambina e che per un motivo o per l'altro le aveva procurato uno shock. Una storia del genere. Il terzo caso è ancora più singolare. Una donna francese che aveva sofferto terribilmente per la perdita del marito e del figlioletto. Aveva il cuore spezzato ed era piena di misericordia.»

«Già,» disse Tuppence «mi ricordo. La chiamavano l'Angelo di... qual era il nome del villaggio? *Givon*, o qualcosa del genere. Quando i vicini si ammalavano correva sempre ad assisterli, specie se erano bambini. Li accudiva con grande amore, ma poi, dopo un apparente lieve miglioramento, tutto a un tratto peggioravano e morivano. Lei piangeva per ore, andava ai funerali in lacrime, e tutti dicevano che non avrebbero saputo come fare senza quell'angelo che si era preso cura in ogni modo delle loro adorate creature.»

«Perché ci tieni tanto a rivangare queste storie, Tuppence?»

«Perché ho il sospetto che il dottor Murray avesse una ragione precisa per raccontartele.»

«In altre parole, sei convinta che le abbia volute mettere in...»

«Sono convinta che abbia voluto mettere in relazione tre casi famosi, provando ad applicarli a Sunny Ridge. Per certi versi, sembrano tutti e tre compatibili con questa vicenda. La signorina Packard lo sarebbe con il primo, quello dell'efficientissima direttrice della casa di riposo.»

«Ce l'hai proprio a morte con quella donna. A me è sempre piaciuta.»

«Non sarebbe il primo assassino che piace alla gente» rispose saggiamente Tuppence. «Sembrano sempre persone così a modo, come gli imbroglioni e i truffatori. Anzi, credo che tutti gli assassini abbiano un'aria particolarmente simpatica e sensibile. In ogni caso, la signorina Packard è una donna efficientissima e ha a disposizione tutti gli strumenti per provocare una serena morte naturale senza destare sospetti. E l'unica a poter nutrire qualche sospetto era la signora Cioccolata, forse perché non avendo tutte le rotelle a posto era in grado di comprendere il comportamento di chi era come lei. Oppure potrebbe averla già vista altrove in precedenza.»

«Dubito che la signorina Packard potrebbe trarre un beneficio economico dalla morte delle sue anziane ospiti.»

«Non si sa mai» ribatté Tuppence. «Anzi, sarebbe un segno di grande astuzia non beneficiare della morte di *tutte*. Supponiamo che abbia convinto due ospiti particolarmente ricche a cederle tutti i loro averi: se al contempo si sarà premurata di provocare altre morti apparentemente naturali, dalle quali non ricava nulla, il gioco è fatto. Ho la sensazione che il dottor Murray potrebbe, e ripeto *potrebbe*, aver sentito puzza di bruciato, per poi liquidare il tutto come un mucchio di fantasiose sciocchezze. La pulce nell'orecchio, però, potrebbe essergli rimasta. Il secondo caso, invece, sposterebbe la nostra attenzione su un'inserviente o una cuoca, se non addirittura un'infermiera. Una lavoratrice di mezza età, affidabile ma squilibrata, forse tormentata da vecchi rancori nei confronti di alcune pazienti. Ma è un'ipotesi difficile da approfondire perché non conosciamo nessuno abbastanza bene da...»

«E il terzo caso?»

«Il terzo caso è più complicato» ammise Tuppence. «Ci servirebbe una donna amorevole e premurosa.»

«Forse il dottor Murray ha calcato un po' la mano» disse Tommy. «Stavo pensando all'infermiera irlandese.»

«Quella così carina a cui abbiamo regalato la stola di pelliccia?»

«Sì, quella sensibile e attenta a cui zia Ada si era affezionata. Voleva bene a tutte le ospiti e soffriva sinceramente quando morivano. Sembrava molto agitata mentre parlava con noi, ricordi? Inoltre stava per licenziarsi, e come hai detto tu non ci ha spiegato perché.»

«Forse era nevrotica. Le infermiere non devono lasciarsi coinvolgere troppo, è negativo per i pazienti. Devono essere distaccate, efficienti e affidabili.»

«Non ne dubito, infermiera Beresford» disse Tommy con un sorriso.

«Torniamo al quadro, ora» continuò Tuppence. «Stando al tuo racconto, la signora Boscowan sembrerebbe una donna... *interessante.*»

«Puoi dirlo forte» annuì Tommy. «È la persona più interessante in cui mi sia imbattuto dall'inizio di questa strana vicenda. Una di quelle persone che sembrano *sapere* le cose, ma senza arrivarci con il ragionamento. Era come se sapesse qualcosa che io non sapevo, e forse nemmeno tu. Ma *qualcosa* sa, non c'è dubbio.»

«Davvero curiose le sue parole sulla barca aggiunta al quadro» osservò Tuppence. «Perché l'hanno aggiunta, secondo te?»

«Non ne ho idea.»

«C'era un nome sulla barca? Non mi sembra, ma non ho mai controllato da vicino.»

«*Waterlily.*»

«Ottima scelta. Mi ricorda qualcosa, ma cosa?»

«Non saprei.»

«E la signora Boscowan era sicura che suo marito non l'avesse dipinta. Potrebbe averlo fatto in seguito.»

«Lo esclude categoricamente.»

«Naturalmente,» disse Tuppence «c'è un'ulteriore possibilità che non abbiamo ancora preso in considerazione. Sull'aggressione che ho subito, intendo. Forse quel giorno qualcuno mi ha seguito da Market Basing per scoprire cosa stavo combinando. Avevo subissato di domande tutti quegli agenti immobiliari, Blodget & Burgess e così via, e le loro risposte sulla casa erano state di un'evasività sospetta. La stessa evasività con cui ci siamo scontrati quando cercavamo di scoprire che fine avesse fatto la signora Lancaster. Avvocati e banche, un proprietario irreperibile che si trova all'estero: lo scenario è lo stesso. Qualcuno viene incaricato di seguire la mia auto per scoprire le mie intenzioni, e al momento giusto ecco che arriva il colpo in testa. Il che ci porta al camposanto. Che male facevo a guardare quelle vecchie tombe? Erano già in pessimo stato. Sarà stato un gruppo di ragazzotti che, stufi di demolire cabine telefoniche, si sono introdotti nel camposanto per darsi al divertimento sacrilego dietro la chiesa.»

«Dicevi che sulla lapide c'erano delle parole dipinte, o forse incise grossolanamente?»

«Sì, con uno scalpello, direi. Aveva l'aria di un lavoro venuto male e lasciato a metà. Lily Waters, sette anni: il nome e l'età erano leggibili, ma poi c'erano frammenti di parole poco chiare. "Chi" e poi "scandalizzato il più piccolo" e "macina"... qualcosa del genere.»

«Non mi suona nuovo.»

«Infatti è una citazione biblica, ma scritta da qualcuno che non ricordava le parole con esattezza.»

«Davvero inspiegabile, tutta questa vicenda.»

«Che male facevo? Volevo solo aiutare il parroco e quel pover'uomo che cercava la sua bambina. E riecco il tema ricorrente, la bambina scomparsa. La signora Lancaster parlava di una povera creatura murata dietro un camino, la signora Copleigh di suore murate e bambine assassinate, di una madre che aveva ucciso la figlia, di un amante, di una figlia illegittima e di un suicidio. Nient'altro che uno spaventoso guazzabuglio di vecchie favole, pettegolezzi, dicerie e leggende! Eppure, Tommy, un fatto accertato, né diceria né leggenda, c'è.»

«E sarebbe?»

«La vecchia bambola di pezza caduta nel camino di Canal House. A giudicare da quanto era coperta di fuliggine e calcinacci, doveva trovarsi lì da parecchio tempo.»

«Peccato non averla qui» disse Tommy.

«Be', *io* ce l'ho» annunciò Tuppence, trionfale.

«L'hai portata via?»

«Sì. Mi inquietava, così ho pensato di portarla a casa per esaminarla meglio. Nessuno la voleva, e immagino che i Perry l'avrebbero gettata nella pattumiera. Eccola qui.»

Tuppence si alzò dal divano, andò a rovistare nella valigia e tirò fuori un oggetto avvolto in carta di giornale.

«Da' un'occhiata, Tommy.»

Con una certa curiosità, Tommy aprì il pacchetto e ne estrasse con cautela una bambola malconcia. Braccia e gambe penzolavano informi, gli abiti si sfaldavano a contatto con le dita. Sembravano in pelle scamosciata, cuciti sopra un corpo che qui e là si afflosciava nei punti in cui perdeva segatura. Per quanto Tommy lo maneggiasse con cautela, all'improvviso nel corpo si aprì un'ampia ferita dalla quale fuoriuscì una manciata di segatura mista a sassolini, che si sparsero sul pavimento. Tommy li raccolse con attenzione.

«Mio Dio,» mormorò fra sé «mio Dio!»

«Davvero strano,» disse Tuppence «è piena di sassolini. Pensi che siano pezzetti di gesso scrostato caduti dal comignolo?»

«No» rispose Tommy. «Erano *dentro* la bambola.»

Dopo averli raccolti con cura, passò il dito dentro la carcassa della bambola, facendone cadere altri. Li portò alla finestra e se li rigirò fra le mani. Tuppence lo guardava, senza capire.

«Che idea, imbottire una bambola di sassolini» disse.

«Be', questi non sono comuni sassolini» spiegò Tommy. «E credo che chiunque li abbia ficcati qui dentro avesse le sue ragioni.»

«Cosa vorresti dire?»

«Guardali bene. Prova a toccarli.»

Tuppence gliene prese alcuni dalla mano.

«Non sono altro che sassolini» disse. «Alcuni grandi, altri piccoli. Perché ti agiti tanto?»

«Perché vedi, Tuppence, sto cominciando a capirci qualcosa. Questi, mia cara ragazza, non sono sassolini. Sono *diamanti*.»

15
Una serata alla casa parrocchiale

I

«Diamanti!» esclamò Tuppence spostando lo sguardo sulle piccole sfere che ancora teneva in mano. «Questi affari impolverati, *diamanti*?»

Tommy annuì.

«Il mistero inizia a diradarsi, Tuppence. Tutto torna. Canal House, il quadro... Aspetta che Ivor Smith sappia della bambola: ha già un mazzo di fiori pronto per te.»

«E perché?»

«Per come hai contribuito a sgominare una pericolosa banda di criminali!»

«Tu e il tuo Ivor Smith! Ecco dove sei stato nei giorni scorsi, abbandonandomi convalescente in quell'orrendo ospedale proprio quando avevo bisogno di tirarmi su con un po' di conversazione brillante.»

«Sono venuto a trovarti praticamente ogni sera, durante l'orario delle visite.»

«Be', non mi hai raccontato molto.»

«Quell'arpia della caposala mi ha ordinato di evitarti ogni emozione, ma sappi che dopodomani Ivor Smith verrà qui, ci aspetta una serata mondana alla casa parrocchiale.»

«Chi altro ci sarà?»

«La signora Boscowan, un grosso proprietario terriero

della zona, la tua amica Nellie Bligh, naturalmente il parroco, tu e io...»

«E il signor Ivor Smith. Qual è il suo vero nome?»

«Ivor Smith, che io sappia.»

«Sei sempre così cauto, tu...» All'improvviso Tuppence scoppiò a ridere.

«Cosa c'è di tanto divertente?»

«Pensavo solo che avrei dato qualsiasi cosa per vederti scoprire i cassetti segreti dello scrittoio di zia Ada insieme ad Albert.»

«È tutto merito suo. Mi ha dato una vera e propria lezione sull'argomento. Ha imparato da giovane, lavorando con un antiquario.»

«È curioso che tua zia abbia voluto lasciare un documento segreto nascosto e sigillato in quel cassetto. Pur non sapendo nulla di certo, era disposta a credere che a Sunny Ridge ci fosse un criminale. Chissà se sapeva che si trattava della signorina Packard.»

«Questa è solo un'ipotesi.»

«Un'ipotesi più che ragionevole, se quella che cerchiamo è una banda di assassini. Quale migliore quartier generale di un luogo come Sunny Ridge, rispettabile e impeccabilmente diretto da un'esperta criminale che ha libero accesso a tutte le sostanze di cui ha bisogno? Se era lei a dichiarare naturali le morti, era ovvio che il medico fosse portato a emettere lo stesso verdetto.»

«Vedo che ti sei fatta un'idea chiarissima, ma il vero motivo per cui hai cominciato a sospettare della signorina Packard era che non ti piacevano i suoi denti.»

«Per mangiarti meglio» rifletté Tuppence. «Ti dirò un'altra cosa, Tommy. Immaginiamo che quel quadro, il quadro di Canal House, *non sia mai appartenuto alla signora Lancaster.*»

«Ma noi sappiamo che era suo» ribatté Tommy fissandola.

«Invece no. Sappiamo solo che così ha affermato la signorina Packard. È stata quest'ultima a dirci che la signora Lancaster lo aveva regalato a zia Ada.»

«Mi sembra un'idea piuttosto azzardata.»

«Può darsi, ma il quadro è stato dipinto a Sutton Chancellor e ritrae una casa di Sutton Chancellor. Inoltre, abbiamo motivo di ritenere che quella casa sia, o sia stata, uno dei covi di un'associazione criminale a capo della quale ci sarebbe il signor Eccles. Lo stesso signor Eccles che incaricò la signora Johnson di prelevare la signora Lancaster da Sunny Ridge. Dubito che la signora Lancaster sia mai stata a Sutton Chancellor o a Canal House o abbia mai posseduto un quadro che la raffigurava, ma forse ne aveva sentito parlare da qualcuno a Sunny Ridge. La signora Cioccolata, magari? A quel punto lei stessa si è messa a parlare, e per renderla inoffensiva hanno dovuto portarla via. Ma un giorno la troverò, Tommy, hai la mia parola!»

«Le Indagini della signora Beresford.»

II

«Se posso permettermi, signora Beresford, la trovo in splendida forma» disse Ivor Smith.

«Sono completamente guarita» disse Tuppence. «Che sciocca sono stata a lasciarmi colpire alle spalle.»

«Lei merita una medaglia, soprattutto per la faccenda della bambola. Le sue doti investigative mi lasciano senza parole!»

«È un segugio nato» disse Tommy. «Una volta che fiuta la pista, non c'è verso di fermarla.»

«Guai a voi se non mi invitate alla vostra serata conviviale» disse Tuppence, sospettosa.

«Al contrario, lei sarà l'ospite d'onore. Vede, ormai siamo riusciti a chiarire alcuni punti, e non so dirle quanto sia grato a lei e a suo marito. Certo, eravamo già a *buon punto* con le indagini su questa associazione criminale straordinariamente articolata, che negli ultimi cinque o sei anni ha messo a segno un numero impressionante di rapine. Come ho spiegato a Tommy quando è venuto a chiedermi se sapevo qualcosa del nostro brillante avvocato Eccles, era da tempo che sospettavamo di lui, ma non è facile incastrare uomini del genere. È troppo prudente e per giunta fa l'avvocato, una professione del tutto normale con clienti del tutto normali. Uno dei punti chiave era la rete di case: case rispettabili occupate da persone rispettabili, che tuttavia vi rimanevano solo per poco tempo. Ora, signora Beresford, grazie a lei e alle sue scoperte su camini e volatili morti, siamo certi di aver trovato una di queste case, il covo in cui era nascosta una parte del bottino. Un sistema davvero ingegnoso: facevano cambiare i gioielli o altra merce preziosa in pacchetti di diamanti grezzi, li nascondevano e poi, una volta che lo scalpore suscitato da questa o quella rapina si placava, li trasportavano all'estero per via aerea o a bordo di pescherecci.»

«E i Perry? Non saranno forse... voglio sperare che non siano... coinvolti anche loro.»

«Non lo sappiamo» rispose il signor Smith. «No, non lo sappiamo. È probabile che la signora Perry sappia qualcosa, o almeno lo sapesse un tempo.»

«Vorrebbe farmi credere che è una dei criminali?»

«Non è detto. Può darsi che la tenessero sotto controllo.»

«Sotto controllo?»

«So di potermi fidare di lei, quindi la metterò a parte di un'informazione strettamente riservata. La polizia sospetta da tempo che ad assassinare tutte quelle bambine parecchi anni fa sia stato Amos Perry, un uomo non del tutto capace di intendere e di volere. Secondo i medici, è possibile che fosse spinto da una pulsione omicida nei confronti dei bambini. Nessuno ha mai trovato prove concrete, ma la moglie sembrava sempre oltremodo ansiosa di fornirgli un alibi. Se è così, è facile pensare che una banda di criminali senza scrupoli possa averla sistemata in una parte della casa, sapendo che avrebbe tenuto la bocca chiusa. E non è escluso che qualche prova schiacciante contro il marito loro ce l'avessero. Lei li ha conosciuti, signora Beresford, che impressione le hanno fatto?»

«*Lei* mi piaceva» rispose Tuppence. «La trovavo... be', come ho già detto mi faceva pensare a una strega buona, dedita alla magia bianca.»

«E lui?»

«Mi ha fatto paura. Non sempre, solo in uno o due momenti. Tutto a un tratto mi sembrava un gigante spaventoso, ma solo per pochi istanti. Non so dire perché, ma mi faceva paura. Forse mi rendevo conto che gli mancava davvero qualche rotella.»

«Ce ne sono di persone come lui» continuò il signor Smith «e spesso sono assolutamente innocue. Ma non si può mai essere sicuri.»

«A che scopo questa serata alla casa parrocchiale?»

«Dobbiamo fare qualche domanda, incontrare alcune persone, scoprire dettagli che potrebbero tornarci utili.»

«Ci sarà anche il maggiore Waters, l'uomo che ha scritto al parroco a proposito della figlia?»

«A quanto pare non esiste nessun maggiore Waters! Nel punto in cui la vecchia lapide è stata rimossa abbiamo effettivamente trovato una piccola bara foderata di piombo, ma era piena di gioielli e oggetti d'oro, il bottino di una rapina avvenuta vicino a St Albans. Il vero scopo della lettera al parroco era verificare le condizioni della bara dopo i danni provocati dai teppisti.»

III

«Sono così mortificato, mia cara» disse il parroco avvicinandosi a Tuppence con le braccia tese. «Sì, mia cara, saperla vittima di una simile aggressione quando lei voleva solo aiutarmi mi ha lasciato sgomento. È tutta... sì, è tutta colpa mia. Non avrei dovuto permetterle di andare a curiosare fra le tombe, per quanto non avessimo una sola ragione al mondo di sospettare che una banda di giovani teppisti...»

«Non si angusti, reverendo» disse la signorina Bligh, materializzandosi d'improvviso al suo fianco. «La signora Beresford, ne sono certa, sa bene che *lei* non c'entra nulla. È stata estremamente gentile a offrirle il suo aiuto, ma ormai è acqua passata e lei si è ripresa. Non è vero, signora Beresford?»

«Certamente» rispose Tuppence, lievemente irritata dalla sicurezza ostentata dalla signorina Bligh nel descrivere il suo stato di salute.

«Venga a sedersi qui con un cuscino dietro la schiena» disse quest'ultima.

«Non ho bisogno di cuscini» disse Tuppence, rifiutando la seggiola che la signorina Bligh le stava cerimoniosamente offrendo. Si accomodò invece su una sedia oltremodo scomoda dall'altro lato del camino.

All'improvviso, dalla porta arrivò una brusca raffica di colpi che fece trasalire tutti. La signorina Bligh corse fuori dalla stanza.

«Non si disturbi, reverendo» disse. «Vado io.»

«Grazie tante.»

Un brusio nel corridoio, quindi la signorina Bligh rientrò insieme a una donna corpulenta con un vestito di broccato seguita da un uomo gracile e pallido come un cadavere. Tuppence lo osservò. Mantello nero sulle spalle, aveva un volto sottile e macilento che sembrava arrivare da un altro secolo, o da una tela di El Greco.

«Che piacere vederla» disse il parroco voltandosi. «Permettetemi di presentarvi Sir Philip Starke, signori Beresford. E questo è il signor Ivor Smith. Ah, signora Boscowan! Ne sono passati di anni dall'ultima volta che ci siamo visti... questi sono i signori Beresford.»

«Ho già avuto modo di conoscere il signor Beresford» disse la signora Boscowan, lanciando un'occhiata a Tuppence. «Piacere di conoscerla, ho sentito che ha avuto un incidente.»

«Sì, ma ora sto bene.»

Sbrigati i convenevoli, Tuppence si riaccomodò, sopraffatta dalla stanchezza. Si era accorta che, forse in seguito al colpo, le capitava più spesso di prima. Seduta in silenzio con gli occhi socchiusi, riuscì comunque a studiare con attenzione tutti i presenti. Non ascoltava la conversazione, si limitava a osservare: le sembrava quasi di vedere riuniti sul palcoscenico alcuni personaggi del dramma nel quale, suo malgrado, si era trovata coinvolta. I puntini cominciavano finalmente a unirsi, il quadro a prendere forma. La comparsa di Sir Philip Starke e della signora Boscowan era come l'improvvisa entrata in scena di due personaggi fino a quel momento rimasti dietro le quinte, nell'ombra, fuori dal cerchio. Se erano arrivati, significava che c'erano di mezzo anche loro, ma in che modo? Qualcuno li aveva convocati? Ivor Smith? Il suo era stato un ordine o una gentile preghiera? O forse erano dei perfetti sconosciuti anche per lui? "È cominciato tutto a Sunny Ridge," pensò Tuppence "ma il teatro della vicenda non è Sunny Ridge. È Sutton Chancellor, lo è sempre stato. I fatti sono avvenuti qui, e non di recente, su questo ci sono pochi dubbi. Fatti ai quali la signora Lancaster era del tutto estranea, ma a sua insaputa vi si è trovata coinvolta. E quindi, che fine ha fatto la signora Lancaster?"

Un gelido fremito le attraversò la schiena.

"E se... e se fosse *morta*..."

Se i suoi timori erano fondati, Tuppence aveva fallito. Era stata lei, convinta che fosse in pericolo e avesse bisogno di protezione, a mettersi in cerca della signora Lancaster.

"Se invece non è morta, la troverò!"

Ormai era chiaro: a Sutton Chancellor era accaduto qualcosa di importante e pericoloso. Qualcosa che ruotava attorno alla casa sul canale? Oppure al villaggio nel suo complesso? Tanta gente vi si era stabilita per poi andarsene, fuggire, volatilizzarsi, scomparire e riapparire. Sir Philip Starke, per esempio.

Senza voltare la testa, Tuppence gli posò gli occhi addosso. Di lui non sapeva nulla, se non ciò che la signora Copleigh le aveva riferito nel suo torrenziale monologo sugli abitanti di Sutton Chancellor. Un uomo taciturno e colto, botanico e industriale, o quantomeno detentore di cospicui interessi industriali. Un uomo ricco, in altre parole, che amava i bambini. Ecco: di nuovo i bambini. La casa sul canale, l'uccello nel camino, la bambola caduta dal comignolo. Una bambola nella quale qualcuno aveva nascosto una manciata di diamanti, il bottino di una rapina. Quella casa era uno dei covi di una grossa associazione criminale, ma a Sutton Chancellor avevano avuto luogo crimini ben più atroci delle rapine. "Ho sempre avuto la sensazione che il colpevole potesse essere *lui*" aveva detto la signora Copleigh.

Sir Philip Starke, un assassino? Tuppence lo studiò con gli occhi socchiusi, ben sapendo di essere a caccia di segni che corrispondessero alla propria idea di assassino. Un assassino di bambine, per giunta.

Quanti anni aveva? Settanta, forse di più. Un volto scavato e ascetico. Sì: ascetico e tormentato. Quegli occhi, grandi e neri. Occhi da El Greco. E il corpo emaciato.

Cosa ci faceva lì, quella sera? Lo sguardo di Tuppence si volse alla signorina Bligh. Seduta con aria vagamente nervosa, di tanto in tanto si allungava a spingere un tavolino vicino a un ospite, a offrire cuscini o a modificare la posizione del portasigarette e dei fiammiferi. Irrequieta e a disagio, ogni volta che smetteva di armeggiare puntava gli occhi su Philip Starke.

"Fedeltà canina" pensò Tuppence. "Un tempo doveva essere innamorata di lui. Forse lo è ancora, in un certo senso: l'amore non passa con la vecchiaia, a differenza di quanto pensano Derek e Deborah. Trovano inconcepibile che chi non è più giovane sia ancora capace di amare. E invece io credo... credo che lei lo ami ancora, disperatamente e devotamente. Non mi ha detto qualcuno... la signora Copleigh, o forse il parroco... che da giovane era la sua segretaria e che ancora oggi si occupa di gestire i suoi affari? Be', non ci vedo nulla di strano. Quante segretarie si innamorano del loro capo? Diamo dunque per assodato che Gertrude Bligh fosse innamorata di Philip Starke. Si tratta di un elemento utile? Forse la signorina Bligh sapeva o sospettava che la personalità mite e ascetica di Philip Starke nascondesse una terrificante vena di follia?"

Amava troppo i bambini. Così aveva detto la signora Copleigh.

Le ossessioni lasciano il segno. Forse era quella la ragione della sua aria così tormentata.

"A meno di non essere un medico legale o uno psichiatra, capire le motivazioni di un pazzo omicida è impossibile" rifletté Tuppence. "*Perché* uccidono i bambini? Quale impulso li spinge? Se ne pentono, dopo? Sono disgustati, disperatamente felici, terrorizzati?"

In quel momento, notò che lo sguardo di Philip Starke era caduto su di lei. Incrociando i suoi occhi, vi lesse un messaggio.

"Lei sta pensando a me" dicevano quegli occhi. "Sì, ciò che pensa è vero. Sono un uomo tormentato."

Non esisteva descrizione migliore: un uomo tormentato.

Tuppence si costrinse a levargli gli occhi di dosso e si mise a osservare il parroco. Le piaceva, era una cara persona. Possibile che sapesse qualcosa? Non era escluso, o forse si trovava al centro di un perfido intrigo del quale nemmeno sospettava. Attorno a lui succedeva di tutto, ma il parroco, provvisto com'era di quella preoccupante dote che risponde al nome di innocenza, non se ne accorgeva.

La signora Boscowan? Era una misteriosa donna di mezza età: definirla un personaggio, come aveva detto Tommy, non era sufficiente. Quasi rispondendo a un richiamo di Tuppence, Emma Boscowan si alzò all'improvviso.

«Vi dispiace se vado di sopra a darmi una rinfrescata?» domandò.

«Certo che no!» rispose la signorina Bligh balzando in piedi. «La accompagno io, cosa ne dice, reverendo?»

«Conosco la strada» replicò la signora Boscowan. «Non si disturbi. Signora Beresford?»

Tuppence ebbe un lieve sobbalzo.

«Le vorrei mostrare un paio di cose» aggiunse la signora Boscowan. «Venga con me.»

Obbediente come una bambina, Tuppence si alzò. Forse non l'avrebbe ammesso, ma quello era un ordine, e agli ordini della signora Boscowan bisognava obbedire.

Era già uscita nell'atrio e si stava avviando su per le scale, seguita da Tuppence.

«La stanza degli ospiti è in cima alle scale» le spiegò la signora Boscowan. «È sempre pronta e ha un bagno privato.»

Salito l'ultimo scalino, aprì la porta, entrò e accese la luce.

«È un vero sollievo trovarla qui. Ci speravo proprio. Ero in pensiero per lei, suo marito gliel'ha detto?»

«Sì, mi ha accennato qualcosa» rispose Tuppence.

«Ero così in pensiero.» Emma Boscowan chiuse la porta, creando uno spazio di colloquio confidenziale. «Ha mai avuto la sensazione che Sutton Chancellor fosse un posto pericoloso?»

«Di sicuro lo è stato per me.»

«Già. Poteva andarle peggio, ma... sì, capisco cosa intende.»

«Lei sa qualcosa» disse Tuppence. «Lei sa qualcosa, vero?»

«Sì e no» rispose Emma Boscowan. «Tutti noi abbiamo istinti e sensazioni, e quando si rivelano fondati ci preoccupiamo. Questa vicenda della banda criminale è così straordinaria, eppure sembra che non abbia nulla a che vedere con...» si interruppe bruscamente. «Voglio dire, sono cose che capitano da sempre, la differenza è che oggi sono perfettamente organizzati, come un'azienda. Nulla di troppo pericoloso, intendiamoci, quantomeno nell'aspetto criminale della vicenda. Il problema è il *resto*, è riuscire a individuare il pericolo e sapere come difendersi. Deve fare attenzione, signora Beresford, dico sul serio. Gettarsi a capofitto nelle cose come fa lei non è una buona idea, perlomeno non qui.»

Tuppence si fece pensierosa. «La mia vecchia zia, o meglio la vecchia zia di Tommy, è morta in una casa di riposo. Qualcuno le aveva detto che là dentro c'era un assassino.»

Emma annuì lentamente.

«All'istituto ci sono state altre due morti che non convincono il medico» continuò Tuppence.

«È da qui che ha preso le mosse per le sue indagini?»

«No,» rispose Tuppence «il tutto è cominciato prima.»

«Se ha tempo,» disse Emma Boscowan «le dispiacerebbe raccontarmi cos'è successo in quella casa di riposo? Sia breve, però, perché potrebbero interromperci da un momento all'altro.»

«D'accordo» rispose Tuppence, e subito si mise a raccontare.

«Capisco» disse Emma Boscowan alla fine. «E ora lei si domanda che fine abbia fatto questa signora Lancaster.»

«Esatto.»

«Pensa che sia morta?»

«Può darsi.»

«Forse perché sapeva qualcosa?»

«Sì, qualcosa sapeva. A proposito di un omicidio. Di una bambina, forse.»

«Credo che qui si sbagli» disse la signora Boscowan. «La sua anziana signora dev'essersi confusa, sovrapponendo la storia della bambina a quella di un altro omicidio.»

«È possibile, agli anziani capita di confondersi. Ma un assassino di bambine da queste parti c'era *davvero,* o sbaglio? Me l'ha raccontato la donna di cui sono stata ospite.»

«Sì, in questa regione sono state uccise parecchie bambine, ma è passato tanto tempo e non ne so granché. Il parroco non c'era ancora, ma la signorina Bligh sì. Sì, c'era di sicuro. Doveva essere giovane, all'epoca.»

«È probabile» osservò Tuppence. «È sempre stata innamorata di Sir Philip Starke?»

«L'ha notato anche lei, vero? Credo di sì. Una fedeltà assoluta, al di là dell'idolatria. William e io ce ne siamo accorti appena ci siamo trasferiti qui.»

«Come mai avete scelto questo posto? Abitavate a Canal House?»

«No, non ci abbiamo mai abitato, ma a lui piaceva e la dipinse varie volte. Che fine ha fatto il quadro che mi ha mostrato suo marito?»

«L'ha riportato a casa» rispose Tuppence. «Mi ha riferito quanto lei gli aveva detto a proposito della barca sotto il ponte, quella che suo marito non aveva dipinto. La barca chiamata *Waterlily.*»

«Esatto. Non è opera di mio marito. L'ultima volta che avevo visto il quadro, non c'era. L'ha aggiunta qualcun altro.»

«Chiamandola *Waterlily*... E poi abbiamo un uomo inesistente, il maggiore *Waters,* che ha scritto una lettera a proposito della tomba di una bambina... una bambina di nome *Lilian*... Senonché, nella tomba c'era solo una piccola bara piena della refurtiva di una grossa rapina. La barca doveva essere un messaggio, un messaggio per indicare dov'era nascosta la refurtiva. Sento puzza di attività criminali...»

«È vero, ma non si può mai sapere cosa...»

Emma Boscowan si interruppe all'improvviso. «Sta venendo a cercarci,» disse «presto, vada in bagno.»

«Chi?»

«Nellie Bligh. Corra, e spranghi la porta.»

«Che impicciona» disse Tuppence infilandosi in bagno.

«Magari fosse solo un'impicciona» disse la signora Boscowan.

La signorina Bligh aprì la porta ed entrò, scattante e servizievole come sempre.

«Ha trovato tutto ciò che le occorreva?» chiese. «Il sapone e gli asciugamani puliti? La signora Copleigh viene a dare una mano al parroco, ma a me tocca sempre controllare che abbia fatto le cose a dovere.»

La signora Boscowan e la signorina Bligh tornarono da basso insieme. Tuppence le raggiunse sulla porta del salotto. Vedendola entrare, Sir Philip Starke si alzò a sistemarle la sedia e si riaccomodò di fianco a lei.

«Così va bene, signora Beresford?»

«Sì, grazie» rispose Tuppence. «È perfetta.»

«Ho saputo del suo incidente» disse lui. Pur vagamente spettrale, la sua voce aveva un certo fascino. Era distante e poco sonora, eppure dotata di una singolare profondità. «Davvero increscioso, il numero degli incidenti oggigiorno.»

"Mi sta studiando come io ho studiato lui" pensò Tuppence sentendosi addosso gli occhi dell'uomo. Scoccò una mezza occhiata a Tommy, che però stava parlando con Emma Boscowan.

«Cosa l'ha portata a Sutton Chancellor, signora Beresford?»

«Siamo più o meno in cerca di una casa in campagna» rispose Tuppence. «Mio marito era partito per non so quale congresso, così ho deciso di venire a visitare una zona che pensavo potesse rivelarsi interessante. Giusto per farmi un'idea delle opportunità e dei prezzi.»

«Ed è andata a vedere la casa sul canale vicino al ponte?»

«Sì. Avevo l'impressione di averla già vista passando in treno. È una casa davvero incantevole, dall'esterno.»

«Già. Immagino tuttavia che anche l'esterno abbia bisogno di una sistemata, al tetto se non altro. La parte posteriore non è altrettanto incantevole, però.»

«Può dirlo forte. Davvero curiosa, come suddivisione.»

«Be',» rifletté Philip Starke «il mondo è bello perché è vario.»

«Lei non ci ha mai abitato, vero?» chiese Tuppence.

«No di certo. La mia casa fu rasa al suolo parecchi anni fa da un incendio, ma ne è rimasta in piedi una sezione. Probabilmente l'ha vista, o magari gliel'ha indicata qualcuno. È sopra questa casa parrocchiale, in collina. O meglio, in quella che qui vogliono far passare per collina. Non ne andavo particolarmente fiero. Era una residenza sontuosa, costruita da mio padre attorno al 1890 con finiture gotiche e un tocco di Balmoral: uno stile che sta tornando in voga fra gli architetti, ma quarant'anni fa lo trovavano raccapricciante. Aveva tutto ciò che la casa di un cosiddetto gentiluomo deve avere.» Una delicata ironia si insinuò nella voce. «Sala da biliardo, soggiorno, toilette per signore, un sala da pranzo colossale, sala da ballo, suppergiù quattordici camere da letto, e un tempo, o almeno così presumo, una squadra di quattordici domestici.»

«Ho l'impressione che non le piacesse molto.»

«Infatti. Per mio padre fu una vera delusione. Era un industriale di successo e si augurava che seguissi le sue orme, ma non lo feci. Però mi trattava bene, mi garantiva una sostanziosa rendita o paghetta, come si chiamava all'epoca, e mi lasciava andare per la mia strada.»

«Ho sentito dire che lei faceva il botanico.»

«Era uno dei miei passatempi preferiti. Andavo spesso a cercare fiori di campo, specie nei Balcani. È mai stata nei Balcani a cercare fiori di campo? È il posto ideale.»

«Immagino. Poi tornava qui a Sutton Chancellor?»

«È da anni ormai che non abito più qui. Dopo la morte di mia moglie non sono più tornato.»

«Oh» fece Tuppence con un lieve imbarazzo. «Oh, mi... mi dispiace.»

«È passato tanto tempo. È morta prima della guerra. Nel 1938. Era una donna bellissima.»

«Ha ancora qualche sua fotografia nella casa sulla collina?»

«Oh, no, la casa è vuota. Mobili, quadri: ho fatto portare via tutto. Sono rimasti solo una camera da letto, un ufficio e un soggiorno per il mio agente, o per me quando devo venire a occuparmi di affari immobiliari.»

«Non è mai stata venduta?»

«No. Si parla di una riqualificazione della proprietà, ma nulla di certo. Non che io ci tenga in modo particolare. Mio padre sperava di instaurare una specie di dominio feudale, io avrei dovuto succedergli e i miei figli avrebbero dovuto succedere a me.» Si interruppe, quindi aggiunse: «Ma Julia e io di figli non ne abbiamo mai avuti».

«Oh,» mormorò Tuppence «capisco.»

«Insomma, non ho motivi per tornare qui, infatti non vengo quasi mai. A tutte le faccende da sbrigare provvede Nellie Bligh.» Sorrise. «È la segretaria migliore che si possa desiderare. Ancora oggi si occupa dei miei affari e di qualsiasi altra necessità.»

«Se non la usa mai, perché non vuole vendere la casa?» chiese Tuppence.

«Ho le mie ragioni» rispose Philip Starke.

Un vago sorriso mitigò l'austerità dei lineamenti.

«Forse, a ben vedere, mio padre mi ha trasmesso una parte del suo fiuto per gli affari. Il valore dei terreni è in fortissimo rialzo, sale di giorno in giorno, e in questo momento vendere la proprietà non mi converrebbe. Chissà, forse un giorno potremo costruirci una grande città dormitorio.»

«E allora diventerà ricco?»

«Diventerò ancora più ricco di quanto sono oggi» rispose Sir Philip. «E già non mi posso lamentare.»

«Come passa il suo tempo?»

«Viaggio e ho certi interessi a Londra, una galleria d'arte. Sto muovendo i primi passi come mercante. È interessante e servirà a tenermi impegnato finché non dovrò dire addio a questa vita.»

«Non dica così, mi fa venire i brividi.»

«Non ne ha motivo. Lei avrà una vita lunga e felice, signora Beresford.»

«Be', ora come ora sono felice» ammise Tuppence. «Ma immagino che non mi verranno risparmiati gli acciacchi, i dolori e i guai della terza età: sordità, cecità, artrite e via di questo passo.»

«Le daranno meno fastidio di quanto crede, vedrà. Se posso permettermi senza essere scortese, lei e suo marito sembrate una coppia felice.»

«È vero» disse Tuppence. «Il segreto della felicità è una serena vita coniugale.»

Un attimo dopo averle pronunciate, si pentì di quelle parole. L'uomo che aveva di fronte aveva sofferto per lunghi anni la perdita dell'amata moglie, forse ne soffriva ancora. Tuppence si sentiva un verme.

16
Il mattino dopo

I

L'indomani mattina, Ivor Smith e Tommy interruppero la loro conversazione per scambiarsi un'occhiata, quindi guardarono Tuppence. Stava fissando il focolare, la mente persa chissà dove.

«A che punto siamo?» le chiese Tommy.

Con un sospiro, Tuppence scacciò i pensieri che la tormentavano e osservò i due uomini.

«La nebbia non accenna a diradarsi» rispose. «Prendiamo la riunione di ieri sera: a cosa serviva? Cosa significava?» Si rivolse a Ivor Smith. «Per voi due qualcosa significava, probabilmente. Voi lo sapete, a che punto siamo?»

«Non mi spingerei a tanto» rispose Ivor. «Dopotutto, non siamo in cerca della stessa cosa, o sbaglio?»

«No, infatti.»

I due uomini la guardarono con aria interrogativa.

«D'accordo» disse Tuppence. «Ho un'ossessione, lo ammetto. *Voglio rintracciare la signora Lancaster.* Voglio assicurarmi che stia bene.»

«Meglio rintracciare la signora Johnson, prima» osservò Tommy. «Finché non la trovi, non troverai la signora Lancaster.»

«La signora Johnson» ripeté Tuppence. «Già, che fine

avrà fatto? D'altro canto, dubito che questa parte della vicenda vi interessi» disse a Ivor Smith.

«Al contrario, signora Beresford, ci interessa molto.»

«E del signor Eccles che mi dice?»

Ivor sorrise. «Credo che il signor Eccles avrà presto ciò che merita, ma non ci metterei la mano sul fuoco. Quell'uomo è straordinariamente bravo a nascondere le sue tracce, tanto da far dubitare che esistano.» Poi, sotto i baffi, aggiunse pensieroso: «Un grande amministratore. Un grande stratega».

«Ieri sera...» cominciò Tuppence, ma subito si fermò. «Posso farle qualche domanda?»

«Tentar non nuoce,» disse Tommy «ma non sperare che il nostro vecchio Ivor ti dia uno straccio di risposta esauriente.»

«Sir Philip Starke» riprese Tuppence. «Che ruolo ha nella vicenda? Non lo si direbbe un criminale, a meno che non sia uno di quelli che...»

Si interruppe bruscamente, un attimo prima di riferirgli le allarmanti congetture della signora Copleigh a proposito delle bambine assassinate.

«Sir Philip Starke è una preziosissima fonte di informazioni» rispose Ivor Smith. «È il più grande proprietario terriero di queste e altre parti del paese.»

«Per esempio il Cumberland?»

Ivor Smith la fulminò con un'occhiata. «Il Cumberland? Perché proprio il Cumberland? Cosa sa lei del Cumberland, signora Beresford?»

«Nulla» rispose Tuppence. «Per qualche ragione mi era venuto in mente. E una rosa striata di rosso e bianco sul fianco di una casa» aggiunse con aria perplessa. «Una rosa antica.» Scosse la testa. «Sir Philip Starke è il proprietario di Canal House?»

«È proprietario dei terreni, come di quasi tutti gli altri terreni nei dintorni.»

«Già, me l'ha detto ieri sera.»

«Grazie a lui, siamo venuti a conoscenza di una lunga serie di contratti di locazione e concessione in uso ingegnosamente camuffati per mezzo di cavilli legali.»

«E gli agenti immobiliari con cui ho parlato a Market Basing? Sbaglio o si comportano in maniera sospetta?»

«Non sbaglia affatto. Li andremo a trovare stamattina, dovranno rispondere ad alcune domande scomode.»

«Ottimo» disse Tuppence.

«Stiamo facendo progressi. Abbiamo risolto i casi della grande rapina all'ufficio postale del 1965 e dei colpi ad Albury Cross e ai treni postali irlandesi. Parte della refurtiva è stata recuperata in luoghi insospettabili all'interno delle varie case: una vasca da bagno appena installata, un appartamento dentro un residence con un paio di stanze di dimensioni leggermente ridotte, per ricavarne nascondigli perfetti. Insomma, abbiamo scoperto molte cose.»

«D'accordo, ma le *persone*?» chiese Tuppence. «Chi c'era dietro? Chi dirigeva le operazioni? Oltre al signor Eccles, intendo. Doveva pur esserci qualcun altro coinvolto.»

«Ma certo. C'erano un paio di uomini, uno dei quali gestiva un locale notturno lungo la M1, in posizione strategica. Lo chiamavano Happy Hamish, era viscido come un'anguilla. E poi c'era una donna soprannominata Killer Kate, ma solo al principio: era bellissima ma mentalmente instabile, così la allontanarono per evitare che mettesse in pericolo l'organizzazione. A loro interessavano i soldi, non erano assassini.»

«E Canal House era uno dei loro nascondigli?»

«Per un certo periodo, sì. All'epoca la chiamavano Ladymead. Negli anni ha cambiato nome parecchie volte.»

«Per confondere le acque, immagino» disse Tuppence. «Ladymead. Chissà se significa qualcosa.»

«E cosa dovrebbe significare?»

«In realtà non lo so» rispose Tuppence. «Mi si è solo accesa l'ennesima lampadina in testa. Il problema è che ormai fatico a seguire il filo dei miei pensieri. E poi c'è il quadro dipinto da Boscowan, con quella barca aggiunta in seguito...»

«*Tiger Lily*.»

«No, *Waterlily*. E sua moglie dice che non è stato lui.»

«È attendibile?»

«Immagino di sì. Se avesse sposato una pittrice e fosse un artista lei stesso, non crede che saprebbe riconoscere una differenza nello stile? Quella donna mi intimidisce» disse Tuppence.

«Chi, la signora Boscowan?»

«Sì. È una persona così energica e incontenibile.»

«Può darsi. Sì.»

«E sa qualcosa,» continuò Tuppence «ma non sono certa che sappia di saperlo, se capite cosa intendo.»

«Io no» intervenne Tommy con decisione.

«Voglio dire che un conto è sapere le cose, un altro è intuirle.»

«E tu sei una donna di grande intuito, Tuppence.»

«Di' pure quello che ti pare» replicò Tuppence, assorta nei suoi pensieri «ma la vicenda ruota attorno a Sutton Chancellor, per la precisione a Ladymead, o Canal House, o come la vogliamo chiamare. E a tutte le persone che ci hanno abitato, oggi come ieri. Alcuni episodi, ne sono convinta, risalgono a tanto tempo fa.»

«Stai pensando alla signora Copleigh, vero?»

«Nel complesso,» rispose Tuppence «credo che la signora Copleigh abbia ingarbugliato la matassa con tutte le informazioni che ha accumulato. E credo anche che si sia confusa sulle date.»

«Capita, alla gente di campagna.»

«Lo so» ammise Tuppence. «Dopotutto sono cresciuta anch'io in una casa parrocchiale di campagna. Per ricostruire il passato usano gli avvenimenti, non gli anni. Non dicono "questo accadde nel 1930" o "questo accadde nel

1925", ma "questo accadde l'anno dopo l'incendio al vecchio mulino", "questo accadde dopo che il fulmine colpì la vecchia quercia e uccise il contadino James" o "questo accadde l'anno dell'epidemia di poliomielite". È naturale che i ricordi non seguano una sequenza particolare. Il che rende tutto più difficile perché le informazioni spuntano qui e là in maniera frammentaria. Ovviamente» aggiunse con l'aria di chi scopre all'improvviso qualcosa di fondamentale «il problema è che sono invecchiata anch'io.»

«Lei è più giovane che mai» disse Ivor, galante.

«Stupidaggini» lo redarguì Tuppence. «Anche i miei ricordi sono confusi, il che significa che sono invecchiata. Ho già cominciato a ricorrere a trucchetti infantili per aiutare la memoria.»

Si alzò e si mise a girare per la stanza.

«Questo albergo lascia molto a desiderare» disse.

Passò in camera da letto, quindi tornò indietro scuotendo la testa.

«Niente Bibbia» disse.

«Bibbia?»

«Sì. Negli alberghi di una volta c'era sempre una Bibbia accanto al letto. Per poter ottenere la salvezza a qualsiasi ora del giorno e della notte, immagino.»

«Desidera una Bibbia?»

«In effetti sì. Da brava figlia di un pastore, ho avuto una solida educazione e conoscevo bene la Bibbia, ma adesso la mia memoria inizia a perdere colpi. Senza contare le letture che si ascoltano oggi in chiesa: versioni nuovissime, filologicamente ineccepibili e tradotte perfettamente, ma nulla di paragonabile a quelle di una volta. Mentre voi andate dagli agenti immobiliari io farò un salto a Sutton Chancellor.»

«E perché mai? Te lo proibisco» disse Tommy.

«Sciocchezze, non voglio fare altre indagini. Vado solo in chiesa per dare un'occhiata alla Bibbia. Se hanno una versione moderna, chiederò al parroco, lui ne avrà una come si deve. La versione autorizzata, intendo.»

«E a cosa ti serve la versione autorizzata della Bibbia?»

«Voglio solo rinfrescarmi la memoria in merito alle parole incise sulla lapide della bambina... mi incuriosiscono.»

«Certo, certo, ma io non mi fido di te, Tuppence. Chi mi garantisce che non ti caccerai nei guai un'altra volta non appena ti perdo di vista?»

«Non tornerò a curiosare fra le tombe, ti do la mia parola. Una chiesa la domenica mattina e la stanza del parroco: cosa potrebbe esserci di più innocuo?»

Tommy lanciò un'occhiata alla moglie e, non senza riluttanza, gliela diede vinta.

II

Dopo aver lasciato l'auto di fianco al portico del camposanto, Tuppence si guardò attorno con attenzione. Provava quella naturale agitazione di chi torna nel luogo in cui ha subito un grave danno fisico. In quel momento, però, non sembravano esserci malintenzionati in agguato dietro le tombe.

Entrata in chiesa, vide un'anziana signora inginocchiata a lucidare alcuni oggetti d'ottone. In punta di piedi, si avvicinò al leggio e aprì con cautela il volume che vi era sistemato. L'anziana signora le lanciò un'occhiata di disapprovazione.

«Non voglio rubarlo» la rassicurò Tuppence, quindi richiuse con cura il volume e uscì dalla chiesa.

Le sarebbe piaciuto esaminare gli scavi fatti di recente, ma aveva solennemente promesso di non farlo.

«*Chi avrà scandalizzato*» mormorò. «Potrebbero essere queste le parole, ma allora dovrebbe trattarsi di qualcuno che...»

Tuppence risalì in auto e percorse il breve tratto che separava la chiesa dalla casa parrocchiale. Arrivata in fondo al vialetto, suonò il campanello ma non udì nessuno squillo. «Sarà rotto» disse, ben conoscendo i campanelli delle case parrocchiali. Provò a spingere la porta. Era aperta.

Nell'atrio, vide un tavolino il cui piano era in gran parte occupato da una grossa busta con un francobollo estero recante il nome di una società missionaria africana.

"Grazie al cielo non faccio la missionaria" pensò Tuppence.

Sullo sfondo di quel vago pensiero stava prendendo forma un ricordo, legato a un tavolino che aveva visto in un altro atrio... Fiori? Foglie? Una lettera, forse un pacchetto?

In quel momento, dalla porta sulla sinistra uscì il parroco.

«Oh» fece. «Ha bisogno? Io... oh, signora Beresford, è lei?»

«In persona» rispose Tuppence. «Sono venuta a chiederle se per caso ha una Bibbia.»

«Una Bibbia» ripeté il parroco con aria stranamente dubbiosa. «Una Bibbia.»

«Ho pensato che probabilmente ne avesse una.»

«Ma certo, ma certo» annuì il parroco. «Anzi, dovrei averne più di una. Ho un Nuovo Testamento greco» aggiunse speranzoso. «È quello che cercava?»

«No» rispose Tuppence con fermezza. «Voglio la versione autorizzata.»

«Oh, cielo» disse il parroco. «Be', sono certo che in biblioteca ce ne sono parecchie. Sì, parecchie. Purtroppo non usiamo più quella versione: sa, bisogna adeguarsi alle direttive del vescovo, e il vescovo ha il pallino della modernità, soprattutto per andare incontro ai giovani. Un vero peccato, se vuole il mio parere. Ho tanti di quei volumi in biblioteca che i più vecchi finiscono per essere spinti in fondo agli scaffali. E tuttavia *credo* di poter trovare ciò che mi ha chiesto. *Credo.* In caso contrario, domanderemo alla signorina Bligh. È qui da qualche parte a cercare dei vasi per le composizioni floreali dei bambini, in chiesa abbiamo un angolo dedicato a loro.» Quindi rientrò nella stanza da cui era uscito, lasciando Tuppence nell'atrio.

Tuppence rimase dov'era, perplessa e pensierosa. All'improvviso, vide aprirsi la porta in fondo all'atrio. Era la signorina Bligh. In mano aveva un pesante vaso di metallo.

Tutto a un tratto, i pezzi del puzzle combaciarono.

«Ma certo,» disse Tuppence «*ma certo.*»

«Oh, posso esserle u... Io... Oh, è lei, signora Beresford.»

«Sì» disse Tuppence. «Sono proprio io, *signora Johnson.*»

Il vaso cadde a terra. Tuppence si chinò a raccoglierlo e lo soppesò. «Un'arma perfetta» disse, posandolo sul pavimento. «L'ideale per colpire qualcuno alle spalle. Esattamente come lei ha fatto con me, non è vero, *signora Johnson*?»

«Io... io... come dice? Io... io... io non ho mai...»

Ma Tuppence non aveva bisogno di trattenersi oltre. Sentendosi chiamare "signora Johnson" per la seconda volta, la signorina Bligh si era tradita inequivocabilmente, mettendosi a tremare in preda al panico.

«L'altro giorno» riprese Tuppence «sul tavolino nel suo atrio ho visto una lettera indirizzata a una certa signora Yorke, nel Cumberland. È là che l'ha portata dopo averla prelevata da Sunny Ridge, vero, signora Johnson? Ed è là che si trova ora la signora Yorke, o signora Lancaster che dir si voglia. York e Lancaster, la rosa striata di rosso e bianco nel giardino dei Perry...»

Si voltò di scatto e uscì dalla casa. La signorina Bligh rimase nell'atrio reggendosi al corrimano delle scale, occhi e bocca spalancati. Tuppence corse al cancello in fondo al vialetto, saltò in auto e mise in moto. Lanciò un'ultima occhiata all'ingresso della casa parrocchiale, ma non vide uscire nessuno. Superata la chiesa si avviò in direzione di Market Basing, ma all'improvviso cambiò idea, fece inversione, tornò indietro per un tratto e imboccò la strada sulla sinistra che portava a Canal House. Uscita dall'auto guardò oltre il cancello, ma dei Perry non c'era traccia. Entrò nel giardino e andò alla porta sul retro. Era chiusa, così come le finestre.

Tuppence sbuffò. Forse Alice Perry era andata a Market Basing per fare compere. Voleva assolutamente vederla. Bussò alla porta, piano, più forte. Non rispose nessuno. Provò a girare la maniglia, ma la porta era chiusa a chiave. Indecisa, rimase ferma sulla soglia.

Aveva alcune domande urgenti per Alice Perry. Forse l'avrebbe trovata a Sutton Chancellor. Il problema di Canal House era che non sembrava mai esserci nessuno nei dintorni e sul ponte il traffico era molto limitato. Nessuno, insomma, a cui chiedere dove potessero essere i Perry quella mattina.

17
La signora Lancaster

I

Tuppence era ancora assorta nei suoi pensieri quando la porta si aprì all'improvviso. Colta di sorpresa, fece un passo indietro e spalancò la bocca. La persona che si trovò di fronte era l'ultima al mondo che si aspettava di vedere. Sulla soglia, vestita esattamente come a Sunny Ridge, lo stesso sorriso vagamente ambiguo sulle labbra, c'era nientemeno che la signora Lancaster.

«Oh» fece Tuppence.

«Buongiorno. Desiderava vedere la signora Perry?» chiese la signora Lancaster. «Sa, oggi è giorno di mercato. Per fortuna sono riuscita ad aprire in tempo, non trovavo la chiave. È probabile che sia un duplicato, non le pare? Entri, la prego. Gradisce qualcosa, magari una tazza di tè?»

A Tuppence sembrava di sognare. Senza abbandonare i suoi cordiali modi da padrona di casa, la signora Lancaster la accompagnò in soggiorno.

«Si accomodi» disse. «Purtroppo non so dove la signora tenga le stoviglie, sono qui da un paio di giorni appena. Vediamo... Ma... sbaglio o l'ho già vista da qualche parte?»

«Sì,» rispose Tuppence «a Sunny Ridge.»

«Sunny Ridge, Sunny Ridge... Mi dice qualcosa. Oh, ma certo, la cara signorina Packard. Sì, era proprio un bel posto.»

«Lei però se ne andò in fretta e furia, vero?»

«La gente è così prepotente» disse la signora Lancaster. «C'è sempre qualcuno che ti mette fretta, senza darti il tempo di *sistemare* le cose e fare le *valigie* con calma. Il tutto con le migliori intenzioni, non ho dubbi al riguardo: sono molto affezionata alla signorina Bligh, ma è una donna così autoritaria. A volte penso...» aggiunse piegandosi verso Tuppence «a volte penso, sa, che non sia del tutto...» e qui si toccò la tempia in modo eloquente. «Certo, sono cose che *capitano*, specie alle zitelle di una certa età. Si dedicano anima e corpo alle opere più meritevoli, ma spesso lavorano troppo di fantasia. Per i curati è un vero tormento: a volte queste donne si convincono che il curato abbia chiesto la loro mano, mentre a lui non è mai passato per la mente. Già, povera Nellie. È così sensibile, per certi versi. È l'angelo della parrocchia e mi risulta che sia stata una segretaria di prim'ordine, ma ciò non toglie che ogni tanto le vengano delle idee alquanto bizzarre. Per esempio prelevarmi da Sunny Ridge senza preavviso e spostarmi in una casa fredda e inospitale nel Cumberland, e poi, altrettanto improvvisamente, portarmi qui.»

«Lei abita qui?» chiese Tuppence.

«Per così dire. È una sistemazione quantomeno insolita. Sono arrivata appena due giorni fa.»

«E prima si trovava a Rosetrellis Court, nel Cumberland...»

«Sì, credo che si chiamasse così. Un nome molto meno elegante rispetto a Sunny Ridge, non trova? A Rosetrellis Court non mi sono mai sentita a casa mia, a dire il vero, la gestione era nettamente peggiore e il livello del servizio e del caffè non reggeva il confronto. Tuttavia stavo cominciando ad abituarmi e mi ero fatta un paio di amiche, una delle quali parecchi anni fa aveva conosciuto una mia zia in India. È così bello trovare qualcosa in *comune*, vero?»

«Certo.»

La signora Lancaster continuò allegramente.

«E ora vediamo, se ben ricordo lei non venne a Sunny Ridge per trasferirvisi, ma per fare visita a una delle ospiti.»

«La zia di mio marito» disse Tuppence. «La signorina Fanshawe.»

«Oh, sì. Ma certo. Ora ricordo. Per caso mi parlò di una sua bambina nascosta dietro il camino?»

«No,» rispose Tuppence «non era mia quella bambina.»

«Ma è per questo che è venuta qui, vero? Hanno avuto problemi con un camino, se ho capito bene ci è caduto dentro un uccello. Ci sono tante riparazioni da fare in questo posto, non mi piace *affatto*. Lo dirò a Nellie, la prima volta che la vedo.»

«È ospite della signora Perry?»

«Sì e no. Posso confidarle un segreto?»

«Ma certo» rispose Tuppence.

«In realtà non alloggio in questa parte della casa. Qui ci vivono i Perry.» La signora Lancaster si allungò in avanti. «Io sto al primo piano. Venga, le faccio vedere.»

Tuppence si alzò in piedi. Il sogno che le sembrava di vivere diventava sempre più assurdo.

«Mi lasci chiudere a chiave la porta, prima. È più sicuro» disse la signora Lancaster.

Poi, seguita da Tuppence, si avviò su per un'angusta rampa di scale. Dopo aver attraversato una camera matrimoniale dall'aria vissuta – probabilmente quella dei Perry –, varcarono una porta ed entrarono in una seconda camera. C'erano un lavabo e un alto guardaroba in legno d'acero: nient'altro. La signora Lancaster infilò le mani dietro l'armadio e lo spostò con facilità. Probabilmente era munito di rotelle per staccarlo dal muro. Dietro il guardaroba, Tuppence fu sorpresa di vedere un focolare. Sopra il caminetto c'era uno specchio, sotto lo specchio una serie di uccellini di porcellana allineati su una piccola mensola.

All'improvviso, la signora Lancaster afferrò l'uccellino al centro della mensola e lo tirò bruscamente verso di sé. Tuppence rimase di stucco. Sembrava incollato, e toccandoli rapidamente si rese conto che anche gli altri lo erano. Un istante dopo, però, si udì un *click* e l'intero caminetto si staccò dalla parete.

«Ingegnoso, vero?» disse la signora Lancaster. «Questa stanza fu costruita tempo fa, quando ingrandirono la casa. La chiamavano "rifugio del prete", ma dubito che lo fosse davvero. No, sono sicura che i preti non c'entrassero. Venga a vedere. È qui che vivo adesso.»

Con un altro strattone anche la parete si spostò, e un attimo dopo si ritrovarono in una stanza ampia e accogliente. Dalle finestre si vedevano il canale e la collina.

«Incantevole, vero?» disse la signora Lancaster. «Guardi che vista. Mi è sempre piaciuta. Sa, per un certo periodo è stata la mia camera, quando ero bambina.»

«Capisco.»

«Questa non è una casa fortunata» continuò la signora Lancaster. «Lo dicono tutti, da sempre. Sarà meglio chiudere, la prudenza non è mai troppa.»

Allungando la mano, fece tornare la porta nella posizione originaria. Il meccanismo scattò di nuovo con un secco *click*.

«Immagino che sia una delle modifiche effettuate quando decisero di usare la casa come nascondiglio» disse Tuppence.

«Ne fecero molte altre. Si accomodi, la prego. Vuole una sedia alta o ne preferisce una bassa? A me piacciono quelle alte, sa, soffro di reumatismi. Forse si aspettava di trovare il corpo di una bambina qui dentro. Che idea assurda, non trova?»

«Sì, forse.»

«Sbirri e rapinatori» disse la signora Lancaster con aria benevola. «Quante sciocchezze si commettono da giovani. Difficile resistere al fascino del crimine, all'idea di essere la pupa del gangster. Lo pensavo anch'io una volta, ma mi creda...» si piegò in avanti a toccare il ginocchio di Tuppence «mi creda, è *molto peggio* di quanto si possa immaginare. All'inizio può essere divertente, ma poi non ci si accontenta più. Rubare le cose e farla franca diventa troppo poco. Certo, occorre un'organizzazione perfetta.»

«Vuol dire che la signora Johnson o signorina Bligh...»

«Per me è sempre stata Nellie Bligh, naturalmente, ma per qualche ragione, per semplificare le cose, dice lei, di tanto in tanto si fa chiamare signora Johnson. Ma non si è mai sposata, sa? Oh, no, è un'autentica zitella.»

In quel momento sentirono dei colpi all'ingresso.

«Santo cielo,» disse la signora Lancaster «devono essere i Perry. Non immaginavo che tornassero così presto.»

I colpi continuarono.

«Sarà meglio farli entrare» suggerì Tuppence.

«No, cara» ribatté la signora Lancaster. «Stiamo facendo una bella chiacchierata e non sopporto gli impiccioni. Ce ne staremo quassù e... Oh, ora stanno chiamando. Vada a vedere chi è.»

Tuppence si avvicinò alla finestra.

«È il signor Perry» disse.

Fermo davanti all'ingresso, il signor Perry stava urlando: «Julia! Julia!».

«Che impertinenza» sbottò la signora Lancaster. «Come si permette un individuo come Amos Perry di chiamarmi per nome? È intollerabile. Non si preoccupi, cara,» aggiunse «qui siamo al sicuro e possiamo conversare tranquillamente. Voglio raccontarle tutto di me, ho avuto una vita ricca e interessante. A volte penso che dovrei metterla per iscritto. Da giovane ero sregolata e frequentavo... be', frequentavo una banda di criminali comuni. Non ci sono altre parole per descriverli. Alcuni erano *decisamente* poco raccomandabili, ma c'erano anche persone a modo, di classe.»

«La signorina Bligh?»

«No, no, Nellie Bligh non ha mai avuto contatti con il crimine. È una donna profondamente devota e religiosa. Il punto è che esistono vari generi di religione, come forse saprà.»

«Già, ci sono sette di ogni tipo.»

«Quelle sono per la gente comune, ma esistono culti che vanno oltre, che ubbidiscono a ordini superiori. Legioni speciali, se capisce cosa intendo.»

«Temo di no» disse Tuppence. «Non crede che dovremmo lasciar entrare i Perry in casa loro? Si stanno arrabbiando...»

«No, non faremo entrare i Perry. Non prima... be', non prima che le abbia raccontato tutto. Non abbia paura, mia cara. È tutto perfettamente... perfettamente naturale e indolore. Non soffrirà in alcun modo, sarà come addormentarsi. Nulla di più.»

Tuppence sgranò gli occhi, balzò in piedi e corse verso la parete con la porta.

«Da lì non si esce» disse la signora Lancaster. «Soltanto io so come azionare il meccanismo. Conosco tutti i segreti di questo posto. Da giovane vivevo qui insieme ai criminali, finché non li abbandonai per cercare la salvezza. La salvezza superiore. E la ottenni, per espiare il mio peccato. La bambina, ricorda? Fui io a ucciderla. Ero una ballerina, non volevo figli. Lassù, sulla parete: sono io.»

Tuppence seguì la direzione del dito. Appeso alla parete c'era un ritratto a olio, a grandezza naturale, di una ragazzina con un costume di foglie di raso bianco. Sotto, un nome: Waterlily.

«Waterlily fu uno dei miei ruoli migliori. Lo dicevano tutti.»

Tuppence tornò lentamente a sedersi, fissando la signora Lancaster. Risentì nella mente quelle parole, le parole che aveva ascoltato a Sunny Ridge: *Era sua quella povera creatura?* Le avevano fatto paura. Anche adesso aveva paura. Non sapeva esattamente di cosa, ma era la stessa paura. Quel volto bonario, quel sorriso cordiale.

«Dovevo ubbidire agli ordini. Servivano agenti di distruzione, io ricevetti l'incarico e lo accettai. Sono libere dal peccato, sa? Le bambine, intendo. Sono troppo piccole per commettere peccati: ecco perché le mandavo al Creatore, come mi ero impegnata a fare. Ancora innocenti. Ancora ignare del male. Essere prescelta, essere fra gli eletti, fu un grande onore, se ne renderà conto. Ho sempre amato i bambini, ma non ne ho avuti. Che crudeltà, non trova? Be', forse era la giusta punizione per quanto avevo fatto. Sa di cosa parlo?»

«No.»

«Oh, lei è sempre così informata che pensavo lo sapesse. Un giorno, tanto tempo fa, andai da un medico. Avevo diciassette anni ed ero spaventata. Mi disse che potevo interrompere la gravidanza, così nessuno l'avrebbe saputo. Da quel momento, però, cominciai a sognare la bambina. Mi domandava come mai le avessi negato la vita e diceva di volere compagnia. Era una femmina, ne sono sicura, e voleva altre bambine attorno a sé. Fu allora che ricevetti l'ordine. Non potevo più avere bambini. Mi ero sposata e desideravo averne, lo voleva anche mio marito, più di ogni altra cosa. Ma non arrivavano mai perché io ero maledetta, capisce? Eppure un modo per fare ammenda esisteva. Avevo commesso un omicidio, l'unico modo per espiarlo era commetterne altri, perché quelle bambine sarebbero state *offerte in sacrificio*, non uccise. Le è chiara la differenza, vero? Quelle bambine, di età diverse, ma tutte piccole, andavano a fare compagnia alla mia. Una volta ricevuto l'ordine» continuò la signora Lancaster, piegandosi in avanti a toccare Tuppence «ero così felice di ubbidire. Lo capisce, vero? Lasciarle andare era un tale sollievo, perché grazie a me non avrebbero mai conosciuto il peccato come lo conoscevo io. Naturalmente dovevo assicurarmi che nessuno lo sapesse, ma a volte c'era chi lo scopriva o cominciava a nutrire sospetti: a quel punto, per non correre rischi, dovevo eliminare anche loro. Be', di rischi non ne ho mai corsi. Mi capisce, vero?»

«No. Non capisco affatto.»

«Però lei lo *sapeva.* Per questo è venuta qui, vero? Lei lo sapeva. Lo sapeva quando glielo domandai a Sunny Ridge, l'ho capito dalla sua espressione. *Era sua quella povera creatura?* Quando glielo chiesi, pensavo che fosse venuta perché era la madre di una delle bambine che avevo ucciso. Mi auguravo che sarebbe tornata a farmi visita, per offrirle un bicchiere di latte. Di solito era latte, a volte cioccolata. Lo offrivo a tutti quelli che sapevano di me.»

Spostandosi lentamente, andò ad aprire una credenza in un angolo.

«Anche alla signora Moody?»

«L'avevo detto io che è bene informata. La signora Moody non era la madre di una delle bambine, ma faceva la camerinista nel teatro in cui ballavo. Mi aveva riconosciuto, perciò dovevo metterla a tacere.» Voltandosi all'improvviso, la signora Lancaster si avviò verso Tuppence con un bicchiere di latte in mano e un sorriso persuasivo sulle labbra.

«Lo beva» disse. «Lo beva, su.»

Tuppence rimase seduta per un istante, poi saltò in piedi e corse alla finestra. Afferrata una sedia, ruppe il vetro e si affacciò.

«Aiuto! Aiuto!»

La signora Lancaster scoppiò a ridere, quindi posò il bicchiere su un tavolo e si rilassò sulla sedia.

«Non la facevo così stupida. Se pensa che qualcuno la possa aiutare, è una povera illusa. Dovrebbero sfondare le porte e passare attraverso quella parete, e a quel punto... Ho altre soluzioni, sa? Il latte è solo la più semplice. Latte, cioccolata o tè: con la signora Moody l'ho sciolta nella cioccolata. Andava matta per la cioccolata.»

«La morfina? Come se l'era procurata?»

«Oh, non è stato difficile. Anni fa un medico me ne diede una scorta, insieme ad altri farmaci, per un uomo malato di cancro con il quale vivevo. In seguito gli assicurai che l'avevo buttata, invece la conservai, insieme ad altri farmaci e sedativi. Pensavo che un giorno mi sarebbero potuti tornare utili. Non mi sbagliavo. E non ho ancora esaurito le riserve. Personalmente non credo nei farmaci, non ne prendo mai.» La signora Lancaster spinse il bicchiere di latte verso Tuppence. «Lo beva, avanti, è molto più semplice così. Altrimenti... ma dove l'ho messo?»

Alzandosi dalla sedia, si mise a girare per la stanza.

«Dove l'ho messo? *Dove?* Povera me, con la vecchiaia comincio a dimenticare tutto.»

«Aiuto!» strillò di nuovo Tuppence, ma la sponda del canale era sempre deserta. La signora Lancaster continuava a vagare per la stanza.

«Ero sicura... ero sicurissima... Oh, ma certo, nella borsa del lavoro a maglia.»

Tuppence si girò. La signora Lancaster veniva verso di lei.

«È davvero una sciocca a preferire questa soluzione» disse.

D'un tratto allungò il braccio sinistro e afferrò Tuppence per la spalla, poi tirò fuori l'altra mano da dietro la schiena. Nel pugno stringeva un lungo e sottile stiletto. Tuppence cercò di divincolarsi. "Fermarla sarà un gioco da ragazzi" pensò. "È vecchia e debole, non riuscirà mai a..."

All'improvviso sentì gelare il sangue nelle vene. "Sono vecchia *anch'io*. Sono meno forte di quanto creda. Meno forte di lei. Queste mani, queste dita: dev'essere la pazzia a renderla così forte."

Lo scintillio della lama era sempre più vicino. Tuppence lanciò un urlo. Dal basso arrivavano grida e colpi, come se qualcuno stesse tentando di forzare una porta o una finestra. "Non ce la faranno mai" pensò. "Per aprire quella porta segreta dovrebbero conoscere il meccanismo."

Con uno sforzo estremo Tuppence riusciva ancora a tenere lontana la signora Lancaster, ma ormai si era resa conto di non essere la più robusta delle due, né la più forte. La sua avversaria non aveva smesso di sorridere, ma non aveva più un'aria benevola. Aveva l'aria di qualcuno che si diverte.

«Killer Kate» disse Tuppence.

«Conosce il mio vecchio soprannome? Ormai è acqua passata, ora sono la killer del Signore. È volontà del Signore che io la uccida, il che lo rende giusto. Lo capisce, vero? Lo capisce che è giusto?»

Con un braccio, la signora Lancaster immobilizzò Tuppence contro il fianco di una grossa poltrona, impedendole di indietreggiare. La pressione era sempre più forte, la punta dello stiletto si avvicinava.

"Niente panico," pensò Tuppence "niente panico. *Ma cosa posso fare?"* Cercare di liberarsi era inutile.

E a quel punto fu sopraffatta dalla paura. La stessa paura che per un attimo aveva provato quel giorno a Sunny Ridge...

Era sua quella povera creatura?

Era un avvertimento, ma Tuppence non lo aveva riconosciuto.

Più che il sinistro scintillio del metallo, era quel volto a paralizzarla: il volto felice e sorridente di una donna che si apprestava a compiere la sua missione con zelo scrupoloso.

"Non *sembra* pazza," pensò Tuppence "è questa la cosa più atroce. Non lo sembra perché è convinta di non esserlo: un essere umano perfettamente normale e ragionevole, ecco cosa *crede* di essere. Oh, Tommy, Tommy, stavolta l'ho fatta grossa."

Infine, il capogiro e la fiacchezza presero il sopravvento, i muscoli cedettero, e un attimo dopo aver sentito un fragore di vetri infranti Tuppence piombò nelle tenebre dell'incoscienza.

II

«Grazie al cielo sta riprendendo i sensi. Beva questo, signora Beresford.»

Un bicchiere contro le labbra... Tuppence si oppose con tutte le sue forze... Latte avvelenato... qualcuno una volta le aveva parlato di latte avvelenato... ma chi? Non l'avrebbe mai bevuto... Un momento, però... non era latte... un odore completamente diverso...

Si rilassò, aprendo le labbra... bevve un sorso...

«Brandy» disse.

«Esatto! Avanti, beva ancora.»

Tuppence ubbidì, quindi si abbandonò sui cuscini, dando un'occhiata attorno. Appoggiata alla finestra c'era una scala. Per terra, frammenti di vetro rotto.

«Ho sentito il vetro rompersi.»

Spingendo via il bicchiere di brandy, seguì con lo sguardo la mano, il braccio, fino al volto dell'uomo che gliel'aveva offerto.

«El Greco» disse.

«Domando scusa?»

«Non importa.»

Si guardò intorno.

«Dov'è? La signora Lancaster, intendo.»

«Sta... sta riposando. Nella stanza accanto.»

«Capisco» disse lei, ma in realtà non era certa di capire. Si sarebbe schiarita le idee poco alla volta.

«Sir Philip Starke» disse dubbiosa. «Giusto?»

«Sì. Perché ha detto "El Greco"?»

«La sofferenza.»

«Come, prego?»

«Il quadro... a Toledo... o forse al Prado... un'impressione che ho avuto tanto tempo fa... no, non era poi così tanto...» Concentrandosi, riuscì a recuperare un ricordo. «Ieri sera. La cena... alla casa parrocchiale...»

«Bravissima» la incoraggiò Sir Philip.

Per qualche ragione, le sembrava del tutto naturale trovarsi seduta in quella stanza, con i vetri infranti per terra, a parlare con quell'uomo dal volto cupo e sofferente.

«Ho commesso un errore... a Sunny Ridge. Mi ero completamente sbagliata sul conto della signora Lancaster... In quel momento ho avuto paura... una paura improvvisa e travolgente... ma avevo paura *per* lei, non *di* lei... temevo che le potesse capitare qualcosa... volevo proteggerla... salvarla... io...» Tuppence si interruppe, guardandolo con aria dubbiosa. «Mi capisce, oppure sto vaneggiando?»

«Mi creda, nessuno potrebbe capirla meglio di me. Nessuno al mondo.»

Tuppence lo fissò, perplessa.

«Chi... chi era? Parlo della signora Lancaster, o signora Yorke che dir si voglia. Questi sono nomi di rose, lo so. Chi era in realtà?»

Philip Starke rispose bruscamente: «"Chi era costei, in realtà? Quella vera, quella autentica. Chi era costei, con l'Impronta di Dio sulla fronte?" Ha mai letto il *Peer Gynt*, signora Beresford?».

Andò alla finestra. Vi rimase un attimo, guardando fuori, poi si voltò bruscamente.

«Era mia moglie, che Dio mi aiuti.»

«Sua moglie... ma non era morta... la targa in chiesa...»

«Morta all'estero? Così feci credere alla comunità, affiggendo la targa in chiesa per rendere la storia più verosimile. Sa, la gente non ama fare domande a un vedovo inconsolabile. E poi me ne andai da qui.»

«Si diceva che sua moglie l'avesse lasciata.»

«Anche questo serviva alla credibilità della storia.»

«E lei la portò via quando scoprì... delle bambine...»

«Come fa a saperlo?»

«Me l'ha raccontato la signora Lancaster in persona. Inconcepibile.»

«Il più delle volte si comportava in maniera del tutto normale: nessuno avrebbe potuto immaginarlo. Ma la polizia cominciava a nutrire sospetti... così ho dovuto agire... per salvarla... per proteggerla... lei mi capisce... mi capisce, vero... almeno un po'?»

«Sì,» rispose Tuppence «capisco perfettamente.»

«Un tempo era così... così adorabile...» continuò Sir Philip con la voce incrinata. «La guardi» aggiunse indicando il ritratto alla parete. «Waterlily: una ragazzina turbolenta, da sempre. Sua madre era l'ultima Warrender, un'antica famiglia che praticava il matrimonio fra consanguinei. Si chiamava Helen Warrender, era scappata di casa e frequentava un avanzo di galera. La figlia studiava danza e si esibiva in teatro... Waterlily fu il suo ruolo più fortunato... poi si legò a una banda di criminali, giusto per il brivido, ma ben presto si stufò. Quando mi sposò aveva chiuso con quella vita, voleva sistemarsi e mettere su famiglia. Io ero ricco, potevo darle tutto ciò che desiderava. Ma i figli non arrivavano. Fu uno strazio per entrambi. Lei cominciò a sentirsi dilaniata dai sensi di colpa: forse era sempre stata squilibrata, non lo so, ma che importa ormai? Era una...» Si lasciò sfuggire un gesto disperato. «Io la amavo... non ho mai smesso di amarla... non mi importava chi era e cosa faceva... la volevo al sicuro... volevo proteggerla... non sbatterla in prigione a rodersi il fegato per tutta la vita. E ci siamo riusciti per anni, a tenerla al sicuro.»

«Ci *siamo* riusciti?»

«Nellie. La mia cara e fedele Nellie. La mia adorata Nellie Bligh. È stata meravigliosa, ha organizzato tutto nei minimi dettagli. Le case di riposo più accoglienti e lussuose, alla larga dalle tentazioni. Alla larga dalle *bambine*. E sembrava che funzionasse: sceglievamo gli istituti nei luoghi più sperduti... il Cumberland, il Galles del Nord... dove nessuno l'avrebbe riconosciuta, o almeno così pensavamo. L'idea era del signor Eccles, un avvocato scaltro che si faceva pagare una fortuna, ma io mi fidavo di lui.»

«Ricatto?» azzardò Tuppence.

«Io non la vedevo così. Era un amico e un consigliere.»

«Chi ha aggiunto al quadro la barca con il nome *Waterlily*?»

«Io. Le piaceva. Le ricordava i suoi trionfi sul palcoscenico. Era un quadro di Boscowan, un pittore che lei amava. Poi, un giorno, scrisse un nome in nero sul quadro, il nome di una bambina morta, così decisi di coprirlo con una barca e la chiamai *Waterlily*...»

La porta nella parete si spalancò. Era la strega buona. I suoi occhi si posarono su Tuppence, poi su Philip Starke.

«Si sente meglio?» chiese saltando a piè pari i convenevoli.

«Sì» rispose Tuppence. Il bello della strega buona era che non drammatizzava mai.

«Suo marito la aspetta fuori in auto. Gli ho promesso che l'avrei accompagnata giù, se è d'accordo.»

«Sono d'accordo.»

«Lo immaginavo.» La signora Perry guardò la porta della camera da letto. «Lei è... è là dentro?»

«Sì» rispose Philip Starke.

La donna entrò nella camera e ne uscì poco dopo. «Capisco...» disse, guardandolo con aria interrogativa.

«Ha offerto un bicchiere di latte alla signora Beresford, ma la signora Beresford ha rifiutato.»

«E così l'ha bevuto lei?»

Lui esitò.

«Sì.»

«Più tardi passerà il dottor Mortimer» disse la signora Perry.

Si avvicinò a Tuppence per aiutarla ad alzarsi, ma non ce ne fu bisogno.

«Non mi sono fatta male, ero solo in stato di shock. Ora sto meglio.»

Tuppence si fermò davanti a Philip Starke. Nessuno dei due sembrava avere altro da aggiungere. La signora Perry aspettava sulla soglia.

Fu Tuppence a rompere il silenzio.

«Non c'è altro che possa fare, vero?» disse, ma più che una domanda era una constatazione.

«Una cosa soltanto. È stata Nellie Bligh a colpirla, quel giorno al camposanto.»

Tuppence annuì. «L'avevo capito.»

«Ha perso la testa. Era convinta che sospettasse di lei, di noi, del nostro segreto. Nellie... non mi perdonerò mai il supplizio che le ho inflitto per tutti questi anni. Un peso intollerabile per una donna.»

«Doveva essere perdutamente innamorata di lei» disse Tuppence. «Be', non credo che *noi* ci metteremo mai in cerca di una certa signora Johnson, se è questo che la angustia.»

«Non so come ringraziarla.»

Seguì un altro silenzio. La signora Perry aspettava con pazienza. Tuppence si guardò intorno, poi andò alla finestra e osservò il placido canale.

«Probabilmente non rivedrò più questa casa» disse. «Voglio guardarla con attenzione un'ultima volta, per poterla ricordare.»

«Lei la *vuole* ricordare?»

«Sì. Una volta qualcuno mi ha detto che di questa casa era stato fatto un uso improprio. Ora capisco cosa intendeva.» Lo guardò con aria interrogativa, ma lui non aprì bocca. «Chi l'ha mandata qui a cercarmi?» gli chiese poi.

«Emma Boscowan.»

«Lo immaginavo.»

Tuppence raggiunse la strega buona. Le due donne varcarono la porta segreta e scesero da basso.

Perfetta per una coppia di innamorati, così Emma Boscowan aveva descritto la casa. E così Tuppence la lasciava: nelle mani di due innamorati, una morta, uno vivo e sofferente...

Uscita all'esterno, vide Tommy che la aspettava in auto.

Tuppence salutò la strega buona e salì a bordo.

«Tuppence» disse Tommy.

«Lo so.»

«Non farlo più» disse Tommy. «Non farlo mai più.»

«Te lo prometto.»

«Non mi fido delle tue promesse.»

«Stavolta dico sul serio. Sono troppo vecchia.»

Tuppence avviò il motore. L'auto partì.

«Povera Nellie Bligh» disse Tuppence.

«E perché mai?»

«È innamorata persa di Philip Starke. Anni e anni passati a fare di tutto per lui. Quanta fedeltà canina sprecata.»

«Sciocchezze!» ribatté Tommy. «Scommetto che non si è mai divertita tanto in vita sua. Esistono donne del genere, sai?»

«Bruto senza cuore» borbottò Tuppence.

«Dove vuoi andare? Al Lamb and Flag di Market Basing?»

«No» rispose Tuppence. «Voglio andare a casa. *A casa*, Thomas. E voglio restarci.»

«Amen» disse il signor Beresford. «*E se Albert prova ad accoglierci con un pollo carbonizzato, lo ammazzo!*»

Agatha Christie e l'archeologia dell'immaginario

Un enigma irrisolto

Per molti aspetti, *Sento i pollici che prudono* (*By the Pricking of My Thumbs*) è un giallo tipico di Agatha Christie e non si discosta troppo dalle strutture narrative a cui l'autrice ci ha abituati. Il romanzo, a dire il vero, non si può annoverare tra le sue opere migliori e infatti non riserva al lettore nessuna delle sorprese che invece sono caratteristiche della sua prima, e superiore, produzione.

Sento i pollici che prudono appartiene al breve ciclo che la Regina del Giallo ha dedicato alla coppia Tommy e Tuppence Beresford. I due personaggi sono giunti alla quarta puntata delle loro avventure che, simile alle precedenti, mescola vari ingredienti della *spy story* e del *romance* ai moduli del giallo classico all'inglese, senza però fonderli in un prodotto omogeneo.

I due coniugi Beresford ci vengono presentati ormai sessantenni ma non afflitti dai mali tipici della senilità: sono ancora disponibili al "movimento" e mossi dallo stesso entusiasmo che li aveva accompagnati nella loro prima avventura. Eppure questo romanzo ha qualcosa di insolito e di diverso che lo distingue sia dal resto del ciclo dedicato ai Beresford sia dall'opera complessiva della Christie.

Ciò che lo differenzia, innanzitutto, è l'uso della variante collegata al primo dei tre "momenti situazionali" che il thriller ha ereditato dal *feuilleton* e che il giallo all'inglese ha consacrato: lo stato di grazia, la caduta in disgrazia e il ritorno allo stato di grazia.

Nei romanzi precedenti dedicati a Tommy e Tuppence, questi ultimi rifiutavano lo stato di grazia e facevano di tutto per cadere in "disgrazia"; il loro bisogno di agire originato da noia, frustrazione, disoccupazione, ozio o monotonia li allontanava da qualsiasi stato di grazia.

Il ritorno finale allo stato di grazia, benché coronato dal successo, non era ben visto dalla coppia e ciò faceva di questo ciclo un'opera aperta (in senso lato) destinata, dall'iperattività del duo, a prolungarsi in ulteriori "cadute": ogni conclusione era cioè un preludio ad altre avventure.

Se tutto ciò è vero per i primi romanzi del ciclo, non lo è per questo, che finisce con un forte desiderio, particolarmente da parte di Tuppence, di tornare "per sempre" allo stato di grazia e alla stasi. La loro missione non viene coronata dal successo né dalla felicità a esso connessa, ma è contrassegnata da angoscia e disagio.

Se si analizza con attenzione, questo romanzo risulta aver poco a che vedere non solo con lo spionaggio ma anche con il thriller in generale perché parte dell'enigma rimane irrisolto.

Certamente sono presenti alcune "premesse criminali" tali da qualificarlo un "giallo": strani avvenimenti nell'ospizio, omicidi di bambine, una serie di furti ben congegnati e infine tante passioni losche sepolte nel passato.

Ce ne sono fin troppe, ma il fatto che la Christie riesca, sia pure tenuamente, a collegare questi fili e a svilupparli separatamente sino alla soluzione finale, non vuol dire che siano nodi sciolti o recisi.

Il romanzo finisce come "dovrebbe", almeno secondo i canoni del giallo all'inglese – cioè con la rivelazione del colpevole –, eppure lascia dietro di sé una serie di lacune e di assenze, tale da farci sospettare che la nostra attenzione sia stata fatta "deragliare" volutamente mentre il nocciolo della faccenda si stava svolgendo altrove.

La presunta soluzione dell'enigma andrebbe quindi ricercata altrove, e non certo in quella spiegazione affrettata e ancora più enigmatica che ci viene offerta.

A un primo livello di lettura il romanzo è dunque un tipico giallo, ma diventa (impercettibilmente) qualcosa di più e di diverso.

Una donna, Tuppence Beresford, lascia le mura domestiche e si perde; ciò che è, all'inizio, una questione di spazio – e si tratta di un luogo preciso: la stessa Tuppence lo avverte quando ripete più volte che l'enigma si concentra tutto su quella casa vicina al canale – diventa successivamente anche una questione di tempo: quella casa sul canale desta dei ricordi nell'inconscio della protagonista, suscita delle rimembranze che la portano a ricercare un tempo perduto che non è più quello dell'intreccio.

Il tempo oggettivo è assente, non c'è durata ma un'unica successione di momenti senza una mobilità prettamente cronologica. Lo scorrere del tempo segna la tensione provata da Tuppence e nel romanzo assume tre funzioni particolari: conserva, distrugge, e crea. Soltanto le prime due, però, hanno modo di esplicarsi perché l'ultima, sempre agognata, rimane a livello latente.

Il romanzo segue dunque un doppio binario: il primo è il percorso esteriore del giallo legato alle leggi meccaniche del genere; il secondo è il percorso interiore di Tuppence che si avventura, avanti e indietro, in una dimensione spazio-temporale personale.

Tuppence pensa costantemente a quella casa, e i suoi sono pensieri sconcertanti, che la allontanano dalle mura domestiche e la spingono a voler sapere di più su qualcosa che apparentemente non la riguarda, ma che allo stesso tempo le incute paura.

La sua curiosità si unisce, a questo punto, a quella del lettore. Il motivo criminale del "cadavere femminile" – corpi di piccole bimbe e di anziane signore – avvicina, senza intersecarli, i binari, che restano paralleli perché il percorso interiore di Tuppence non trova uno sbocco nella rivelazione finale del colpevole.

La casa racchiude anche la soluzione del secondo percorso: spiegando i segni e i simboli che la contraddistinguono si potrà arrivare sia alla fonte dell'angoscia di Tuppence, sia a quell'altra soluzione cui la Christie ha soltanto accennato – frammentariamente – per tutto il romanzo.

Il lettore avverte che sotto la scrittura cova una tensione viva e che dietro l'armonia apparente del lieto fine si celano l'amarezza e la delusione proprie di un desiderio frustrato.

Ogni desiderio è ricoperto dal corpo che lo avvolge ed è sepolto dalle sovrastrutture simboliche che ne celano il senso, quindi bisogna scavare nell'archeologia dell'immaginario per trovare il luogo dove si situa l'altra storia e l'altra soluzione dell'enigma. Bisogna in questo caso analizzare l'immagine della casa per capire il senso della sua architettura insolita per niente assurda.

La casa sul canale

Ogni corpo racchiude la propria storia: è una narrazione fatta di esperienze interne e di cicatrici esterne, di atti compiuti e di gesti soffocati. Il corpo è la somma di questi segni che variano da una persona all'altra, secondo la concentrazione permessa o rimossa di questo o di quel bisogno emotivo o fisico.

Le esperienze personali di soddisfazione e di frustrazione plasmano l'immagine che abbiamo del nostro corpo; i fantasmi della prima infanzia, ma anche quelli generati dai conflitti affettivi che hanno sconvolto la nostra vita da adulti, formano il "corpo fantasmatico", legato inesorabilmente al "corpo biologico".

Il racconto dei nostri sogni/segni è sempre, secondo Freud, una simbolica architettonica del corpo che quest'ultimo vorrebbe raccontare usando termini propri.

Il corpo è simile a una casa, a una costruzione, a un vascello: è un paesaggio animato la cui funzione è quella di contenere, racchiudere e avvolgere.

La geografia trova un suo equivalente nell'anatomia, formando una mappa mentale dove sono chiaramente tracciati i luoghi essenziali della nostra esistenza.

Scrive la Christie nella sua autobiografia:

> Quando ripenso alla mia vita, mi sembra che i ricordi più chiari, quelli che si stagliano nella mente con maggior risalto, riguardino invariabilmente i luoghi. Spesso sono piacevoli sprazzi isolati: un albero, una collina, una casa bianca nascosta chissà dove con un canale che le scorre accanto, la sagoma distante di una collina. A volte devo riflettere un attimo per ricordare *dove* e *quando* li ho visti. Poi il quadro si completa e finalmente so ... Si

sente spesso dire: «Non mi dimentico mai di un viso». Be', per me è vero l'opposto. Ma i luoghi mettono radici nella mia memoria.[1]

La casa, come immagine esteriore di un'emozione interiore, è sempre legata all'infanzia, al focolare, al seno materno perché è un luogo che risveglia i ricordi. Ogni casa è per colui che la abita tanto un luogo di sicurezza, di pace e di riflessione quanto di incertezza, di disagio e di negazione.

Scrive Gaston Bachelard:

> Non solo i nostri ricordi ma anche le nostre dimenticanze sono "alloggiate", il nostro inconscio è "alloggiato", la nostra anima è una dimora e, ricordandoci delle "case" e delle "camere", noi impariamo a "dominare" in noi stessi. Le immagini della casa (ce ne accorgiamo fin da questo momento) procedono in due sensi: esse sono in noi così come noi siamo in esse.[2]

La porta è la parte più importante della casa, è la soglia, il passaggio da un fuori a un dentro e da uno stato d'animo a un altro: luce e tenebre, povertà e ricchezza, sicurezza e incertezza, conoscenza e ignoranza, eccetera. Arnold Van Gennep, nel suo studio ormai classico sui riti di passaggio, descrive così la porta:

> La porta ... costituisce il limite tra il mondo estraneo e il mondo domestico, nel caso di un'abitazione ordinaria; tra il mondo profano e il mondo sacro nel caso di un tempio. Perciò "varcare la soglia" significa aggregarsi a un mondo nuovo, ed è questo anche un atto importante nelle cerimonie del matrimonio, dell'adozione, dell'ordinazione, dei funerali.[3]

La facciata della casa rappresenta quella dell'essere umano: la sua configurazione sociale, la sua maschera, la sua "persona".

Ogni stanza ha un significato preciso nell'anatomia della psiche; quelle vuote sono ancora più importanti perché sono abitate dai fantasmi del passato che ossessionano il presente. Se nella casa c'è una stanza segreta, possiamo dedurre che nella memoria qualcosa è stato rimosso o spostato.

[1] Agatha Christie, *La mia vita*, Mondadori, Milano 2013.
[2] Gaston Bachelard, *La poetica dello spazio*, Dedalo, Bari 1975.
[3] Arnold Van Gennep, *I riti di passaggio*, Boringhieri, Torino 1981.

La casa onirica stabilisce una corrispondenza tra i piani superiori (la soffitta) e le funzioni consce e fra i piani inferiori (la cantina) e l'inconscio.

Il paesaggio descritto dalla Christie in questo romanzo è un paesaggio animato, il cui modello ideale risiede nell'archeologia personale di Tuppence. La casa sul canale ha provocato un'eco profonda in lei sin dalla prima volta che l'ha vista, per caso, raffigurata in un quadro mentre si trovava a Sunny Ridge, la casa di riposo per anziane signore.

È una delle case più desiderabili che Tuppence abbia mai visto: «Una casa silenziosa e tranquilla, indorata dal sole del tardo pomeriggio».

Questa casa, dall'apparenza mite e accogliente, originariamente costruita come un'alcova, un ritrovo intimo per una coppia di amanti, racchiude invece qualcosa di funesto; come in ogni giallo all'inglese degno di questo nome, la troppa normalità cela inevitabilmente qualcosa di inconfessabile.

Cosa ha provocato questo passaggio dalla felicità e l'unione all'infelicità e la divisione? Come nella fiaba, è stata una puntura (il fuso della *Bella addormentata*) e, come nel mito, è stato un sacrificio (un rito propiziatorio messo in scena per garantire solidità alla casa).

Il paesaggio, per diventare animato, ha richiesto un "sacrificio di costruzione".

La casa ha goduto di una pessima fama da quando fu costruita da un gentiluomo di corte per la sua mantenuta (la leggenda locale vuole che sia stata una suora) da lui successivamente uccisa e murata dietro il camino.

Il motivo di una costruzione il cui compimento esige un cruento sacrificio umano (tema universale e diffuso in tutte le culture) assicurava sempre resistenza e durata alla costruzione.

Scrive lo storico delle religioni Mircea Eliade:

> Una costruzione (casa, opera tecnica, ma anche spirituale) per resistere al tempo deve essere animata, deve, cioè, ricevere sia una vita che un'anima. Il "transfert" dell'anima non è possibile che per mezzo di un sacrificio; in altri termini, per una morte violenta. Si può anche dire che la vittima, dopo la morte, continua a vivere non più nel corpo fisico, ma nel suo nuovo corpo

– la costruzione – che essa ha "animato" con la sua immolazione; si può anche parlare di un "corpo architettonico" che si sostituisce al corpo fisico.[4]

L'essere immolato perde il proprio corpo e ne acquista uno nuovo che è la fusione dei due. Il tema della casa animata, e della tomba vivente, è legato a quello dell'immolazione che nel romanzo in questione si esplica nel motivo del cadavere femminile murato nel camino.

Il sacrificio non ha portato ad alcuna felicità o persistenza, ma al contrario, a ulteriori divisioni. Tra le molte persone che vi hanno abitato, la casa annovera anche la signora Charrington e sua figlia Lilian; il fatto che Lilian si accorse di essere incinta indusse le due donne ad andarsene, ma nel villaggio si sparse la voce che Lilian avesse ucciso il neonato e poi se stessa. La casa fu poi acquistata da un'attrice che la usava solo per trascorrervi i fine settimana, in compagnia di un uomo sposato che apparteneva alla malavita.

La casa racchiude dunque alcune storie di adulteri nelle quali la colpa dell'infedeltà viene sempre associata a un delitto che ne è una specie di espiazione simbolica.

Tuppence, al contrario di Tommy, intuisce subito che la casa, pur apparendo esteriormente "serena", è invece una costruzione fredda e sinistra. L'architettura stessa della casa è senza equilibrio: è divisa nettamente in due parti, tagliata a metà, con un davanti e un dietro che non comunicano tra loro.

È una casa irregolare, tagliata sia all'esterno che all'interno; una casa che è stata "tagliata fuori" dal mondo e dalla realtà. L'abitazione è nascosta da un alto muro che la protegge dalla strada; il canale che la circonda contribuisce, con le sue acque stagnanti, a isolarla e a proteggerla ulteriormente dall'esterno.

La divisione della casa si riflette anche sui suoi abitanti giacché ha cambiato nome con ogni nuovo proprietario: si è chiamata Canal House e successivamente Bridge House, Riverbank, Ladymead, Watermead, Waterside, eccetera; il suo attributo principale è dunque quello di essere una casa di transito, un

[4] Mircea Eliade, *Da Zalmoxis a Gengis-Khan*, Ubaldini, Roma, 1975.

luogo dove non si mettono radici, dove la gente è arrivata per poi andarsene via, quasi in fuga.

Tuppence include se stessa in questa serie di persone perché è sicura di esserci stata anche se non ricorda le circostanze, il come e il perché quell'abitazione sia entrata nella sua vita. Tommy, invece, le consiglia di lasciar perdere e di non darsi tanta pena per rintracciarla; in effetti, per Tommy non c'è niente da scoprire che lo riguardi personalmente. La faccenda riguarda Tuppence soltanto e se lei desidera arrivare a risultati concreti, dovrà agire da sola.

La donna, con il suo solito entusiasmo, si lancia alla ricerca della casa, consulta mappe, sfoglia orari ferroviari, disotterra vecchi diari e non si dà pace fin quando non ricorda esattamente come avvenne quel primo incontro con la casa.

«Qualcosa si stava muovendo nei meandri del suo inconscio...» Tuppence, improvvisamente, ricorda: ricorda di aver visto la casa dal finestrino di un treno. Tommy non era con lei e le circostanze erano abbastanza insolite. Si era addormentata e, svegliandosi bruscamente, si era accorta che il treno rallentava gradualmente, senza nessun motivo, fin quando non si era fermato proprio davanti alla casa sul canale. «Forse era davvero un sogno...»

Fu allora, in uno stato di dormiveglia, che vide la casa per la prima volta:

> Sull'altra sponda, a pochi passi dall'acqua, c'era la casa: una delle più incantevoli che avesse mai visto ...
>
> Non c'era anima viva nei paraggi, né cani o bestiame, ma le imposte verdi non erano chiuse. Doveva essere abitata, ma in quel momento non c'era nessuno.
>
> "Devo informarmi su quella casa" aveva pensato Tuppence. "Un giorno tornerò a vederla. È il genere di posto in cui mi piacerebbe vivere."

Avrebbe voluto sapere il nome della stazione successiva ma non ci riuscì perché, dal momento che si trovavano in aperta campagna, le vecchie stazioni secondarie erano state demolite oppure abbandonate a se stesse.

Viaggiare in treno, nelle strutture dell'immaginario, non è soltanto un simbolo del coito ma, particolarmente in questo caso, è una metafora della vita nel suo flusso costante; possiamo vedere chiaramente, nel cammino lento e a ritroso del treno, il passato che sfreccia davanti agli occhi della protagonista.

Ciò che Tuppence osserva dal finestrino del treno è il passaggio nettamente segnato del tempo; scorge, in fondo al cammino percorso, il termine della propria vita. È assalita da una duplice sensazione: ritrovare (dentro di sé) il tempo perduto per ricongiungerlo al tempo infinito (fuori di sé).

La casa sul canale, ambiguamente tranquilla, sottolinea ulteriormente il suo stato d'animo; come il canto della sirena, il richiamo della "casa dei ricordi" è per lei canto irresistibile quanto funesto.

Posta ai due estremi della vita, quelli dell'infanzia e della vecchiaia, della nascita e della morte, Tuppence diventa consapevole dei suoi limiti, delle frontiere che ha varcato e che può ancora varcare.

Ritrovare la casa, per scoprire i contenuti delle sue camere più nascoste, è un'avventura che può rivelarsi spiacevole e traumatizzante, ma per Tuppence non si tratta più di una semplice escursione nell'ignoto, bensì di una verifica, di un sopralluogo intorno a quei segni che hanno dato una fisionomia precisa alla sua mappa mentale.

***

Tuppence, viaggiando in automobile, ritrova la casa nello stesso modo brusco e magico in cui la vide per la prima volta dal treno:

> Poi, di punto in bianco, si trovò davanti a un bivio tra due stradicciole. In mezzo, i resti di un cartello con i due bracci rotti.
>
> «Destra o sinistra?» si domandò. «E chi lo sa? Io no di certo.» Scelse la sinistra.

Qui, dove i due viottoli si biforcano, Tuppence si trova di fronte ai resti di un'insegna stradale. Senza conoscere la via, continua a viaggiare nel senso giusto; allo stesso tempo si accorge che anche le lancette del suo orologio si sono fermate, proprio nell'attimo in cui ha raggiunto la casa!

Tuppence è fuori dallo spazio (i bracci che indicano la biforcazione stradale sono caduti) e fuori dal tempo (le lancette del suo orologio hanno smesso di funzionare); infine, è fuori dalla norma (Tommy non c'è, non c'è colui che ha la funzione di riportarla sul piano della razionalità). Tuppence, ora, non ha più alcun dovere, se non verso se stessa.

Qualcosa di strano le sta accadendo: sta viaggiando verso un'altra dimensione, ha varcato la soglia del reale e l'inconscio da lei chiamato in causa la porterà esattamente dove vuole arrivare anche se il suo senso dell'orientamento si sta sempre più affievolendo.

Quando Tuppence sente il fischio del treno, è sicura di essere arrivata:

> «Sembrerebbe un *treno*» disse Tuppence, rianimandosi all'improvviso.
>
> Proprio così. Sotto di lei, un treno merci arrancava sui binari sbuffando e fischiando. Al di là della ferrovia c'era il canale, sull'altra sponda del canale una casa che Tuppence riconobbe.

Tuppence trova la casa quieta e immobile: le imposte sono chiuse, un cancello di ferro si affaccia sul giardino e nei dintorni non sembra esserci alcun segno di vita; come una bambina, Tuppence si mette in punta di piedi e guarda dentro il giardino.

Una volta il villino si trovava in aperta campagna ma ormai questa non è più una zona agricola; il giardino che lo circonda non è curato né è del tutto abbandonato. Il paesaggio naturale, cioè la campagna e il giardino, non è come dovrebbe essere, è stato trascurato e male utilizzato.

Tutto questo implica che le cose una volta stavano diversamente mentre ora sono divise da un "prima" e da un "poi"; nel frattempo è successo qualcosa di grave che ha portato sterilità e dolore.

Il resto della casa, che è anche la parte meno attraente, è l'unico a essere abitato. Le finestre sono aperte e le tende volano nell'aria; qualcuno apre la porta e Tuppence guarda meravigliata. Dalla casa è uscita una donna, Alice Perry, che appoggia per terra una bottiglia di latte; non appena la vede, Tuppence si dice: "Caspita," ... "è una strega buona!".

La donna, infatti, si è travestita da strega per partecipare a una recita nel villaggio; è, nei pensieri di Tuppence, "una strega bianca": una figura materna, portatrice di latte, la madre-terra che irradia bontà e fornisce nutrimento.Queste immagini di abbondanza e di benessere, come vedremo più tardi, sono essenziali per capire il ruolo simbolico che Alice Perry svolge nel romanzo e il tipo di rapporto che si istaura tra lei e la protagonista.

La Perry tratta Tuppence con un'eccessiva familiarità: capisce subito, anzi intuisce, il suo senso di disagio, le chiede se ha perso la via e la invita a entrare in casa. Tuppence non ha bisogno di risponderle giacché la donna sembra leggerle nel pensiero: «Immagino sia delusa, ora che è entrata» dice costei indovinando in pieno, perché questa non è la parte della casa che la protagonista avrebbe voluto vedere.

La signora Perry, e suo marito Amos, vivono nelle stanze che in passato erano state le cucine e il ripostiglio: le parti "basse" della casa che nella topografia dell'immaginario rappresentano il suo ventre. *Qui* Tuppence non ha la minima difficoltà nell'esprimere quanto le passa per la testa; qui, nelle parti fonde e basse, non c'è censura e il super-Io si lascia annullare dal flusso dell'inconscio:

> "Grazie al cielo," pensò Tuppence "parlare con questa donna è facilissimo. È quasi inutile inventarsi spiegazioni di sorta, basta dire la prima cosa che passa per la mente."

Tuppence sta per andarsene senza aver visto la parte abbandonata della casa, quando si sentono alcuni rumori che la richiamano e la dirigono proprio in quella direzione.

I rumori sono stati causati da una cornacchia il cui nido è nascosto nel camino del salotto deserto e ricoperto di polvere. Il passato, ancora una volta, pone l'accento sulla trascuratezza attuale: una dimenticanza che giace nascosta e che riaffiora lievemente nella consapevolezza dei protagonisti.

Le grida dell'uccello richiamano Tuppence ed è grazie a esse che lei può varcare la soglia, quella porta che la conduce di là, nella parte nascosta e trascurata, rapita dalla sensazione di «entrare in un altro mondo».

Scrive a questo proposito Bachelard:

> L'evocazione del nido, di un canto di uccello, del fascino che ci richiama verso la vecchia casa, verso la prima dimora. Non è

necessario, tuttavia, per paragonare con tanta dolcezza la casa e il nido, aver perduto la casa della felicità? C'è un rimpianto in un simile canto di tenerezza: se si ritorna nella vecchia casa come si ritorna al nido, ciò avviene perché i ricordi sono sogni, perché la casa del passato è diventata una grande immagine, la grande immagine delle intimità perdute.[5]

Le parole di Bachelard esprimono, con estrema accuratezza, lo stato d'animo di Tuppence mentre si avventura oltre la soglia, attraverso una piccola stanza buia che una volta serviva per i fiori ma che ora è stata abbandonata alle intemperie; l'unico ricordo di quell'epoca passata sono i vasi vuoti e il rubinetto asciutto. Questa stanza, *fatta* per i fiori ma senza *un* fiore, fa da anticamera al salotto dove l'uccello, intrappolato nel camino, tenta inutilmente di uscire verso l'esterno.

Gli uccelli, dice Alice Perry, sono delle creature contraddittorie perché non sanno cosa sia meglio per loro: se entrano in una stanza, non sapranno poi come uscirne.

Spetta ad Amos Perry il compito di liberare il volatile: è lui infatti ad aprire la finestra e a farlo volare via. Questo episodio si ripeterà alla fine del romanzo quando Amos aiuta a liberare Tuppence dalle grinfie dell'assassino.

Tuppence è dunque come la cornacchia intrappolata e in cerca di una liberazione; l'immagine dell'uccello, qui, ha la funzione di segno premonitore. Il volo dell'uccello rappresenta un desiderio di evasione e di liberazione e implica quindi, come sua origine, un senso di soffocamento. La cornacchia, tra l'altro, è un uccello di malaugurio: la sua apparizione nei sogni, sin dai tempi antichi, è stata interpretata come un segno funesto, un presagio di morte oppure di mutamento (il furto in senso generale è l'infedeltà in senso particolare).

Scrive Marie-Louise Von Franz nella sua interpretazione junghiana della fiaba:

Gli uccelli rappresentano in generale entità psichiche di carattere intuitivo o di pensiero. Nelle rappresentazioni medievali, per esempio, l'anima dei morti lascia il corpo morente assumen-

[5] Gaston Bachelard, *La poetica dello spazio*, op. cit.

do la forma di uccello. In alcuni villaggi dell'alto Vallese ancora oggi, in ogni casa, nella camera da letto dei genitori c'è una piccola finestra chiamata "la finestra dell'anima", che viene aperta soltanto quando qualcuno sta morendo, perché l'anima possa andar via di là; l'anima viene quindi ritenuta un essere che vola e scappa via come un uccello dalla sua gabbia.[6]

Tuppence, frugando nel camino, non trova il nido bensì una bambola che, come il resto della casa e dell'ambiente circostante, non solo è sporca ma è a pezzi. La bambola, come la casa, racchiude un segreto: nel suo ventre Tuppence scopre un tesoro, alcuni gioielli che, sapremo in seguito, fanno parte di una refurtiva.

Il fattore economico, nel romanzo, è sempre associato a quello emotivo: rubare, in questo contesto, equivale a distruggere la felicità. La morale del romanzo sembra essere che i personaggi devono pagare per gli errori commessi nel passato, espiando le colpe dell'irresponsabilità giovanile con il risparmio e la negazione.

La stessa morale puritana sembra condizionare le strutture architettoniche della casa sul canale, divisa in due parti che non combaciano: una è più antica e ampia mentre l'altra, costruita successivamente, è stretta e buia ed è costata meno.

«... Non potrebbero essere più diversi, vero? Il davanti e il dietro della casa, intendo. Ciò non toglie che sia confortevole, però. Le stanze non sono molte ed è poco illuminata, ma la differenza di prezzo è notevole.»

Una volta – e questo motivo lo ritroveremo ripetutamente nel romanzo – i personaggi dispensavano i propri affetti e sentimenti senza alcuna remora; una volta c'era anche più luce, più spazio e il superfluo veniva ostentato. *Ora*, invece, si sono dovuti accontentare delle ristrettezze, del buio, della parsimonia e non si possono più permettere il lusso di essere generosi.

La signora Copleigh, che affitta una camera a Tuppence, ribadisce questo concetto quando asserisce che «oggigiorno» i giovani risparmiano di più, non vanno in giro a sprecare il denaro e hanno senz'altro più giudizio.

[6] Marie-Louise Von Franz, *Le fiabe interpretate*, Boringhieri, Torino 1980.

Il nome stesso di Tuppence registra questa dicotomia. Tuppence Beresford si chiamava Prudence Cowley prima di sposare Tommy. Il denaro, secondo l'etica del risparmio, va usato con cautela (Prudence = prudenza) e se si risparmia può anche raddoppiare (Tuppence = due *pence*); ma perché due *pence* e perché due *T* (come in Tommy e Tuppence)?

Prudence Cowley sembra predestinata a sdoppiarsi e a dividersi, a scapito della sua identità originale: prima di tutto nella coppia "Tommy e Tuppence" e poi nei figli avuti da Tommy, che costituiscono un'altra coppia, cioè sono gemelli: un maschio e una femmina.

I nomi dei gemelli sono Derek e Deborah; nella *D* ripetuta e duplicata ritroviamo la dualità di Tuppence perché nel vecchio sistema monetario inglese si contavano i soldi in *l* (*librae*, odierni *pounds* = sterline), *s* (*solidi*, odierni *shillings* = scellini) e in *d* (*denarii*, odierni *pence* = penny); due *D* sommate fanno *two pence* (due penny), cioè Tuppence.

In questa girandola di ruoli e di nomi, Tuppence ha una sola certezza: quella delle maniere consone al genere di vita a cui è stata abituata nel passato e che è l'unica ad avere un senso per lei, anche se soffocante.

A Tuppence, e alla sua generazione, non è stato permesso di prendere il proprio corpo alla lettera e decifrare i segni del proprio "essere", se non tramite codici simbolici a lei estranei; ciò ha spinto la donna a "derealizzare" il suo corpo e a consegnarlo alle fantasie dell'immaginario.

Ecco perché l'immagine fantasmatica del suo corpo viene proiettata su quella della casa divisa e infelice e su quella dell'angolo rassicurante della camera segreta; sono immagini che si ricollegano a sensazioni di rannicchiamento, di chiusura e di entropia, tipiche di una persona impaurita e amareggiata dalla vita.

Ecco perché la dimora fantasmatica diventa un recipiente possibile per i suoi desideri. Scrive Gilbert Durant:

> Abbiamo bisogno di una piccola casa nella grande, per ritrovare le sicurezze prime della vita senza problemi.[7]

[7] Gilbert Durand, *Le strutture antropologiche dell'immaginario*, Dedalo, Bari, 1972.

Il viaggio di Tuppence è volto alla ricerca di questa «piccola casa», di un ricettacolo geografico dove lo spazio possa sospendere il tempo e creare un centro paradisiaco colmato da un sonno beato.

Almeno tre fiabe

Il titolo originale del romanzo, *By the Pricking of My Thumbs*, è una citazione dal *Macbeth* di Shakespeare. Le parole citate vengono pronunciate dalla Seconda Strega, nell'Atto IV, Scena 1, poco prima che Macbeth arrivi sulla scena:

> Mi prude il pollice: arriva
> una cosa cattiva.
> Apritevi, serrature:
> chiunque sia, entri pure.

È una citazione funzionale, e non casuale, come del resto accade in tutte le citazioni della Christie. Il titolo con cui, per la prima volta, fu pubblicato questo romanzo in Italia non sembra essere molto pertinente. *In due s'indaga meglio*, infatti, non rispecchia minimamente la trama del romanzo giacché Tommy e Tuppence non conducono alcuna indagine insieme.

I Beresford, per la prima volta nel breve ciclo che la Christie ha dedicato loro, svolgono indagini separate e non connesse tra loro.

> Nel lungo corso della loro vita coniugale, non si erano separati praticamente mai ... Insieme avevano superato difficoltà e pericoli di ogni genere ... Quante altre avventure avevano vissuto, sempre insieme ... "Ma stavolta" rifletté Tuppence ... "cosa diamine posso fare?". Domanda retorica, perché Tuppence sapeva perfettamente cosa poteva fare e aveva già mosso i primi passi.

Le parole di Shakespeare vengono pronunciate da Tuppence, in risposta alla domanda di Tommy circa l'interesse che lei nutre per la signora Lancaster:

> «È come nelle fiabe. *Mi prude il pollice: arriva una cosa cattiva.* All'improvviso ho avuto paura.»

«È come nelle fiabe»: è la stessa Tuppence a dirlo. Le fiabe a cui si riferisce questo romanzo sono almeno tre: una viene nominata esplicitamente da Tuppence ed è *Hansel e Gretel*, mentre le altre due vengono evocate da alcuni motivi fondamentali e ricorrenti e sono *La bella addormentata nel bosco* e *Barbablù*.

Le tematiche delle tre fiabe riassumono le attività principali di Tuppence: rinchiudersi nel suo "io", nutrirsi di un cibo particolare e trasgredire a un comando.

Già nel titolo inglese del romanzo troviamo un'allusione al fuso che punse il pollice dell'eroina della *Bella addormentata* e che la fece cadere in un lungo periodo di sonno.

Il tempo sembra essersi fermato anche per Tuppence. Quando i coniugi Beresford tornano all'ospizio di Sunny Ridge per ritirare gli oggetti lasciati in eredità dalla zia Ada, Tuppence fa una strana osservazione, che provoca in lei un'interessante associazione di idee:

> «Non lo so. È solo una sensazione, legata al tempo. Il tempo non trascorre ovunque alla stessa velocità. Quando torni in certi posti, ti sembra che il tempo si sia mosso a un ritmo forsennato, che siano successe cose di ogni genere, che tutto sia cambiato. Ma qui... ti ricordi Ostenda?»
> «Ostenda? La nostra luna di miele. Certo che mi ricordo.»
> «E ti ricordi quella scritta? TRAMSTILLSTAND. Quanto ci fece ridere. Era così buffa.»
> «Credo fosse Knock, non Ostenda.»
> «Fa lo stesso, l'importante è che te ne ricordi. Be', era una parola-macedonia, e qui è come se ne avessimo un'altra, *Timestillstand*, il tempo non si muove. Tutto procede come sempre.»

Qui, a Sunny Ridge, per un motivo per ora poco chiaro, Tuppence ha la sensazione che il tempo reale e oggettivo si sia fermato. In effetti Tuppence sta scivolando, sempre di più, nel tempo onirico e soggettivo: «Come i fantasmi, ma alla rovescia».

Sono i "vivi" a essere i "veri" fantasmi e Tuppence, caduta in una specie di letargo emotivo, proietta sull'ambiente il proprio senso di estraniamento dalla realtà.

Le sensazioni che ha provato a Sunny Ridge le riprova subito dopo, quando osserva il quadro che raffigura la casa sul canale; e di nuovo cerca di spiegare i suoi sentimenti al marito ma, ancora una volta, Tommy non riesce a capire il senso del suo discorso.

«Se solo ricordassi dove ho già visto quella casa.» ...

«È una casa graziosa e tranquilla» disse Tommy.

«Eppure io credo che sia vuota.»

«In che senso, vuota?»

«Dubito che qualcuno ci abiti. E dubito che qualcuno uscirà mai da quella casa. Nessuno attraverserà mai quel ponte, nessuno scioglierà mai gli ormeggi di quella barca.»

«Per l'amor del cielo, Tuppence.» Tommy sgranò gli occhi. «Cosa diavolo stai blaterando?»

Queste abitazioni incantate, e apparentemente vuote, assomigliano alla dimora "immobile" della Bella addormentata e come quest'ultima nascondono qualcosa nella loro intimità più rimossa e invisibile dall'esterno (e sarà proprio qui, in una camera nascosta e inaccessibile agli altri, che si svolgerà, non certo per caso, la parte definitiva del viaggio di Tuppence).

L'immagine della casa incantata rimanda ad altre, sempre evocate dalla fiaba della *Bella addormentata*. Si tratta delle immagini del sepolcro vivente, del muramento della vittima e del nascondiglio segreto di un tesoro: tutte sono associate al motivo dell'angolo nascosto, della camera inviolabile, di quello spazio desiderato e temuto allo stesso tempo perché riservato all'ossessione del rito.

Scrive Gilbert Durand:

> Nel folklore l'intimità delle camere segrete nasconde le belle addormentate dei nostri racconti ... Lo psicoanalista [vede] nell'immagine di questi dormenti il simbolo del ricordo che dorme rannicchiato in fondo all'inconscio.[8]

Il sonno, torniamo a ripeterlo, è stato procurato da una puntura: dalla spina di una rosa oppure dal fuso della strega. La puntura, a livello simbolico, è portatrice di morte e di trasformazione:

> Gli strumenti e i prodotti della "tessitura" e della "filatura" sono universalmente simboli del divenire.[9]

Tuppence ha trovato, nella casa "onirica" e "fiabesca" sul canale, quella "piccola" casa nella "grande"; il villino rosa ha ride-

8 Gilbert Durand, *Le strutture antropologiche dell'immaginario*, op. cit.
9 *Ibid.*

stato in lei vecchi ricordi e le ha fatto sognare di poter ritrovare quella piena e gratificante armonia dei sensi che ora le manca.

***

Nel romanzo le immagini dello spazio, come recipiente delle emozioni di coloro che lo occupano, sono collegate sia al sonno che al cibo; l'angolo rassicurante è un luogo di riposo e di gestazione, di travaso e di raccolta, di regressione nel grembo materno e di nutrimento magico atto a procurare una trasformazione in colui che lo assapora.

Il vaso e il calice (come la tomba e la culla) sono immagini che attraversano il testo, che assumono la doppia funzione di racchiudere e di nutrire e il cui scopo è quello di rigenerare il soggetto arido e rattrappito.

Il sonno e il cibo sono contenuti in uno spazio magico che sospende il tempo (rinvia la Morte) e crea un centro paradisiaco; questo centro, *imago mundi*, si colma e poi trabocca di un liquido e denso sonno beato. Sognare il latte equivale a sognare la promessa di un risveglio, di un germoglio:

> Il simbolismo del latte, delle mele e degli alimenti terrestri si alterna con fantasmi di involuzione nel corpo materno.[10]

Come si è già detto, quando Tuppence arriva finalmente alla casa sul canale, vede la porta aprirsi e una donna, Alice Perry, che pone per terra una bottiglia di latte.

Tuppence ha la curiosa sensazione che la casa sia fatta di pan di zenzero; "dovrebbe esserlo" pensa tra sé.

> "Sembra quasi *Hansel e Gretel*" pensò. "La strega mi invita in casa. Forse è fatta di pan di zenzero..."
>
> Poi, osservando di nuovo Alice Perry, si rese conto che quella non era la casa di pan di zenzero della strega di Hansel e Gretel. Era una donna assolutamente normale. No, a ben vedere non lo era. Possedeva una strana e vigorosa cordialità. "Forse sa fare gli incantesimi," pensò Tuppence "ma di sicuro incantesimi buoni." Chinando lievemente la testa, varcò la soglia della casa della strega.

[10] *Ibid.*

Alice Perry è la "madre buona", quella che nutre e non abbandona i figli nel buio della notte. La casa di marzapane, spiega Bruno Bettelheim nel suo studio sui significati profondi della fiaba, rappresenta una regressione verso il latte materno perché la presenza della "strega cattiva" aumenta nel bambino il senso di angoscia e di abbandono e lo porta a dipendere ancora di più dalla madre "buona" e "abbondante".

> Prima che il bambino abbia il coraggio di affrontare quel viaggio che è l'impresa di trovare se stesso, di diventare una persona indipendente mediante la conoscenza del mondo, può prendere l'iniziativa solo cercando di tornare alla passività, di garantirsi una gratificazione eternamente dipendente.[11]

Che la casa sul canale sia stata, una volta, quella dell'abbondanza, ce lo dimostra il fatto che quando Tuppence la lascia per andare al villaggio, incontra per la strada un autotreno. Sui lati, il veicolo reca la pubblicità di un dolce gigantesco il cui nome, guarda caso, è *Mother's Delight*, «Delizia di mamma».

Tuppence non riesce a ottenere quel nutrimento e quel riposo che sperava di trovare quando si mise in viaggio; in ogni tappa del suo cammino rivisita un lembo della sua passata esistenza senza però raggiungere la meta che si era prefissa.

Così come la casa di riposo per anziane signore di Sunny Ridge era stato un preludio alla casa sul canale, anche la persona che ha trovato nel villino si è rivelata essere soltanto la sostituta di un'altra.

Tuppence ha raggiunto il luogo giusto ma non vi ha trovato la persona giusta; dovrà tornare alla casa sul canale quando sarà presente quell'altra donna (non la strega benevola ma quella cattiva, che dal principio di piacere fa passare il bambino al principio di realtà). L'appuntamento è stato per ora rimandato.

***

Il villaggio più vicino alla casa è quello di Sutton Chancellor, il cui campanile domina tutto il paesaggio. Tuppence non può fare a

[11] Bruno Bettelheim, *Il mondo incantato*, Feltrinelli, Milano 1977.

meno di notarlo: la chiesa, punto focale del villaggio, rappresenta per lei un altro richiamo al passato perché suo padre era parroco e l'aveva allevata in mezzo a un'"architettura ecclesiastica".

Nel nome stesso del villaggio ritroviamo, inavvertitamente, gli scopi che hanno motivato il viaggio. *Sutton* deriva da *sutus*, che in latino vuol dire "gravidanza", mentre *Chancellor* si riferisce più esplicitamente alla camera chiusa e segreta.

Chancellor, parola latina anch'essa, deriva da *cancellarius*, che vuol dire "cancello"; in inglese ha un altro significato ancora, che si riferisce al *chancel*, cioè a quella parte della chiesa in cui si trovano l'altare, la mensa eucaristica e il santuario. Sutton Chancellor, quindi, è un'immagine ambivalente perché vuol dire sia recinto sacro sia grembo materno.

> Il tempio cristiano è allo stesso tempo sepolcro-catacomba o semplice reliquario tombale, tabernacolo dove riposano le sante specie, ma anche matrice, grembo dove viene nuovamente alla luce Dio.[12]

Aprire il cancello equivale a entrare nel *sancta sanctorum*, nella camera segreta dove il sacrificio di immolazione doveva portare felicità e unione; è qui che Tuppence vuole arrivare, per fare sua quella promessa che non è stata mantenuta.

La promessa di un germoglio, di una nuova vita, di un risveglio si concretizza nell'immagine del fiore che nel romanzo non è soltanto un'immagine ricorrente, ma ossessiva.

La prozia di Tuppence si chiama Primrose; Tuppence porta delle rose alla zia Ada; il marito della Perry offre una rosa a Tuppence; la signorina Nellie Bligh appare per la prima volta con un innaffiatoio in mano; Tuppence viene colpita alla testa con un vaso di fiori; il pittore Boscowan dipingeva soltanto paesaggi rurali; Sir Philip Starke, come il parroco di Sutton Chancellor, si interessa di botanica, eccetera eccetera.

Pungersi il pollice con le spine di una rosa, d'altronde, è ciò da cui è scaturita la trama. Questa rosa è duplice: è allo stesso tempo rossa e bianca (segno di una maturità raggiunta ma anche di un'innocenza perduta). La rosa rossa e la rosa

[12] Gilbert Durand, *Le strutture antropologiche dell'immaginario*, op. cit.

bianca si riferiscono a Lancaster e York: sono i colori dei casati reali in guerra (la Guerra delle rose) e infatti la rosa in questione è striata.

La rosa rossa e bianca è simile a quella che viene offerta a Tuppence da Amos Perry. Tuppence la chiama *Commandant Beaurepaire* («Comandante Buonrifugio»: è la rosa della *Bella addormentata*), ma Amos insiste nel chiamarla «York e Lancaster».

Julia Warrender è la signora Lancaster; suo marito, Sir Philip Starke, è dunque il signor York; la Guerra delle rose implica la politica del sesso. L'unità non raggiunta si riflette sulla casa tramutata in una tomba vivente. Julia discende dai Warrender, l'antica famiglia feudale del villaggio che ha ceduto il proprio posto agli Starke. Julia, sposando Sir Philip, ha unito le due famiglie rivali, ma la rosa striata non ha portato pace e armonia.

La casa dei Lancaster e York è divisa in due e la promessa di un germoglio non si è avverata: la coppia non ha avuto figli e la loro sterilità è stata vissuta da Julia come una colpa (simboleggiata dall'acqua stagnante che circonda la casa come un involucro parassita).

Il significato sessuale della rosa viene definitivamente spiegato dalle parole della signora Copleigh, la quale affitta a Tuppence proprio quella camera che in genere riserva alle coppie in luna di miele. La camera è decorata da una carta da parati speciale il cui motivo riproduce l'effigie di una rosa:

> Tuppence rispose che non chiedeva di meglio. La stanza era piccola ma allegra e gradevole, con la carta da parati a boccioli di rosa, un letto dall'aspetto comodo e un'aria di pulizia impeccabile.
>
> «Sì, è una bella tappezzeria, signorina» osservò la signora Copleigh, che per qualche motivo aveva deciso di attribuire a Tuppence lo status di donna nubile. «L'abbiamo scelta pensando alle coppie di sposini in luna di miele che si sarebbero fermati da noi. È così romantica, se capisce cosa intendo.»

La camera nuziale e il sepolcro, come la culla e la tomba, hanno molto in comune nelle strutture dell'immaginario: è Thanatos che reclama Eros; l'etimologia della parola "cimitero" è *koimeterion*, che infatti vuol dire camera nuziale. La camera da letto, nella topografia del villino rosa, fa da anticamera, non a caso, alla stanza segreta dove la strega cattiva offrirà a Tuppence del latte avvelenato.

Il liquido, non più tonico ma mortale, imbevuto dei terrori della notte, altro non è se non sangue, signore della vita e della morte, che, sgorgando dal pollice, bagna la terra per fecondarla. È su questo terreno che cresce la rosa striata:

> A suo modo quel giardino era commovente. Le erbacce non erano estirpate a dovere, ma i fiori erano legati con cura dalla volonterosa mano di un dilettante.

Nel romanzo, l'immagine del calice – sia come contenitore di latte, sia come fiore sulla superficie del canale – è un'immagine ambivalente in quanto l'acqua e la terra sono simboli universali della materia primordiale in espansione, ma anche dell'oblio e dell'involuzione.

La rosa, per crescere, richiede acqua; equivalenza e sostituzione: l'acqua del canale e il sangue della vittima immolata si trovano a Sutton Chancellor, nel santo dei santi, fulcro della ricerca di Tuppence.

Il sacrificio ha transustanziato l'acqua e la rosa si è striata di sangue. Equivalenza e sostituzione: il fiore sulla superficie stagnante del canale non è una rosa, né un giglio striato (*Tiger Lily*) ma un giglio acquatico il cui nome, appunto, è *Waterlily* (il giglio delle acque).

Lily Waters, come si scopre alla fine del romanzo, è il nome della vittima immolata. Il nome è inciso sulla pietra tombale nel piccolo cimitero di Sutton Chancellor, una tomba che, come il camino e la bambola, racchiude refurtiva nascosta. È su questa tomba che Tuppence cade, perdendo la memoria (e quindi l'identità personale), quando viene colpita alla testa.

Le immagini che esprimono le sensazioni di vita arrotolata e fetale e di una regressione verso le acque amniotiche sono, in genere, immagini di benessere: un dialogo tonificante tra la madre e il suo bambino. Nel romanzo, però, dal grembo della casa esce la madre cattiva, la strega di Hansel e Gretel, il cui cibo è avvelenato.

***

Quando Tuppence tornerà per la seconda volta alla casa sul canale, ad attenderla non sarà più Alice Perry ma la persona "giusta", cioè Julia Warrender, "la strega cattiva".

Le due abitanti della casa ripetono sulla propria persona quella dicotomia "economica-affettiva" inerente all'abitazione stessa: Alice Perry è la "strega benevola", il seno abbondante che gratifica e rende possibile l'accesso al tempo creativo; abita, però, la parte economica, frugale e ridimensionata della casa.

Julia Warrender, invece, impersonifica la "strega cattiva", il ventre freddo e arido; da bambina aveva abitato nella parte originaria della casa, quando questa era ampia e luminosa e non faceva avvertire lo scorrere inevitabile e distruttibile del tempo.

Sono, a dire il vero, immagini di una femminilità piuttosto stereotipata che, però, non è tanto sessuale quanto simbolica.

Scrive Vladimir Propp:

> La maga è fornita di tutti i contrassegni della maternità. Ma, con tutto ciò, essa non conosce la vita coniugale. È sempre una vecchia, e una vecchia senza marito ... Pur apparendo come la personificazione del sesso non ne vive la vita. È soltanto la madre, ma non è moglie né al presente né al passato.[13]

L'essere maga (o moglie) nei personaggi femminili di questo romanzo è simbolico di un senso di disagio, di depersonalizzazione e di divisione dovuto a uno stato di cose che non è mai chiamato per nome ma sussurrato, tramite associazioni di idee, transfert e inversione di ruoli.

La madre cattiva, che nella fiaba viene spesso impersonificata dalla matrigna, è un sostituto, anzi un capro espiatorio che si assume tutte le conseguenze dei conflitti non risolti all'interno della famiglia e di cui è in parte responsabile anche il padre, il marito, il capofamiglia, mai nominato ma onnipresente e condizionante.

Scrive Enrico Bizzarri a proposito dei ruoli sessuali nella fiaba:

> Non è casuale, mi sembra, che in nessuna delle fiabe [qui] esaminate esista un equivalente maschile della matrigna: la matri-

13 Vladimir Propp, *Le radici storiche dei racconti di fate*, Boringhieri, Torino 1972.

gna perseguita la figliastra, ma il padre, nei confronti della figlia della matrigna, non si comporta mai da patrigno, nemmeno per reazione: anzi, non si comporta affatto, da come vanno le cose sembra solamente una vittima supplementare della seconda moglie.[14]

La figura paterna, nella fiaba, rappresenta l'autorità e la legalità; mettere in discussione questo ruolo, attribuendogli delle caratteristiche negative, equivarrebbe a minare l'istituzione stessa del patriarcato.

Si può dire lo stesso a proposito del romanzo della Christie che si sta esaminando: la figura maschile, autoritaria e depositaria dei tabù, retrocede sullo sfondo fino a quando la trasgressione di un divieto non la richiama sulla scena per ristabilire le sue prerogative.

Le tendenze distruttive di Tuppence sono rivolte all'interno, verso quella camera segreta che contiene la strega cattiva, e non verso l'esterno, verso l'universo maschile che ha provocato in origine questa segregazione.

Che cosa motiva il divieto di entrare nella camera chiusa, divieto che Tuppence trasgredisce e che rievoca il marito sulla scena? La risposta è in ciò che contiene il ripostiglio nascosto e in ciò che accadrà una volta che lei vi sarà entrata.

Il motivo della camera segreta dove non bisogna entrare richiama alla mente la terza fiaba a cui abbiamo accennato all'inizio del capitolo.

Secondo Bruno Bettelheim, il motivo della stanza segreta in *Barbablù* è tanto morale quanto disciplinare:

> Quando l'uomo consegna alla donna la chiave di una stanza e nello stesso tempo le raccomanda di non entrare, intende mettere alla prova la fedeltà ai suoi ordini, ovvero, in senso più ampio, a lui.[15]

Tommy non consegna alcuna chiave a Tuppence, ma l'ordine di non allontanarsi mai dalla sua vista conduce Tuppence ugualmente alla trasgressione. Tuppence, come l'eroina della fiaba, trova, una volta entrata nella stanza, cadaveri e san-

[14] Enrico Bizzarri, *Pollicino in famiglia*, Emme Edizioni, Milano 1972.
[15] Bruno Bettelheim, *Il mondo incantato*, op. cit.

gue, storie orrende di omicidi che Julia Warrender le racconta compiaciuta.

> Il comportamento della sposa di Barbablù suggerisce due possibilità: che ciò che essa vede nello stanzino proibito sia frutto delle sue fantasie ansiose, oppure che essa abbia tradito il marito ma speri che lui non se ne accorga.[16]

Le parole di Bettelheim sono significative: ciò che la camera segreta contiene sono proiezioni del corpo fantasmatico di Tuppence e hanno sempre escluso la presenza di Tommy.

È importante notare che Tuppence incontra la signora Lancaster *solo quando Tommy non c'è* ed è curioso constatare che Tommy non la incontra *mai* nel corso di tutto il romanzo.

***

Tuppence, trasgredendo l'ordine di Tommy, sfugge alla sua sorveglianza e si reca alla casa sul canale; l'appuntamento, più volte rinviato, verrà finalmente rispettato.

Si apre la porta ma questa volta non appare Alice Perry, bensì la signora Lancaster, vestita nello stesso modo in cui Tuppence la vide quella prima volta a Sunny Ridge.

Il tempo oggettivo si è fermato di nuovo, per dare spazio a quello onirico; Tuppence viaggia nel tempo per concludere quel discorso sul "camino" iniziato a Sunny Ridge e poi interrotto dalla successiva scomparsa della Lancaster.

La donna la accoglie sorridendo e la conduce al piano di sopra, nella parte abbandonata della casa:

> Poi, seguita da Tuppence, si avviò su per un'angusta rampa di scale. Dopo aver attraversato una camera matrimoniale dall'aria vissuta – probabilmente quella dei Perry –, varcarono una porta ed entrarono in una seconda camera. C'erano un lavabo e un alto guardaroba in legno d'acero: nient'altro. La signora Lancaster infilò le mani dietro l'armadio e lo spostò con facilità. Probabilmente era munito di rotelle per staccarlo dal muro. Dietro il guardaroba, Tuppence fu sorpresa di vedere un focolare. Sopra

[16] *Ibid.*

il caminetto c'era uno specchio, sotto lo specchio una serie di uccellini di porcellana allineati su una piccola mensola.

All'improvviso, la signora Lancaster afferrò l'uccellino al centro della mensola e lo tirò bruscamente verso di sé. Tuppence rimase di stucco. Sembrava incollato, e toccandoli rapidamente si rese conto che anche gli altri lo erano. Un istante dopo, però, si udì un *click* e l'intero caminetto si staccò dalla parete.

«Ingegnoso, vero?» disse la signora Lancaster. «Questa stanza fu costruita tempo fa, quando ingrandirono la casa.

La Lancaster vive nella stanza piccola che si affaccia sul canale; è l'unica persona a conoscere i segreti della casa, soltanto lei sa come uscirne. Il gesto rituale sta per compiersi: la Lancaster offre del latte a Tuppence, le dice che non deve avere paura e che morire sarà come addormentarsi:

> Lei lo sapeva. Lo sapeva quando glielo domandai a Sunny Ridge, l'ho capito dalla sua espressione. *Era sua quella povera creatura?* Quando glielo chiesi, pensavo che fosse venuta perché era la madre di una delle bambine che avevo ucciso. Mi auguravo che sarebbe tornata a farmi visita, per offrirle un bicchiere di latte.

Nella camera segreta convergono tutte le tematiche principali del romanzo: dietro il camino, nel *sancta sanctorum*, Tuppence scopre con orrore il motivo per cui il sacrificio di immolazione ha portato sciagure e disgrazie.

La signora Lancaster è l'ultima dei Warrender, con lei muore l'antica stirpe; sposando uno Starke ha riunito le due famiglie rivali ma il loro matrimonio non ha portato la pace desiderata perché su lei e sul marito pesa il fantasma della progenie non avuta.

> «Un giorno, tanto tempo fa, andai da un medico. Avevo diciassette anni ed ero spaventata. Mi disse che potevo interrompere la gravidanza, così nessuno l'avrebbe saputo. Da quel momento, però, cominciai a sognare la bambina. Mi domandava come mai le avessi negato la vita e diceva di volere compagnia. Era una femmina, ne sono sicura, e voleva altre bambine attorno a sé. Fu allora che ricevetti l'ordine. Non potevo più avere bambini. Mi ero sposata e desideravo averne, lo voleva anche mio

marito, più di ogni altra cosa. Ma non arrivavano mai perché io ero maledetta, capisce?»

La Lancaster ha identificato l'aborto con la successiva sterilità, introiettando questo atto come una colpa, anzi come una specie di retribuzione divina. Riaffiora, nelle sue parole, il motivo della criminalità associato a quello della vita affettiva passata, quando lei era più libera ma anche più irresponsabile:

«Sbirri e rapinatori» disse la signora Lancaster con aria benevola. «Quante sciocchezze si commettono da giovani. Difficile resistere al fascino del crimine, all'idea di essere la pupa del gangster. Lo pensavo anch'io una volta, ma mi creda...» si piegò in avanti a toccare il ginocchio di Tuppence «mi creda, è *molto peggio* di quanto si possa immaginare. All'inizio può essere divertente, ma poi non ci si accontenta più.»

Il matrimonio, però, non si è rivelato quel toccasana che la Lancaster credeva fosse ed ecco, perciò, che ha cercato di sublimare il passato con gesti disperati:

«Eppure un modo per fare ammenda esisteva. Avevo commesso un omicidio, l'unico modo per espiarlo era commetterne altri perché quelle bambine sarebbero state *offerte in sacrificio,* non uccise.»

La strega cattiva, la divoratrice di bambini, è diventata così solo perché ha vissuto il suo matrimonio senza figli come una condanna impostale dall'esterno:

«Conosce il mio vecchio soprannome? Ormai è acqua passata, ora sono la killer del Signore. È volontà del Signore che io la uccida, il che lo rende giusto.»

Chi è questo Signore se non il Super-Io? È la coscienza morale e sociale che giudica, censura, vieta e detta la legge, quella del corpo. Tuppence e Julia hanno molto in comune, non ultima la tendenza a "cacciarsi nei guai" non appena si allontanano dalla vista dei loro rispettivi mariti, che le vorrebbero sempre al sicuro, segregate in casa, dove il loro controllo può esercitarsi con maggiore efficacia. Lo sguardo pietrificante del marito rappresenta l'occhio dell'Inquisitore.

> Il Super-Io è innanzi tutto l'occhio del Padre e più tardi l'occhio del re, l'occhio di Dio, in virtù del legame che la psicoanalisi stabilisce tra il Padre, l'autorità politica e l'imperativo morale.[17]

La Lancaster incita Tuppence a bere il latte avvelenato. Tuppence è arrivata al culmine della tensione e si sente mancare; mentre perde i sensi, rimpiange le prediche fattele da Tommy.

Quando riprende conoscenza scopre di essere stata salvata da Amos Perry e che la Lancaster, approfittando della confusione, ha bevuto lei stessa quel bicchiere di latte avvelenato.

Bevendo il veleno, la Lancaster ha compiuto per l'ultima volta quel gesto ossessivo iniziato con il sacrificio della bimba (la sua): il suicidio della donna porta alla casa quella tranquillità che non aveva mai conosciuto.

La morte, come previsto, richiama l'amore, riunisce gli amanti separati, risana le vecchie ferite e fa del sepolcro una camera nuziale:

> Perfetta per una coppia di innamorati, così Emma Boscowan aveva descritto la casa. E così Tuppence la lasciava: nelle mani di due innamorati, una morta, uno vivo e sofferente...

Il frutto del sacrificio si riflette sulla rinuncia e sulla sublimazione che caratterizzano i due sopravvissuti, cioè Tuppence e Sir Philip, i morti viventi. L'episodio finale ricorda quello iniziale quando Tuppence, trovandosi a Sunny Ridge, ebbe la sensazione che il tempo si fosse fermato e che il paesaggio fosse abitato da fantasmi.

Tuppence ha imparato, a sue spese, una dura lezione; da ora in poi si farà guidare da Tommy, sarà la luce dei suoi occhi:

> «Non farlo più» disse Tommy. «Non farlo mai più.»
> «Te lo prometto.»
> «Non mi fido delle tue promesse.»
> «Stavolta dico sul serio. Sono troppo vecchia.»

La fiaba tradizionale, secondo il folclorista Propp, è il resoconto di un viaggio di iniziazione, ma il viaggio di Tuppence, anche se ha qualcosa di fiabesco, non ha invece niente di iniziatico: l'iniziazione dolorosa è già avvenuta. La spina nel dito

[17] Gilbert Durand, *Le strutture antropologiche dell'immaginario*, op. cit.

e il sacrificio di immolazione sono indici di una caduta negli inferi compiuta.

The quest of Mrs Thomas Beresford (la ricerca – mistica – della signora Beresford): così la definisce scherzosamente Tommy intuendo che, come in ogni *chanson de geste*, anche in quella della moglie non sussistono pericoli reali ma solo vaghe minacce. La caduta nell'abisso è già avvenuta e ogni passo di Tuppence l'ha condotta a ripetere un rituale scontato; fuggire dalla casa di Tommy equivale a ritrovarla proprio là dove pensava di averla persa per sempre.

Il ladro della felicità

> Sul filo della nostra storia raccontata dagli altri finiamo, anno per anno, a somigliarci. Raccogliamo tutti i nostri esseri intorno all'unità del nostro nome.[18]

Il colpo che Tuppence riceve sulla testa, mentre si trova nel cimitero di Sutton Chancellor, le fa perdere la memoria. La donna si sveglia in ospedale e non ricorda più il suo nome. Quando l'infermiera glielo chiede, risponde fornendo il nome da signorina, Prudence Cowley, e non quello da sposata.

Per una volta Tuppence si spoglia degli pseudonimi che aveva portato nei romanzi precedenti per assumere nuovamente il proprio nome: quello che le apparteneva prima di incontrare Tommy e il modello di vita che l'ha privata della sua vera identità.

L'esperienza personale di Tuppence è il risultato di un'immagine codificata e soffocante il cui senso non riesce più a percepire; in altre parole, la brava moglie-madre-casalinga si è accorta di non assomigliare più all'idea che l'altro (Tommy, rappresentante della legge e della morale) ha di lei.

Tuppence ritorna nel mondo dell'infanzia e dei ricordi, dimentica il cognome acquisito, ritrova la casa del tempo perduto e verifica: verifica che il suo è un corpo diviso, che la bambola nel camino è lacerata, che il fiore sulla superficie dell'acqua

[18] Gaston Bachelard, *La poetica della rêverie*, Dedalo, Bari 1972.

stagnante cela il cadavere di una bimba e che la casa è stata ristrutturata e poi trascurata.

Come l'eroina della fiaba, si è punta il dito e ha trovato un rifugio nel sogno; la sua mente, insieme al suo corpo, si è addormentata. Tuppence è un sepolcro vivente, un corpo muto la cui architettura si è trasformata in un mausoleo frequentato dai fantasmi del passato.

La sua ricerca dell'equilibrio mancante, dell'agognata totalità dell'essere, dell'unità organica, della "naturalezza", è destinata a fallire perché è determinata sin dall'inizio dall'ambiente in cui è vissuta e di cui non può più fare a meno.

Tuppence non troverà uno spazio dove può esprimersi diversamente dal solito perché il suo è un viaggio mitico, al di fuori della storia del corpo sociale, cioè dai confini prestabiliti dalla logica e dalla norma maschile.

Tuppence non si avventura nelle tenebre bensì nelle zone chiaro-scure e non formula dei quesiti perché le risposte sono presenti prima ancora che siano state poste le domande. Non ha più la forza, condizionata com'è dallo sguardo pietrificante di Tommy, di creare uno spazio diverso e più consono al suo essere:

> «Certo, certo, ma io non mi fido di te, Tuppence. Chi mi garantisce che non ti caccerai nei guai un'altra volta non appena ti perdo di vista?»
>
> «Non tornerò a curiosare fra le tombe, ti do la mia parola.»

La donna vede e giudica il mondo tramite gli occhi dell'uomo; la scoperta di questa realtà conduce la donna alla nevrosi dalla quale può fuggire consolandosi nel sogno a occhi aperti e creandosi dei fantasmi, una forma di nevrosi socialmente meno pericolosa.

La Christie, anche se in modo indiretto, ritorna spesso su questo argomento, evitando però di approfondirlo. Sunny Ridge, la casa di riposo per anziani dove ha inizio la ricerca di Tuppence, è per sole donne. La direttrice dell'istituto, la signorina Packard, parlando delle donne che vi alloggiano, dice:

> «Le nostre ospiti invece sono irrazionali, pretendono di essere rassicurate sentendosi dire ciò che vogliono. E a quel punto si tranquillizzano, almeno per un po'.»

Non è questa la posizione di Tuppence? L'irrazionale, cioè tutto ciò che rappresenta il non-razionale agli occhi dell'uomo, viene attribuito alla donna come se questo le fosse congenito e naturale. La direttrice di Sunny Ridge parla delle «sue» donne ma quello che dice è altrettanto valido fuori dalle mura dell'istituto:

> «Ha le sue fantasie ... Come parecchie altre ospiti di Sunny Ridge. Fantasie innocue, cose che pensano siano capitate, a loro o ad altri. Noi cerchiamo di ignorarle, di non incoraggiarle e ridimensionarle. A mio parere, sono semplici esercizi di immaginazione, situazioni inventate nelle quali si divertono a immedesimarsi. Qualcosa di emozionante, oppure di triste e tragico. Non fa differenza.»

La creazione di mondi immaginari sottintende la ricerca di un'identità diversa e più gratificante e non a caso i modelli in cui si identificano sono quelli di donne che hanno in qualche modo lasciato un segno della propria individualità:

> «Fissazioni innocue come queste sono in grado di rendere felici le persone anziane, e in ogni caso non sono permanenti. Non si è Maria Antonietta o Madame Curie tutti i giorni, di norma capita ogni due settimane. È probabile che a un certo punto si stanchino di recitare, e naturalmente spesso e volentieri è una semplice questione di memoria. Non ricordano più chi sono, oppure vanno ripetendo di aver dimenticato qualcosa di fondamentale, se solo ricordassero cosa.»

La Packard ha capito che queste "maschere" sono delle illusioni innocue, non mettono in discussione l'ordine precostituito, e che allo stesso tempo sono indispensabili per «rendere felici»: sono "maschere" che le sue ospiti adottano con la consapevolezza di recitare una parte, per dimenticare «qualcosa di fondamentale».

Possiamo benissimo includere Tuppence tra le ospiti di Sunny Ridge, non solo perché l'istituto è un preludio alla casa sul canale, ma perché lei, come le altre donne anziane, è stata costretta più volte a "portare" delle maschere.

Tommy, che non ha mai capito sua moglie, la vede come una potenziale e battagliera Cleopatra; invece si sbaglia, la maschera che Tuppence sceglierebbe per sé è molto meno aggressiva e molto più domestica di quella che lui suppone:

> «Dio salvi la casa di riposo che ti ospiterà. Sarai quasi sempre Cleopatra, ci scommetto.»
>
> «Non sarò un personaggio famoso» replicò Tuppence. «Preferirei essere, che so, una sguattera al castello di Anna di Clèves. Passerei le giornate a spifferare i gustosi pettegolezzi che ho sentito.»

* * *

Quasi tutti i personaggi femminili del romanzo ricoprono accuratamente un ruolo che è stato loro imposto dall'ordine simbolico maschile: Tuppence, il personaggio femminile principale, è la consorte "ideale", almeno fin quando non abbandona il focolare domestico; Alice Perry è la madre-moglie che nutre e protegge l'infantile marito Amos; Nellie Bligh è l'eroina "romantica" che ha sacrificato tutta la sua vita da adulta per amore di Sir Philip Starke, senza essere da lui contraccambiata; Emma Boscowan, infine, ha subito con remissione tutti i tradimenti del marito.

Gli unici personaggi che costituiscono delle eccezioni sono la zia Ada e la signora Lancaster, ma anche la loro eccezionalità ha dei connotati negativi e stereotipati.

La signorina Ada Fanshawe, zia di Tommy, è colei che ha rifiutato il matrimonio e che aiuta Tuppence, come lo spirito di un antenato nella fiaba, tramite messaggi cifrati che spetta a Tuppence decodificare.

Tra gli oggetti lasciati dall'anziana signora, Tuppence trova un anello le cui pietre sono disposte in modo da formare una parola precisa con le loro iniziali:

> «Una volta ne ho visto uno come questo» disse Tuppence. «Le iniziali delle pietre compongono un nome, di solito. A volte la parola *cara*. Corallo, ametista...»

La parola «nascosta» è *regard*, che in inglese significa sia "stima" sia "prestare attenzione": zia Ada sollecita Tuppence a tenere gli occhi ben aperti mentre Tommy le comanda di non allontanarsi mai dalla sua vista.

La zia Ada è l'unico personaggio che vede Tuppence per quello che veramente è, anzi, per quello che vorrebbe essere: una persona non sposata. La zia la scambia sempre per l'amante, e non per la moglie, di Tommy: «È inutile che provi a farla passare per tua moglie. Non sono così sciocca».

La zia Ada è una donna autonoma e sicura di sé, forse l'unica che sia così in tutto il romanzo: «Ormai dovrebbe avere imparato che so quello che voglio».

È una donna che sa difendersi; viene definita «combattiva». La sua è, in altre parole, una forza "virile"; la Christie, dunque, ce la presenta come se fosse un "maschio mancato".

La zia Ada, inoltre, incarna lo stereotipo della zitella acida e sgradevole perché non ha conosciuto le "gioie" del matrimonio (e di una compagnia maschile costante); sotto questo aspetto la possiamo avvicinare a Nellie Bligh. Dice la signora Lancaster:

> «Sono molto affezionata alla signorina Bligh, ma è una donna così autoritaria. A volte penso...» aggiunse piegandosi verso Tuppence «a volte penso, sa, che non sia del tutto...» e qui si toccò la tempia in modo eloquente. «Certo, sono cose che *capitano*, specie alle zitelle di una certa età. Si dedicano anima e corpo alle opere più meritevoli, ma spesso lavorano troppo di fantasia.»

La signora Lancaster, a sua volta, incarna un altro stereotipo, quello della donna-vampiro e come la zia Ada costituisce una minaccia per la sicurezza dell'uomo.

La signora Lancaster, alias Julia Warrender, fa letteralmente impazzire gli uomini, li divora, li piega alla sua volontà; è l'adultera, la peccatrice, l'attrice e non a caso sarà anche la colpevole, l'assassina sia delle bimbe sia delle donne anziane.

La Christie gioca con i ruoli sessuali per ingannare le aspettative del lettore: nel romanzo, infatti, tutti i sospetti non vengono mai fatti ricadere su una donna, ma su un uomo (i delitti sono troppo brutali e quindi opera di un uomo); tutte le vittime, però, sono femmine, o bimbe o donne, le quali rappresentano il passato (l'infanzia) e il presente (la vecchiaia) di Tuppence, tutte emblematiche di quel primo cadavere murato dietro il camino del villino rosa (il fantasma di quella felicità conosciuta prima della "caduta").

* * *

Tuppence non proietta i fantasmi del suo presente angosciante sui personaggi femminili, bensì su quelli maschili, tutti caratterizzati da una "sospensione" oppure da un'"assenza" inerente al proprio personaggio che paradossalmente rende più acuta la loro presenza.

Tommy non svolge alcun ruolo nel dramma di Sutton Chancellor se non quello di uno spettatore coinvolto suo malgrado; Amos Perry è immaturo e incapace di prendere una decisione autonoma; il pittore Boscowan è morto; Sir Philip Starke è cadaverico, con un «volto macilento» che sembra uscito «da una tela di El Greco».

I personaggi maschili sono tutti da compatire, da consolare, da coccolare e da rimpiangere una volta che se ne sono andati; sono più vittime che persecutori; eppure anche in questa galleria di ritratti c'è un'eccezione che conferma la regola.

Questa eccezione è l'elusivo e viscido signor Eccles, il responsabile di molte attività criminali che si svolgono in sordina; è il personaggio maschile più "latitante" e assente ma anche quello la cui importanza, per i fili della trama, viene ripetutamente sottovalutata e mai del tutto chiarita.

Il giallo, con la rivelazione degli omicidi della Lancaster, sembra essersi risolto e giunto alla propria conclusione logica; ma il signor Eccles rimane "a piede libero" e il ruolo significativo da lui svolto nella faccenda viene del tutto trascurato.

Il signor Eccles conduce una doppia vita, è una specie di odierno dottor Jekyll:

> «Eccles è un onesto e illustre avvocato che vanta un sostanzioso reddito e una clientela vasta e prestigiosa: piccola nobiltà terriera, professionisti, soldati e marinai a riposo, generali e ammiragli. Gente di un certo livello, insomma. È la responsabilità fatta persona.»

L'avvocato è anche un ladro molto abile il cui campo d'azione è tanto vasto quanto insospettabile: abusa dei segreti d'ufficio per ricattare i clienti oppure per ricavarne informazioni su cui basare i suoi prossimi colpi.

Eccles ha acquistato una catena di case isolate e sparse per tutta l'Inghilterra, le ha poi affittate a gente ignara dei suoi movimenti illeciti e soprattutto del fatto che egli le usa per nascondervi la refurtiva scottante.

Il villino rosa è una di queste case, collegata sia alle attività clandestine del signor Eccles sia al motivo altrettanto importante del "cadavere femminile"; Tuppence lo intuisce ma non riesce a riunire i pezzi di questo mosaico intricato:

> Ecco: di nuovo i bambini. La casa sul canale, l'uccello nel camino, la bambola caduta dal comignolo. Una bambola nella quale qualcuno aveva nascosto una manciata di diamanti, il bottino di una rapina. Quella casa era uno dei covi di una grossa associazione criminale, ma a Sutton Chancellor avevano avuto luogo crimini ben più atroci delle rapine.

Tuppence ha trovato della refurtiva non solo nel camino della casa ma anche nella tomba di Lily Waters, nel piccolo cimitero di Sutton Chancellor, e questo nuovo indizio ricollega il signor Eccles alla ricerca svolta da costei. La casa sul canale e la tomba nel cimitero sono entrambi proprietà di Sir Philip Starke che a sua volta è alla mercé di Eccles da quando questi ha scoperto i crimini di sua moglie.

Quando Tuppence scopre la tomba di Lily Waters, Sir Philip e Nellie Bligh, sua complice, temono che il passato di Julia venga improvvisamente alla luce ed è per questo motivo che la Bligh colpisce Tuppence nel cimitero:

> «Ha perso la testa. Era convinta che sospettasse di lei, di noi, del nostro segreto. Nellie... non mi perdonerò mai il supplizio che le ho inflitto per tutti questi anni.»

Tuppence promette a Sir Philip di non rivelare a nessuno il loro segreto e con il suicidio della Lancaster il caso sembra chiudersi per sempre; eppure questo non è vero perché tacere equivale a collaborare con il signor Eccles, a sottoporsi alla sua volontà e a metterlo a riparo dalla giustizia.

Il signor Eccles è il ladro della felicità, in lui riposa la denuncia inconfessata di Tuppence. Il vero colpevole, alla fine del romanzo, non verrà imputato di alcuna colpa e continuerà a condurre la sua doppia vita. Questa situazione trova un parallelo nel secondo "binario" del giallo, quello legato al viaggio "interiore" di Tuppence, perché anche qui non viene denunciata la fonte reale della sua angoscia.

È molto importante notare che Tuppence, al contrario di Tommy, non incontra *mai* il signor Eccles così come Tommy non incontra *mai* la signora Lancaster.

Tommy, a proposito del signor Eccles, fa una domanda molto curiosa al commissario di polizia: gli chiede se per caso l'avvocato sia sposato. Il commissario gli risponde: «No, non ha mai corso rischi del genere».

***

Alla fine del viaggio, a Tuppence non resta altro che la rassegnazione e la sconfitta. Le sue ultime parole nel romanzo sono: «Voglio andare a casa. *A casa*, Thomas. E voglio restarci».

Tuppence sceglie l'autonegazione invece di una liberazione che implicherebbe la sovversione dei codici morali a cui è stata abituata; non può mettere a frutto ciò che le era lentamente maturato nell'inconscio.

Nel momento in cui iniziava ad avvertire come le strutture inconsce determinassero i contorni "reali" del suo corpo "fantasmatico", è intervenuto il controllo sociale, cioè è apparso Tommy sulla scena. (Da notare che Tuppence, alla fine del romanzo, chiama il marito con l'appellativo più austero di Thomas, e non più Tommy, e che la Christie stessa, in questa occasione, lo chiama «il signor Beresford»).

Il motivo del "rientro" nella casa del marito si riallaccia a quello mitico del "Giorno del Grande Perdono", che ha la funzione di restaurare l'ordine e la gerarchia; per potersi effettuare, costui ha richiesto un patto, a dire il vero non equo da entrambe le parti: Tuppence si impegna a non abbandonare lo sposo e a rimanergli fedele, mentre Tommy si impegna a proteggere la moglie e a non perderla più di vista.

Il Giorno del Grande Perdono implica soprattutto un banchetto, una festa di riconciliazione che associa la tendenza aggressiva nei confronti di Tommy ai sentimenti di pentimento di Tuppence, esorcizzandoli.

Il ritorno immaginario è sempre un "rientro" più o meno cinestetico e viscerale. Quando il figliol prodigo, pentendosi, varca la soglia paterna, è per banchettare.[19]

Tommy, alla fine del romanzo, dice a Tuppence che a casa li aspetta un pasto caldo, cucinato dal loro domestico Albert: è quel pasto a base di pollo che è stato più volte annunciato nel corso del romanzo; preparato, riscaldato ma mai consumato, il pasto aspettava soltanto il "rientro" di Tuppence.

«Be',» rifletté Tommy «ognuno si diverte a modo proprio. A Tuppence piace viaggiare in treno. Ma dove sarà ora? ... »

«Però sapeva che lei sarebbe tornato oggi, vero, *sir*?» chiese Albert. «In qualche modo arriverà, ne sono certo.»

Tommy ebbe la sensazione che il domestico gli volesse offrire una sponda. I due uomini erano legati dalla disapprovazione per il comportamento di Tuppence, che preferiva trastullarsi con le ferrovie inglesi piuttosto che rincasare in tempo per accogliere come si conveniva il marito di ritorno.

Albert andò a salvare il pollo da un probabile destino di cremazione.

L'immagine del pasto da consumare racchiude in sé quella della vittima espiatoria e del sacrificio di quest'ultima; le ultime parole di Tommy riguardano proprio questo pasto: «*E se Albert prova ad accoglierci con un pollo carbonizzato, lo ammazzo!*».

Il pasto verrà puntualmente consumato in famiglia, con Tuppence e Tommy entrambi presenti, in onore di colui cui è stato affidato di nuovo quel ruolo protettivo che lei aveva messo in dubbio. Scrive Karl Abraham:

Il significato profondo del Giorno del Grande Perdono si chiarisce ... Il dio-padre che è stato ucciso è nuovamente riconosciuto dai suoi figli e riassume i suoi obblighi verso di loro.[20]

Tuppence rinuncia agli imperativi della sua coscienza e si rassegna a essere un'ombra tra le forme che la definiscono senza interpellarla.

[19] Gilbert Durand, *Le strutture antropologiche dell'immaginario*, op. cit..

[20] Karl Abraham, *Psicoanalisi del mito*, Newton Compton, Roma 1971.

Da Agatha ad Agatha

Agatha Christie in questo romanzo ha descritto un universo prettamente femminile: le immagini della casa, del latte, del fiore, della bambola, del focolare e della maga, nella nostra cultura sono talmente legate alla donna da non richiedere alcuna elucidazione se non quella che vede in questi stereotipi ciò che l'ordine patriarcale si aspetta da lei e dal suo modo di "stare al mondo".

Le immagini in cui la donna si è identificata e alle quali ha cercato di uniformarsi non sono state determinate dalla donna stessa; erano, e sono tutt'ora, imposizioni prodotte dai desideri e dai timori maschili che nel tempo le hanno plasmate e le hanno trasformate in norma.

La donna, secondo questa norma, doveva svolgere un ruolo di passività, di gregarietà e di subordinazione; doveva essere materna, domestica, servizievole, attraente, tranquilla e compiacente.

I tipi femminili rappresentati nel romanzo assumono consapevolmente, chi più chi meno, queste proiezioni dell'ego maschile e le imitano fino al punto di adattarle come immagini di una "vera" femminilità; colei che non si attiene a questo modello viene tramutata in incantatrice e corruttrice, come per esempio la Lancaster, oppure in "maschio mancato", come accade alla zia Ada.

Il romanzo contiene altre immagini, meno ovvie e più complesse, che hanno richiesto un'indagine più approfondita: sono quelle del nido, del treno, della cripta e del tesoro nascosto; anche queste sono immagini che sottolineano in ugual misura, ancora una volta, il rapporto che la donna è costretta a instaurare con l'ambiente circostante, sempre tramite la mediazione maschile.

Il loro senso rimanda a sensazioni di soffocamento, di alienazione, di entropia e di aridità; la loro presenza ossessiva nel romanzo indica quanto la dimensione spazio-temporale sia angusta e restrittiva per colei che è costretta solo a osservare e di rado a partecipare attivamente alla scenografia della vita.

La donna deve rimanere irraggiungibile: infantile e inaccessibile alla parola e alla ragione. Questo giallo, non a caso, è caratterizzato dalle strutture della fiaba e dai moduli "mitici" del *romance* perché il fantasticare, come Tuppence fa continuamente, è uno dei pochi veicoli possibili per esprimere tanto il desiderio quanto la sua frustrazione.

Nonostante la sua intensa ricerca, il viaggio di Tuppence si rivela del tutto inutile perché la riporta al punto di partenza e perché la sua identità è continuamente definita da quella degli uomini che incontra lungo il cammino.

Il comportamento di Tuppence è totalmente diverso da quello di Tommy, così come è diverso il loro modo di "collocarsi" nel paesaggio: Tuppence indaga nel "sottofondo" e le sue scoperte la conducono a penetrare nell'intimità degli oggetti, mentre Tommy opera in "primo piano", limitandosi all'aspetto esteriore delle cose. La dimensione spazio-temporale di lei è più introversa e claustrofobica, mentre quella di Tommy è più ampia e tendente all'esterno. Tuppence, per esempio, si preoccupa di entrare fino all'interno della camera segreta mentre Tommy si interessa solo di scoprire a chi appartiene. Lei evita gli uffici, le banche, gli studi e le sedi burocratiche che fanno da cornice "legale" all'abitazione, mentre lui li visita assiduamente e con grande familiarità.

> «Ma sono *avvocati*» insistette Tuppence. «Trattare con gli avvocati è un lavoro da uomini. Sono convinti che le donne siano sciocche e distratte.»

L'interazione tra persona e ambiente rispecchia le visioni personali di entrambi i personaggi; se per la donna ogni attività ruota intorno al focolare (a questo proposito, basti pensare all'importanza, non solo simbolica, che l'immagine del camino occupa nel romanzo), quelle dell'Uomo invece trovano uno spazio che va al di là delle mura domestiche.

> "Non è altro che un circolo per anziani signori" pensò sdegnata. Senza Tommy la casa era vuota, il mondo deserto: "Cosa diamine posso fare?".

Mentre l'uomo lavora e gioca fuori di casa, la donna si situa dietro la finestra a guardarlo, tagliata fuori dal mondo da stoffe, tende, porte, mura e da altri ostacoli e divisioni; è intrappolata nei recessi delle camere e solo l'uomo ha il compito di salvarla, di rompere il vetro della finestra per fare entrare un po' d'aria e di luce.

Questo giallo mostra chiaramente la differenza nel modo in

cui Tommy e Tuppence percepiscono non solo lo spazio, ma anche il tempo. Il tempo scorre in modo diverso per i due personaggi: per Tuppence è circolare e pieno di risonanze mentre per Tommy è lineare e statico.

La prima metà del romanzo, nella quale Tuppence è la protagonista assoluta, è caratterizzata dalle indagini e dalle scoperte della donna; lontana dagli occhi di Tommy, Tuppence è meno cieca, non conosce la strada ma seguita a viaggiare, tracciando un sentiero personale che sembra escludere Tommy dalla meta finale.

Nella seconda parte, in cui la figura di Tommy è dominante e in cui quest'ultimo riconquista il terreno perduto, il movimento si blocca e c'è un ritorno alla situazione di stasi iniziale. A Tuppence non è permesso andare oltre, ha visto troppo; lei stessa è la prima a temere la luce abbagliante, la vista lucida e preferisce rifugiarsi nel buio, doppiamente cieca.

Per Tommy tutta la faccenda è iniziata con il colpo sulla testa subito da Tuppence ma lei, naturalmente, non è d'accordo:

> «Non sappiamo da che parte cominciare.»
> «Io lo so» disse Tommy.
> «E va bene. Da dove cominciamo?»
> «Dal colpo in testa.»
> Tuppence ci pensò su. «Non è un buon punto di partenza. È l'ultima cosa successa, non la prima.»
> «Per me è la prima» obiettò Tommy.

Tuppence cerca l'armonia totale e la confonde con la morte, dato che la vita non è stata in grado di soddisfare questo suo desiderio. Il dolore provato da Tuppence è un castigo che si è autoimposta per poter accettare l'ambivalenza dei suoi sentimenti verso Tommy e allo stesso tempo le serve per assolvere il marito da qualsiasi colpa.

La seduzione della morte, collegata al desiderio di punizione, cela il desiderio di poter finalmente ricongiungere in essa il corpo fantasmatico e frammentario, la cui frammentazione è appunto la via d'entrata del fantasma.

Il romanzo esprime anche il rapporto di amore-odio che la donna porta verso il suo corpo, verso il grembo materno che l'ha generata e che a sua volta l'ha resa potenziale madre.

Tuppence viaggia *anche* per ritrovare sensazioni infantili legate esclusivamente a quei beni primari e istintivi che sono il cibo e il sonno. Sono sentimenti tanto di nostalgia quanto di rifiuto, perché rifugiarsi in questo centro paradisiaco implica la negazione del proprio "io".

Tutto ciò che la società si aspetta dalla figura istituzionalizzata della "Madre" viene impersonificato negativamente dalla signora Lancaster, nella sua mancata maternità. Il non essere madre viene vissuto da lei come una colpa, affrontata violentemente nel tentativo di colmare questo "vuoto" con una serie di omicidi rituali e propiziatori, che allo stesso tempo sono un'espiazione di tale colpa ma anche una degradazione dei suoi ideali giovanili.

> «Da giovane vivevo qui insieme ai criminali, finché non li abbandonai per cercare la salvezza. La salvezza superiore. E la ottenni, per espiare il mio peccato. La bambina, ricorda? Fui io a ucciderla. Ero una ballerina, non volevo figli. Lassù, sulla parete: sono io.»

Tommy e Sir Philip vivono il loro status di marito o di padre come un'eccezione e non come una regola, come invece fanno Tuppence e Julia: dall'uomo non si esige alcun ruolo oltre a quello giuridico. Nel corso del romanzo Tommy non si sente mai in colpa per non essere stato un "buon padre" né il romanzo si preoccupa di mettere in risalto, tramite il comportamento di Sir Philip, cosa sia un "cattivo marito".

Il messaggio più volte trasmesso dalla Christie è che il posto della donna è nella casa e che, lontana da questa, essa si sente persa e inutile; tutto questo viene fatto passare come naturale e universale mentre è dovuto solo a valori culturali introiettati sin dalla prima infanzia.

La legge del corpo garantisce al corpo della legge il suo statuto morale (la famiglia conserva e riproduce); il suo statuto economico (rispetta la proprietà altrui per ammettere al corpo individuale un valore di cambio); infine garantisce il suo statuto psicologico (il concetto astratto di "normalità" che si concretizza soltanto attraverso la creazione cangiante della devianza).

Tuppence, sconfinando in territori le cui mappe non le sono

state fornite, si sente, letteralmente, spaesata: non sa più dove sta, dove abita, come vive; il suo è un corpo muto, rattrappito, che non ha possibilità di espandersi perché viene espresso dall'altro.

Ritrovare l'equilibrio, risanare il rapporto tra soffitta e cantina, tra cuore e cervello, tra cielo e terra, per Agatha Christie equivale esclusivamente a un restauro del logos e del raziocinio maschile.

Per la Christie, Tuppence non è altro che il suo stesso itinerario, per i cui fini non è importante avanzare quanto confermare una realtà già data.

Se il giallo classico all'inglese è quello domestico e intimo per eccellenza, allora si può affermare che nell'opera della Christie la vittima per eccellenza non può che essere colei che abita perennemente tra le mura di casa. Entro queste mura si è costruita una camera segreta ma è proprio lì che si è insediato l'assassino.

Alex R. Falzon

Vorrei ringraziare mia moglie Nara, Marcella Tosi, Alba Pellegrino Ceccarelli, Gianlorenzo Pacini e Anna d'Angelo per l'aiuto e i consigli che mi hanno dato prima e dopo la stesura del manoscritto.

Indice